生命，因阅读而美好！

森欣文化

Tess Gerritsen
[美] 苔丝·格瑞森——著 尤传莉——译

喀迈拉空间

GRAVITY

重庆出版集团 重庆出版社

版贸核渝字（2015）第255号

图书在版编目（CIP）数据

喀迈拉空间 /（美）格瑞森著；尤传莉译．— 重庆：重庆出版社，2016.8
ISBN 978-7-229-11018-5
Ⅰ．①喀… Ⅱ．①格… ②尤… Ⅲ．①长篇小说—美国—现代 Ⅳ．① I712.45

中国版本图书馆 CIP 数据核字（2016）第037956号

喀迈拉空间
KAMAILA KONGJIAN
[美] 苔丝·格瑞森 著 尤传莉 译

责任编辑：钟丽娟
责任校对：郑 葱
装帧设计：罗四夕

重庆出版集团
重庆出版社 **出版**

重庆市南岸区南滨路162号1幢 邮政编码：400061 http://www.cqph.com
三河市鑫金马印装有限公司印刷
重庆出版集团图书发行有限公司发行
E-MAIL:fxchu@cqph.com 邮购电话：023-61520646
全国新华书店经销

开本：880×1230 1/32 印张：12.125 字数：280千字
2016年8月第1版 2016年8月第1次印刷
ISBN 978-7-229-11018-5

定价：35.00元

如有印装质量问题，请向本集团图书发行有限公司调换：023-61520678

献给那些让太空飞行成真的人。

人类最伟大的成就，就是积极地投入梦想。

THE SEA

大 海

1

加拉巴哥海底裂谷

南纬 0.3 度，西经 90.3 度

他滑行在那片深渊的边缘。

往下是一片海底世界的黑色冰冷水域，阳光永远穿不透，仅有的光线就是一种生物发光体短暂闪过的亮点。史蒂芬·埃亨博士趴卧在“深航四号”合身的人体舱里，潜艇前端鼻锥的透明压克力玻璃圆顶罩着他的头部，他心中生出那种摆脱束缚、高飞在广阔太空中的激动感觉。透过这艘深海微型潜艇机翼灯的光线，他看到有机碎屑像细雨般缓缓落下。那些是单细胞原生动物的残骸，来自遥远上方的明亮处，往下漂落过数千尺水域后，最终来到它们位于海洋底部的葬身之处。

他滑行过那片碎屑构成的轻柔细雨，驾驶着“深航四号”沿着海底峡谷的边缘往前，下方是海底高原，而那道深深的裂谷则在左舷。尽管四周的沉淀物看似荒芜不毛，但生命的证据处处可见。在海底留下足迹或刮痕的漫游生物，此刻都安全地藏身在沉淀物里。他也看到了人类的证据：一段生锈的铁链弯曲披挂在一块沉落海底的船锚上；一个汽水瓶半埋在海底的泥浆里。都是来自上方陌生世界的幽灵遗迹。

眼前忽然出现惊人的景象，乍看像是海底一片烧黑的树干。那一根根冒着黑烟的烟囱，其实是溶解的矿物质，从地壳的裂缝往上旋绕着喷涌而出，形成二十尺高的管状物。埃亨博士抓着操纵杆，小心地让“深航四号”朝右转，以避开那些烟囱。

“我来到热泉喷口了，”他说。“以二节的速度航行，那些海底烟囱就在我左边。”

“潜艇的操作状况怎么样？”海伦的声音从耳机里传来。

“太棒了，这种宝贝我自己也想要一个。”

她笑了起来。“那你可得准备好写一张巨额支票，史蒂芬。看到结核场了吗？应该就在你正前方。”

埃亨沉默了一会儿，看着前方幽暗的水域。片刻之后他说：“我看到了。”

那些锰结核看起来像是散落在海底的煤块，由矿物质微粒凝固在石头或沙粒表面而形成，出奇地平滑，近乎怪异，它们是钛和其他贵重金属的珍贵来源。但埃亨没理会那些锰结核。他要寻找的那样东西，还更加珍贵。

“我要往下进入峡谷了。”他说。

他操纵着“深航四号”驶出高原的边缘。等到速度增加到二节，微型潜艇的双翼便开始制造出类似飞机机翼的反作用力，引导着潜艇下行。他开始降入那道深渊。

“一千一百米，”他逐步报出数字。“一千一百五十……”

“小心四周要留下空隙。那道裂谷很窄。你监测到水温了吗？”

“开始上升了。现在升到十三摄氏度。”

“离热泉喷口还有一段距离。再过两百米就会碰到热水了。”

一个影子忽然冲过埃亨面前。他瑟缩了一下，无意间扭动了操纵杆，潜艇往右舷翻转，咣当一声重重撞上峡谷的山壁，整个舱壳随之猛烈震动。

“天啊！”

“怎么了？”海伦说。“史蒂芬，你那边怎么了？”

他换气过度了，贴着舱体的心脏猛跳。舱壳。我把舱壳撞坏了吗？在自己刺耳的呼吸声中，他等着听到钢制舱壳吱呀裂开的声音，等着致命的水流轰然冲进来。他此时在海平面底下一千一百多米，超过一百个标准大气压力的强度就像个拳头，从四面八方紧紧捏着他。只要舱壳上有一道裂痕，只要有一丝水喷进来，他就会被压烂。

“史蒂芬，请回答！”

他全身冒出冷汗，最后终于有办法开口。“我刚刚被吓了一跳——撞上了峡谷山壁——”

“有什么损伤吗？”

他望着潜艇的圆顶鼻锥外。“看不出来。我想前视声呐撞到山壁了。”

“潜艇还可以移动吗？”

他试了试操纵杆，让潜艇往左舷稍微转动。“可以，可以。”他松了一口大气。“我想我没事。刚刚有个什么游过我面前。害我吓了一跳。”

“有个什么？”

“移动太快了！那是一道条纹——就像蛇一样挥过去。”

“头部像普通的鱼，但是身体像鳗鱼吗？”

“没错。没错，我刚刚看到就是这个。”

“那就是绵尉（eelpout）。Thermarces cerberus。[1]”

Cerberus，埃亨想着打了个冷战。就是希腊罗马神话中，镇守在地狱门口那只三头犬的名字。

“这种鱼会被热力和硫吸引而来，”海伦说。“等你更接近热泉喷口，还会看到更多。”

你说了算。埃亨对海洋生物学几乎一无所知。此时漂过压克力玻璃面罩外的那些物种，对他而言只是一些新奇的活路牌，可以指引他迈向目标而已。此刻他双手稳稳放在操纵装置上，让“深航四号”往下潜得更深。

两千米，三千米。

如果刚刚那一撞，其实撞坏了舱壳呢？

四千米，随着深度下降，水压也直线上升。现在水的颜色变得更黑了，还夹杂着下方喷口涌上来的一缕缕硫黄色。富含矿物质悬浮物的海水一片浓浊，机翼灯的光线几乎无法穿透。打着旋的沉积物害他什么都看不见，于是他操纵潜艇驶出这一段带着硫黄色调的水域，能见度好转了。他往下潜到热泉喷口的一侧，避开被岩浆加热的一缕缕海水，但舱外的温度仍在继续攀升。

四十九摄氏度。

又一道流动的条纹挥过他的视野。这回他抓着操纵杆的手没乱扭了。他又看到了更多绵尉，像一条条垂着头的肥蛇被悬吊在半空中。下方热泉喷口涌出来的温热海水中，含有丰富的硫化氢，

1. 墨西哥暖绵尉的拉丁文学名。

这种化学物质有毒，一般生物无法在其中生存。但即使在这片具有毒性的黑色海水中，依然有生物繁衍，而且形式奇妙又美丽。黏附在峡谷山壁上的是摇曳的巨型管蠕虫，长度达到六尺，顶部是毛茸茸的绯红色头冠。他也看到了一群群白壳巨蚌，探出毛茸茸的红色舌头。另外还有螃蟹，匆匆在裂缝间奔跑，怪异的苍白颜色有如鬼魅。

虽然舱内的空调还在运转，但他已经开始感受到热度了。

六千米。水温达到八十二摄氏度。至于那一缕缕被滚烫岩浆烫热的海水，温度则会超过两百六十摄氏度。在这里，四周是一片全然的黑暗，海水有毒且超热，但在这种地方竟然都能有生物存活下去，似乎是一种奇迹了。

“我来到六千零六十米了，”他说。“还没看到它。”

他耳机中传来海伦的声音，微弱而带着擦擦音。“山壁上有一个突出的岩架。应该到六千零八十米的深度就会看到。”

“我正在找。”

“下降速度放慢。很快就会看到了。”

“六千零七十，还在找。这里的海水像豌豆汤似的。也许我位置错了。”

“……声呐数据……上头塌下来了！”她狂乱的讯息消失在一片静电杂音中。

“我没收到。请重复。”

“峡谷的山壁垮了！碎片正朝你那边掉。赶快离开那里！”

岩石砸在舱壳上的乒乓声好大，害他慌乱中把操纵杆往前猛推。一个巨大的阴影穿过阴暗水域，笔直落下，击中他前方一片峡谷的岩架，撞出一大片落雨般的碎屑。乒乓声愈来愈急。然后一个震耳欲聋的咣当声，伴随而来的震动像一记重拳打在他身上。

他的头被震得往前猛冲，下巴撞在舱壁上。他感觉到自己往一旁倾斜，右舷机翼刮过山壁上突出的岩石时，他听到可怕的金属吱呀声。潜艇继续翻转，沉淀物旋转着形成一团茫然无向的浓云，掠过他眼前。

他压下紧急上浮的拉杆，同时手忙脚乱地拉扯着操纵杆，想让潜艇往上升。“深航四号”摇晃着往前，金属舱壳刮过岩石的时候，突然停下了。潜艇就卡在那里，往右倾斜。他慌忙抓着操纵杆猛摇，又把加速器推到底。

没有反应。

他暂停一下，心脏猛跳，然后努力想压下自己高涨的恐慌感。为什么动不了？为什么潜艇没有反应？他逼自己看清两个数字显示板。电池用量表完整无损。空调显示板也还在运作。深度数字表显示是六千零八十二米。

悬浮物逐渐沉淀下来，左舷机翼灯的光照出了四周的形影。在潜艇鼻锥的正前方，他看到一片锯齿状黑色岩石和血红色的巨型管蠕虫，那个景貌好陌生。他伸长脖子朝右舷看，眼前所见让他的胃往上翻。

右舷的机翼紧紧嵌在两块岩石间。他无法往前进，也无法朝后退。我困在一个坟墓里，位于海平面之下一万九千尺。

“……收到了吗？史蒂芬，你收到了吗？”

他听到自己恐惧的微弱声音：“我动不了——右舷卡在——”

“……左舷的机翼板。左右偏摆一下，说不定就能脱身了。”

“我试过了。全都试过了。就是动不了。”

耳机里一片死寂。断讯了吗？是他们切断的吗？他想着遥远上方的那艘船。在波涛中微微起伏的甲板。他想着阳光。水面上是个美丽的晴天，海鸟在天空翱翔。大海是一片深不见底的蓝……

这时耳机里传来一名男子的声音。是帕尔默·加布里埃尔，资助这趟探险的人。他讲话一如往常，冷静而自制。“救援程序开始了，史蒂芬。另一艘潜水艇已经出发。我们会尽快把你救上来。”然后他暂停一下，才说：“你看得到什么吗？周围的环境是什么样？”

“我——我停在热泉喷口上头的一个岩架。”

“能看清多少细节？”

“什么？”

“你现在是在六千零八十二米。刚好就是我们感兴趣的深度。你卡住的那个岩架怎么样？那些岩石呢？”

我都快要死掉了，他还在跟我问那些该死的石头。

“史蒂芬，打开警示闪灯，跟我们说你看到了什么。”

他勉强把视线转到仪表板上，打开警示闪灯。

明亮的光线冲破昏暗。他盯着那片摇晃的景象在眼前现形。之前他只注意到管蠕虫。现在他转移焦点，望着散落在岩架上那一大片岩屑。那些石头呈煤黑色，像锰结核，但眼前这些有锯齿状的边缘，像凝结在一起的玻璃碎片。他往右看，望着那片刚裂开、卡住他机翼的岩石，忽然明白眼前所见是什么。

“海伦是对的。”他低语道。

“我没听到。”

“她是对的！铱源——我现在清楚看到了！”

“你声音愈来愈小。建议你……”加布里埃尔的声音被一片静电杂音掩盖，然后消失了。

“我没收到。重复，我没收到！”埃亨说。

没有回答。

他听到自己的心脏怦怦跳，呼吸声好大。慢下来，慢下来。

否则氧气很快就会用光了……

在他的压克力玻璃圆顶外，生命踏着曼妙的舞姿，漂过这片有毒的海水。时间缓缓过去，几分钟逐渐延长为几小时，他看着那些巨型管蠕虫摇晃，绯红色的绒毛仔细搜寻着营养素。他看到一只没有眼睛的螃蟹，缓缓走过那片岩石地。

灯光变暗了。空调风扇忽然沉默下来。

快没电了。

他关掉警示闪灯。现在只剩左翼灯微弱的光线了。再过几分钟，他就会开始感觉到被岩浆烫热的、高达八十二摄氏度的海水。那个热度会穿透舱壳，让他泡在自己的汗水中，缓缓被煮熟。他已经感觉到脑壳上冒出一滴汗，滑到脸颊。他依然紧盯着那只螃蟹，踏着优雅的步伐，走过那片岩架。

机翼灯开始闪烁。

然后熄灭了。

THE LAUNCH

发射

2

两年后

七月七日

中断。

固态燃料助推火箭轰隆作响，轨道飞行器震摇刺骨，此时任务专家爱玛·沃森的心头，清楚浮现出中断的指令，仿佛有人在她通讯耳麦的另一头大喊。其实没有任何组员说出这个字眼，但那一刻，她知道必须下这个决定，而且要快。指挥官鲍伯·基特里奇和驾驶员吉尔·休伊特坐在前面的驾驶舱里，爱玛还没听到他们宣布决定。但没有差别。他们同一组人已经共事太久，可以看透彼此的心思，而且太空梭飞行控制台上那些亮起的琥珀色警示灯，也清楚宣示了他们接下来的行动。

几秒之前，抗拒大气阻力而往上推升的轨道飞行器开始剧烈震动，表示奋进号太空梭已经达到了最大 Q 点（Max Q），也就是发射期间空气动力压力的最大点。当时基特里奇曾暂时将主引擎动力降到70%，以降低震动的程度。现在根据控制台的警示灯光，显示三具主引擎已经有两具故障。即使剩下的一具主引擎和两个固态燃料助推火箭都还在运转，他们也绝对到不了轨道。

他们得中断发射了。

“控制中心，这里是奋进号。”基特里奇说，声音清晰而平稳，没有一丝忧虑。“无法加速。左边和中间的主引擎在最大Q点时故障。我们上不了轨道了。即将采取‘返回发射基地中断’。”

“收到，奋进号。确认两具主引擎故障。在助推火箭的燃料烧完之后，就进行‘返回发射基地中断’。”

爱玛已经迅速翻了一下那叠检查表，抽出了“返回发射基地中断”的卡片。全组人都记得这个流程的每个步骤，但在紧急中断的慌乱状况下，可能会忘记某个必要的步骤。这张检查表能带给他们安全感。

爱玛心跳加速地浏览了一遍适当的动作流程，上头都有清楚的蓝色标示。失去两个主引擎的“返回发射基地中断”，他们有机会平安度过——但只是理论上。因为必须有一连串近乎奇迹的状况发生。首先，在脱离巨大的外燃料箱之前，他们要先清空燃料、关掉最后一个主引擎。然后基特里奇会把轨道飞行器俯仰转半圈，成为头部向上的姿势，朝发射台的方向飞回去。他将只有一次机会，载着他们安全降落在肯尼迪太空中心。只要犯一个错，奋进号就会冲进海里。

现在他们的性命，都掌握在基特里奇指挥官手上了。

升空快要满两分钟时，一直跟任务控制中心保持通讯的基特里奇口气还是很平稳，甚至有点厌烦。两分钟是下一个危机点。屏幕显示器亮出了 Pc < 50 的讯号。助推火箭里的固态燃料烧光了，很准时。

火箭里的燃料一耗尽，爱玛立刻感觉到速度明显减缓。接下来助推火箭上的连接螺栓被炸开，火箭脱离，窗户上出现了一道明亮的闪光，逼得她眯起眼睛。

发射期间的震耳轰响不祥地沉寂下来，剧烈的震动也转为一片平稳，近乎宁静。在这片突如其来的平静中，她感觉到自己的脉搏加速，猛跳的心脏就像一个拳头，不断敲打着她胸部的安全带。

“控制中心，这里是奋进号，”基特里奇说，还是冷静得反常。“助推火箭脱离了。”

“收到，我们看见了。”

“开始中断程序。”基特里奇压下“中断”按钮，旋转开关已经转到了“返回发射基地中断”选项。

通过通讯装置，爱玛听到吉尔·休伊特喊道！“爱玛，念一下检查表！”

“没问题。”爱玛开始高声念起来，她自己的声音也跟基特里奇和休伊特一样冷静异常。任何听到这些对话的人，绝对想不到他们正面临着大灾难。他们假装像是机器一样，压抑着自己的恐慌，靠死背和训练做出每个动作。轨道飞行器上的计算机会自动设定返航路线。他们会继续顺着发射方向往上飞，爬升到四十万尺，以消耗掉燃料。

现在轨道飞行器开始俯仰转动，机尾往上转半圈到另一头，她感觉到那种旋转的晕眩。原来上下颠倒的地平线忽然翻正了，同时他们回头飞向近四百英里之外的肯尼迪太空中心。

“奋进号，这里是控制中心。关掉主引擎。”

“收到，”基特里奇回答。“主引擎关掉。”

在仪表板上，三个引擎的状态指示灯忽然都亮出红色。他已经关掉了主引擎，再过二十分钟，外燃料箱就会掉进海里了。

高度降得很快，爱玛心想。但我们要回家了。

她惊跳了一下。警示铃声响了，控制台上又有新的灯号亮起。

“控制中心，三号计算机坏了！”休伊特大喊。“我们失去了一个导航状态航线图！重复，我们失去了一个导航状态航线图！”

“有可能是惯性测量装置故障，”安迪·梅塞尔说，他也是任务专家，坐在爱玛旁边。“让电脑离线吧。”

“不！有可能只是数据总线破损！”爱玛插话。“我建议接上备用的。”

“我赞成。”基特里奇大声说。

“接上备用系统。”休伊特说，转到了五号计算机。

导航画面又出现了。每个人都松了一大口气。

外头的炸药发出火光，显示空的外燃料箱已经脱离了。他们看不到它掉进海里，但知道另一个危机点刚刚度过。现在只剩轨道飞行器独自飞行，像一只肥胖又笨拙的大鸟，朝家的方向滑翔。

休伊特叫起来，“天啊！我们失去了一个辅助动力系统！”

又有新的警示声响起，爱玛连忙抬头。一具辅助动力系统失效了。然后另一个警示声大作，她恐慌地看向控制台。上头一大堆琥珀色的警示灯号闪烁着。在视讯屏幕上，所有信息都消失了，只剩下不祥的黑白线条。灾难性的计算机故障。他们在缺乏导航信息的状况下飞行，也无法控制襟翼以保持平稳。

“安迪和我处理辅助动力系统故障！”爱玛大喊。

“重新启动备用计算机！”

休伊特一边拨动开关一边诅咒。“各位，这一点也不好玩。一点反应也没有——”

“再启动一次！”

“还是没有用。”

“飞机倾斜了！”爱玛喊道，觉得自己的胃翻转了起来。

基特里奇使劲挪动着操纵杆，但他们已经朝右舷歪得太厉害。地平线转成垂直，然后又转成上下颠倒。下一圈转得更快，地平线打着转，海与天交替回旋得令人晕眩作呕。

死亡的回旋。

她听到休伊特呻吟，听到基特里奇坦然而认命地说：“我控制不了它了。”

接着，致命的旋转加速，冲向骤然而震撼的终局。

然后是一片死寂。

他们的通讯装置传来一个愉悦的声音，“抱歉啦，各位。你们这回没成功。”

爱玛拉掉头上戴的耳麦。“那样很不公平，黑兹尔！”

吉尔·休伊特也帮腔抗议，“嘿，你是存心想害死我们。我们根本没有机会。”

爱玛是第一个爬出太空梭飞行仿真器的组员，其他人也紧跟在后。她走进没有窗子的控制室，三个教练坐在那排控制台后面。

组长黑兹尔·贝拉脸上挂着恶作剧的微笑，在椅子上旋转过来，面对着怒气冲冲的基特里奇指挥官这一组四人。尽管一头灿烂的褐色卷发，看起来像个丰满的大地之母，但黑兹尔其实是个残酷无情的操练高手，她以最困难的模拟状况考验她的飞行小组，每当小组无法成功度过危机，好像就算是她赢了似的。黑兹尔很清楚每次发射都可能以灾难告终，所以她希望自己负责训练的宇航员，能够具有各种存活的技能。失去一组人马是她的噩梦，她只希望永远不会碰上。

“这次模拟实在太低级了，黑兹尔。”基特里奇抱怨道。

“嘿，你们老是成功度过危机。我们得挫挫你们的锐气才行。”

“拜托，”安迪说。“升空时挂掉两个引擎？一个数据总线破损？一个辅助动力系统故障？然后你又加上一个坏掉的五号计算机？你要给我们多少故障和毛病？太不切实际了。”

另一个教练帕特里克咧嘴笑着转过来。“你们还没注意到我们丢的另一个状况呢。”

“还有什么？”

“我让你们的氧气槽传感器故障。你们没人看到压力表上头的数字改变了，对不对？”

基特里奇大笑一声。“哪来的时间啊？我们都忙着处理其他一打故障问题了。”

黑兹尔举起一只粗壮的臂膀，做出停战的姿势。“好吧，各位。或许我们的确做得太过火了。坦白说，我们很惊讶你们进行‘返回发射基地中断’还能撑那么久。我们想再丢个扳手进去（throw in a wrench，意指破坏、阻挠。），好让这个模拟更有趣。”

“你们根本把整个该死的工具箱都丢进来了。”休伊特嗤之以鼻。

“老实说，”帕特里克指出，“你们有点太自负了。”

“应该说是自信。”爱玛说。

“这样很好，”黑兹尔承认。“自信是好事。你们上星期的那次综合模拟，就展现出很棒的团队合作状况。连戈登·欧比都说他印象很深刻。”

“狮身人面像这么说？”基特里奇惊讶地抬起一边眉毛。戈登·欧比是飞行人员事务处的主任，向来沉默冷淡且高深莫测，因而约翰逊太空中心里没有人真正了解他。他可以在任务管理会议开会时，从头到尾不发一语，但人人都晓得他把所有细节记在心里。宇航员都对他又敬佩又有点畏惧。他的职位对于飞行任务的人选有最后决定权，也因此可以造就或毁掉一个宇航员的事业。他赞美基特里奇这组人，这件事的确是个好消息。

不过黑兹尔紧接着就又杀了他们的威风。“不过呢，”她说，“欧比也很担心，你们把模拟看得太轻松愉快了。好像这对你们只是个游戏。”

“不然他还期望我们怎么样？”休伊特说。“一直想着那一万种摔死或烧死的死法吗？”

“空难可不只是理论上有可能而已。”

黑兹尔平静地说出这句话，让他们都暂时沉默下来。自从挑战者号太空梭的空难以来，宇航员小组里的每个人就充分意识到，另一桩大型事故只是迟早的事情。坐在两根助推火箭上头、准备好要带着五百万磅爆炸推力冲上天空的人，对于这个行业的危险性是不可能等闲视之的。然而他们在太空中很少谈到死；去谈就是承认了死的可能性，承认下一架出事的太空梭上头也可能有自己。

黑兹尔意识到，她是在他们精神高昂的当口泼冷水。以这种方式结束一次训练可不妙，现在她想收回之前的批评。

“我会说这些，是因为你们这个团队合作无间、表现得太好了。我得很努力给你们出难题。离发射还有三个月，你们的状态就已经这么好了。但我希望你们还能更好。”

“换句话说，各位，”帕特里克坐在他的控制台前说。“别那么自负。”

鲍伯·基特里奇假装谦虚地低下头。“我们马上就回家，穿上苦修的刚毛衬衣好了。”

“太过自信是很危险的。”黑兹尔说。她从椅子上站起来，面对着基特里奇。已经出过三次太空梭飞行任务的基特里奇比她高半个头，而且他当过海军飞行员，有那种飞官的自信姿态。但黑兹尔没被基特里奇吓倒，也不会被她训练的任何宇航员吓倒。无论他们是火箭科学家或军事健儿，都同样只会激起她母性的关切：希望他们出任务之后，能活着回来。

她说：“你太会带人了，鲍伯，结果弄得你的组员都以为这件事很容易。”

“不，是他们让这件事看起来很容易。因为他们很行。”

“再说吧。星期二还要进行综合模拟，霍利和樋口也会参加。到时候我们还会变出一些新花样。”

基特里奇咧嘴笑了。“好吧，想办法害死我们吧。不过要公平一点。”

“命运很少公平的，”黑兹尔严肃地说，“所以也别期望我会公平。”

爱玛和鲍伯·基特里奇坐在“夜间飞行”酒馆的一个卡座里，边喝啤酒边仔细检讨白天的模拟。这个惯例始自十一个月前，当时他们四个人刚被指派为第一六二号太空梭飞行任务的小组成员。此后每个星期五晚上，他们都会在航太总署路约翰逊太空中心旁边的“夜间飞行”酒馆碰面，检讨训练进展。看他们哪些地方做得正确，哪些地方还需要加强。亲自挑选每一个组员的基特里奇建立起这个惯例。尽管他们每星期共事超过六十个小时，但他好像从来都不急着回家。爱玛原先以为是因为基特里奇刚离婚，现在一个人住，害怕回到那栋一个人空荡荡的房子。但等到更了解他之后，她才明白他只不过是利用这些聚会，把他工作时肾上腺素高涨的状况延长得更久。基特里奇生来就是为了飞行。他会阅读那些枯燥到极点的太空梭操作手册，只为了消遣；而且他一有空，就会跑去驾驶航太总署的那些 T–38 教练机。感觉上，他简直像是痛恨地心引力把他的双脚限制在地面上。

他无法明白，为什么其他组员在白天工作结束后会想回家；而今天晚上只有他们两个人坐在“夜间飞行”惯常的桌子旁，似乎令他有点伤感。吉尔·休伊特去参加她侄子的钢琴独奏会，安迪·梅塞尔则回家庆祝他结婚十周年。到了约定的时间，只有爱玛和基特里奇出现，而此刻他们刚检讨完这个星期的模拟，接着两人沉默了许久。工作的事情谈完之后，他们就无话可说了。

“明天我要开 T–38 教练机到白沙基地，”他说，“要不要一起去？”

“没办法，我跟律师有约。”

“所以你跟杰克真的打算离婚了？”

她叹了口气，“已经开始准备工作了。他找了律师，我也找了律师。离婚已经是没办法避免了。”

“听起来好像你还在犹豫。”

她稳稳地放下啤酒。“我没犹豫。”

“那你干吗还戴着他给的戒指？”

她低头看看手指上那枚金色的结婚戒指，忽然发起狠想拔下来，可是拔不动。戴在手指上七年，那枚戒指似乎嵌进了她的肉里，不肯离开。她诅咒着，又用力拔了一次，这回很用力，戒指滑过指节时还刮掉一块皮。她把戒指放在桌上。“你看，我是自由身了。”

基特里奇笑了起来。“你们两个光是闹离婚，就闹得比我结婚的时间还久。总之，你们两个到底还在争什么？”

她身子往后一垮，忽然好累。“什么都争。我承认，我自己也不是很讲道理。几个星期前，我们试着想坐下来，列出所有财产的清单。看我想要什么，他想要什么。我们保证自己会很文明，会像两个冷静而成熟的大人。好吧，等我们清单列到一半，就完全开战了。简直想把对方置于死地。”她叹了口气。其实她和杰克向来就是如此。同样顽固，同样容易激动。不论是相爱或相争，两人之间总是火花四射。“我们一致同意的只有一件事，”她说。“那只猫归我。”

“真有福气啊。”

她看着他。“你后悔过吗？”

“你是指我离婚的事？从来没有。”尽管他的回答很明确，目光却往下落，好像想隐藏彼此都知道的实情：他还在哀悼自己婚姻的失败。尽管他够勇敢，可以把自己绑在几百磅的爆炸性燃料上头，却仍不免被寻常的寂寞所苦。

“问题就出在这里，你知道。我终于搞清楚了，”他说。“一般人不了解我们，因为他们的梦想跟我们不一样。唯一能跟宇航员维系婚姻的，就是圣人和烈士。或者根本不在乎我们死活的人。”他苦笑起来。“邦妮不是烈士。而且她绝对不了解我们的梦想。”

爱玛低头看着自己的结婚戒指，放在桌上亮晶晶的。“杰克了解，”她轻声说，“他也有同样的梦想。所以才会毁了我们的婚姻。因为我可以上去，他却不能。因为他没办法跟我一样。”

“那他就该成熟一点，面对现实。不见得人人都是那块料。”

“你知道，我真希望你提到他的时候，不要讲得好像他被淘汰掉似的。”

“嘿，是他自己要辞职的。”

“不然他能怎么办？他知道自己永远不可能参加飞行任务了。如果他们不让他飞，留在宇航员小组里面就没意义了。”

“他们不让他飞，是为了他好。”

“那是医学上的猜测。有过肾结石的人，并不表示以后还会有。”

“好吧，爱玛医师，你是医师。那你告诉我，如果你知道杰克的病历，你会希望他当你的太空梭队友吗？”

她顿了一下。“会，身为医师，我会的。杰克很可能在太空中完全没事。他能力太强了，我无法想象他们为什么不让他上去。我可能会跟他离婚，但我很尊敬他的专业能力。”

基特里奇大笑，喝光杯里的啤酒。“这件事你不完全客观，对吧？”

她想开口辩驳，然后这才发现找不到什么理由。基特里奇说得没错。只要是关于杰克·麦卡勒姆的事情，她就从来无法客观。

外头是休斯敦闷热的夏夜，她走到“夜间飞行”的停车场，停下来抬头望着天空。城市的灯光照得星空都显得黯淡，但她还是欣慰自己看得到那些熟悉的星座。仙后座、仙女座和七姊妹星团。每回看到这些星座，她就想起那个夏夜，她们两人并肩躺在草地上看星星时，杰克跟她说过的话。那一夜她才第一次明白自己爱上他了。天空充满了女人，爱玛。你也属于那里。

她轻声说：“你也是，杰克。”

她开了车门，坐进驾驶座。她伸手到口袋里，拿出结婚戒指。在昏暗的汽车内，她凝视着戒指，想着它所代表的七年婚姻。就要结束了。

她把戒指放回口袋，觉得左手空荡荡的，毫无遮蔽。我得习惯这个状况，她心想，然后发动汽车。

3

七月十日

一听到救护车警笛的尖啸，杰克·麦卡勒姆医师就说：“各位，上场表演了！”然后出门来到急诊室的救护车入口，感觉到自己的脉搏加快，感觉到肾上腺素的电流注入神经系统而接通了电线。他不晓得有什么病患会送到迈尔斯纪念医院，只知道不止一位。刚刚急诊室已经接到无线电通报，洲际四十五号公路发生了十五辆汽车追撞的连环车祸，两人当场死亡，二十人受伤。虽然伤势最严重的会送到湾岸医学中心或得州医学中心，但附近其他比较小的医院都得准备好，随时会有病患涌入。

杰克四下看了一圈，好确定急救团队的人都准备好了。另一位急诊室医师安娜·斯莱扎克就站在他旁边，看起来严肃而斗志高昂。支持的人员还包括四名护士、一名检验师，以及一个满脸害怕的实习医师。这位实习医师才刚从医学院毕业一个月，是全急诊室最嫩的菜鸟，而且手指笨拙到极点。注定以后要去精神科的，杰克心想。

警笛呼啸声停止，救护车转上坡道，倒车停在入口。杰克拉开后车门，看到了伤员—— 一名年轻女子，头部和颈部以护颈圈固定住，一头金发黏着血块。他们把她拉出救护车时，杰克可以看得更清楚，心中一凛，这张脸他认得。

“黛比！”他说。

她往上看着他，目光涣散，似乎不知道他是谁。

“我是杰克·麦卡勒姆。”他说。

“啊，杰克。”她闭上眼睛呻吟。“我头好痛。”

他安慰地拍一下她的肩膀。“亲爱的，我们会好好照顾你的。别担心。”

他们推着她进了急诊室的门，走向外伤诊疗室。

“你认识她？”安娜问他。

“她先生是比尔·哈宁，那个宇航员。”

“你是说在太空站那个？”安娜笑了起来。“要通知的话，还真得打长途电话了。”

“如果有必要的话，要联络他倒不是问题。约翰逊太空中心可以直接把电话接过去。”

“你要我接手这个病人吗？”这个问题很合理。医师们通常会避免治疗自己的朋友或家人；如果躺在诊疗台上心跳停止的病患，是你熟悉又喜欢的人，那么你就很难保持客观。不过他和黛比虽然有阵子常出席同样的社交场合，但杰克觉得彼此只算认识，并不是朋友，他觉得当她的医师并不为难。

“我来吧。”他说，然后跟着轮床走进外科诊疗室，脑袋里已经预先想着接下来要做的事情。她身上看得到的外伤只有头皮撕裂，但因为头部明显有伤，所以他不能排除头骨和颈椎破裂的可能性。

护士替她抽血好送去检验，同时轻手轻脚地脱掉黛比其他的衣服，旁边的救护车人员则迅速向杰克简要地汇报情况。

“她是连环车祸里面的大概第五辆车。据我们所能看到的，她被后头的车追撞后，车子往旁边旋转，然后驾驶座旁边的侧边又被撞上。车门都撞凹了。”

“你到的时候，她是清醒的吗？”

“昏迷了几分钟。我们帮她接上静脉注射时，她醒了过来。我们立刻固定她的脊椎。血压和心律都一直很稳定。她算幸运的。”那位救护车人员摇摇头。“你该看看她后头那家伙。”

杰克走到轮床旁检查病患。黛比的两眼瞳孔都对光线有反应，眼外肌活动也很正常。她知道自己的名字，也晓得身在何处，不过想不起日期。条理程度得两分，他心想。应该要让她至少住院观察一夜。

“黛比，我要送你去照X光，”他说。“我们得确定你没有其他骨折。”他看着护士。“立刻做断层扫描，头骨和颈椎。还有……”他暂停一下，仔细倾听。

另一辆救护车的警笛声接近了。

“赶紧去照X光吧。”他下令，然后快步回到门外的救护车入口，其他急救人员也已经聚集在那边。

接着他们听到又一辆救护车的警笛声，比较弱。杰克和安娜警戒地互望一眼。两辆救护车就要到了？

“这一天会很忙。”他咕哝道。

“外伤诊疗室空下来了？”安娜问。

“病人送去照X光了。”第一辆救护车倒车时，他走上前去。车子一停下来，他就拉开门。

这回是男的，中年且过重，他的皮肤苍白湿冷。快要休克了，是杰克的第一个评估，但他没看到血，没有外伤的痕迹。

“他受到擦撞，”救护车人员说，推着那男人进入诊疗室。“我们把他从车子里面救出来的时候，他说胸部痛。心律很稳定，有点太快，但没有心室早期收缩的状况。收缩压九十。我们在车祸现场给了他吗啡和硝化甘油，给他的氧气是每分钟六公升。”

每个人都专心各司其职。安娜记录病历并进行一般检查，护士则帮病患贴好心脏监视器的电极片。机器上亮起了心电图。杰克撕下报表，立刻专注在 V1 和 V2 导线的 ST 段上升。

“前壁心肌梗死。”他对安娜说。

她点点头。“我想应该要给他血栓溶解剂。”

一名护士在门口朝他们大喊，“另一辆救护车到了！”

杰克和两名护士跑出去。

一名年轻女子在担架上尖叫、扭动。杰克看了她变短的右腿，发现足部往旁边旋转了快九十度，知道这位病人得直接送去开刀。他赶紧割开她的衣服，露出受撞击而造成骨折的髋部，因为膝盖撞上汽车仪表板力道太大，使得一边大腿骨被往上撞进了关节窝。光是看她那只变形得很怪异的腿，就让他想吐。

“吗啡？”护士问。

他点点头。“看需要多少都尽量给她。她现在非常疼痛。交叉比对后输血六单位。另外找个整形外科医师尽快——”

“麦卡勒姆医师，立刻到 X 光室。麦卡勒姆医师，立刻到 X 光室。”

杰克警觉地抬起头。黛比·哈宁。他冲出急诊室。

他看到黛比躺在 X 光检查台上，旁边站着急诊室护士和检验师。

“我们刚拍完颈椎和头骨的片子，”那名检验师说，“就叫不醒她了。她连对疼痛都没有反应。”

“失去意识多久了？”

“不晓得。她已经躺在检查台上十分钟、十五分钟了，我们才发现她都没讲话。”

“计算机断层扫描做好了吗？”

“计算机部分做好了，影像应该两三个小时就可以处理好。”

杰克拿小手电筒检查黛比的眼睛，觉得自己的胃往下直沉。她的左瞳孔扩张且没有反应。

“把片子给我看。”他说。

“颈椎的已经放在灯箱上了。”

杰克赶紧到隔壁房间，看着夹在灯箱上的X光片。颈部X光片上没有裂痕；颈椎很稳固。他拿下那些片子，换上头骨的X光片。乍看之下，没看到什么明显的伤势。然后他的视线集中在一条划过左颞骨的线，非常细，像是一根针在片子上留下的刮伤。那是一条裂痕。

那道裂痕伤到了左边的中脑膜动脉吗？那就会引起颅内出血，当出血累积、形成压力时，会压迫到脑部。这就解释了她的精神状态为什么会急速恶化，而且瞳孔会扩张。

那些出血必须立刻清掉。

“把她送回急诊室！”他说。

才几秒之内，他们就把黛比用皮带拴在轮床上，跑步推着她沿着走廊往前。转入一间空的诊疗室后，他对职员大喊，“立刻呼叫神经外科医师！跟他们说有个病患硬脑膜外出血，我们会做好紧急颅骨钻孔手术的准备工作。”

他知道黛比真正需要的是进开刀房，但她的状况恶化得太快，他们不能再等下去了，得在这个诊疗室进行手术。他们把她搬到诊疗台上，在她胸部接上一堆心电图电极片。她的呼吸变得不规则，必须插管了。

他才刚拆开装着气管插管的袋子，一个护士就说："她停止呼吸了！"

他把喉镜滑入黛比的喉咙。几秒钟后，插管完成，氧气开始输入她的肺部。

一名护士打开电动剃毛刀的开关。黛比的金发开始一缕缕掉在地板上，露出了头皮。

刚刚那名职员在门口探头。"神经外科医师碰到塞车！至少还要一小时才能赶到。"

"那就找另一个过来！"

"他们全在得州医学中心！所有头部受伤的病患都往那边送了。"

老天，我们惨了，杰克心想，低头看着黛比。每过去一分钟，她头骨内的压力就愈大。脑细胞正在坏死中。如果这是我太太，我不会等下去的。一秒都不会。

他艰难地吞咽着。"去拿哈德森曲柄钻。我自己来做钻孔术。"他看到那些护士震惊的表情，于是故意虚张声势地补充，"那就像是在墙上钻洞，我以前做过的。"

趁护士正在为那块刚剃过的头皮准备时，杰克穿上了刷手服，戴上手套。他把无菌布单放好，很惊讶地发现自己虽然心脏狂跳，但双手竟然还是很稳。他以前的确做过颅骨钻孔，但只有一次，而且是好几年前，旁边还有神经外科医师在监督着。

不能再等下去。她快死了。动手吧。

他伸手拿了解剖刀，在左颞骨上方的头皮划出一道直线切口。血渗出来。他擦掉血，烧灼了伤口。接着他用牵开器将伤口两边的皮肤往外拉，在帽状腱膜上割得更深，碰到了头骨膜，然后刮开，露出头骨表面。

他拿起哈德森曲柄钻。这是一种以手摇操作的医疗仪器，外形几乎像是古董，就像你在祖父的木工坊里会看到的那种工具。首先他用穿孔器，也就是铲子形的钻头，先在头骨上钻一个凹洞。然后他换上球形头、多刀形的梅花钻。他深吸了一口气，把钻子放好位置，开始朝脑部钻得更深。他前额开始冒出一颗颗汗。眼前没有计算机断层扫描影像确认，纯粹得靠他自己的临床判断。他甚至不晓得自己是不是钻对了地方。

那个洞里忽然涌出鲜血，溅在手术布单上。

一名护士递了手术盆给他。他抽回钻子，看着一道红色的血不停流出头骨，在盆内形成一摊发亮的鲜血。他钻对位置了。随着每流出一滴血，黛比·哈宁脑部的压力也随之降低。

他吐出一口长气，肩头的紧张忽然放松了，觉得肌肉疲倦而酸痛。

“准备好骨蜡，”他说。然后放下钻子，伸手去拿抽吸导管。

一只白老鼠悬在半空中，仿佛漂浮在一片透明之海中。爱玛·沃森医师朝它漂过去，修长的四肢和优雅的姿态宛如水中舞者，一绺绺卷曲的深褐色头发朝外四散，形成一圈幽灵般的光环。她抓住那只老鼠，缓缓转过来面对镜头，接着举起一根注射器。

这段影片是两年前第一四一号太空梭飞行任务期间，在亚特兰提斯太空梭上拍摄的，至今仍是戈登·欧比最喜欢的公关影片，所以现在才会在航太总署提格演讲厅的所有屏幕上播放。谁不喜欢看爱玛·沃森呢？她轻快又柔软，而且她眼中拥有那种好奇的光芒，只能称之为火花。从眉毛上那道小疤，到缺了一小角的门牙（他听说是一次鲁莽的滑雪所留下的纪念品），那张脸展现出一个充满活力的生命。但对戈登来说，爱玛最吸引人之处，就是她的聪慧，她的能力。他一直关注爱玛在航太总署内的发展，但这份关注跟她迷人的外貌完全无关。

身为飞行人员事务处的处长，戈登·欧比对于挑选飞行任务的人选有很大的权力，他也努力跟所有宇航员保持一个安全——有些人会说是无情——的距离。他也曾是宇航员，担任过两次太空梭指挥官，即使在当时，他就已经有“狮身人面像”的绰号，被视为冷漠而神秘，从不热衷于闲聊。他也乐于保持安静与相对的低调。尽管此刻他和一排航太总署的官员坐在讲台上，但大部分观众都不知道戈登·欧比是谁。他会来这里，纯粹只是当布景而已。就像爱玛·沃森的那段影片也只是布景，她只是一张吸引观众注意的迷人脸蛋而已。

那段影片忽然停下，屏幕上出现了航太总署的标志，内部人都昵称为“肉丸”，一个布满星星的蓝圆圈上，装饰着一圈椭圆轨道和一道红叉线。航太总署署长勒罗伊·科奈尔和约翰逊太空中心主任肯恩·布兰肯希普走向讲台，接受提问。他们的任务，说白了，就是要钱，眼前这些众议员和参议员是各式各样委员会的成员，可以决定航太总署的预算。航太总署已经连续两年遭到预算大幅删减，搞得最近约翰逊太空中心的走廊间充斥着一股悲惨的沮丧气氛。

看着观众席上那些衣冠楚楚的国会议员，戈登觉得自己像在看着一群外星人。这些政客是怎么回事？他们怎么会这么短视？他不明白他们怎么无法共享他最热诚的信仰：让人类之所以异于禽兽的，就是人类对知识的渴求。每个小孩都会问那个共通的问题：为什么？人类生来就好奇，是天生的探险家，要寻求科学的真理。

但这些民意代表却失去了令人类之所以独特的好奇心。他们来休斯敦不是要问为什么，而是要问为什么我们要这么做？

眼前是科奈尔想出来的主意，为了争取这些国会议员的支持，便安排了他刻薄地称之为“汤姆·汉克斯之旅”的行程——源自汤姆·汉克斯主演的《阿波罗十三》（*Appolo 13*），这部电影至今仍是航太总署的最佳公关宣传材料。科奈尔之前已经简要地报告了国际太空站最近的成就，也安排国会议员们跟一些活生生的宇航员握过手。这不是人人期盼的吗？能碰触一个金童、一个英雄？接下来他们会参观约翰逊太空中心，从第三十号大楼的飞航控制室开始。尽管这些议员们根本无法辨别飞航控制台和任天堂游戏机的差别；但那些炫目的科技一定能让他们赞叹，使得他们成为真正的信徒。

可是不会有用的，戈登灰心地想着。这些政客不会买账的。

眼前航太总署面对着强而有力的反对者，带头的就是坐在第一排的菲尔·帕里什。这位来自南卡罗莱纳州的顽固鹰派议员今年七十六岁，他第一优先的就是保留国防预算，航太总署则可有可无。这会儿他拖着三百磅的身躯站起来，用南方绅士的拖腔对着科奈尔说话。

“贵署在那个太空站已经超支了好几十亿元，”他说。“现在呢，我不认为美国人民愿意牺牲他们的防卫能力，只为了让你们在上头替那些漂亮的实验室修修补补。这个太空站应该是世界各国通力合作的，对吧？可是呢，我只看到埋单的大部分是我们。那我要怎么跟卡罗莱纳的老百姓解释，这个大而无当的太空站应该存在呢？”

航太总署的署长科奈尔回答时，带着一脸很上镜头的笑容。

他是个政治动物，热情洋溢的个人魅力和领袖气质，让他成为媒体明星，同时也让他在华府很吃得开——他大部分时间都待在华府，说服国会和白宫给他更多钱，好弥补航太总署永远不够的预算。他的脸是对外代表航太总署的门面，而实际负责约翰逊太空中心日常营运的肯·布兰肯希普，才是署内自己人心目中的领袖。他们是航太总署领导阶层的阴与阳，性格上截然不同，因而难以想象这两个人要怎么合作。航太总署的内部笑话是，勒罗伊·科奈尔有形式却没有内容，而布兰肯希普则有内容却没有形式。

科奈尔自信地回答帕里什参议员的问题。“你问为什么其他国家没有贡献。参议员，答案是，他们已经贡献了。这个国际太空站是名副其实。没错，俄国人很缺钱。没错，我们必须弥补财务上的不足，但他们也全心照顾这个太空站。现在他们就派了一个宇航员在上头，而且他们有充分的理由协助我们维持国际太空站的运作。至于为什么我们需要这个太空站，只要看看目前进行中的生物学和医学研究，还有材料科学、地球物理学。在我们有生之年，都可以看到这些研究所带来的好处。”

观众席里另一个人站了起来，戈登感觉到自己的血压上升。在他心目中，如果这世上还有比帕里什参议员更讨厌的人，那就是蒙大拿州的众议员乔·贝林哈姆了，尽管他悦目的外形神似万宝路香烟广告里的牛仔，仍掩饰不了他是个科学白痴的事实。他上次竞选期间，还要求公立学校要教神造论，而非演化论。丢掉生物学课本，打开圣经。他大概以为火箭是由天使提供动力的。

“为什么要跟俄国人和日本人分享我们的科技呢？”贝林哈姆说。“我很担心我们把那些高科技秘密免费奉送给别人。国际合作听起来是很高尚没错，但要怎么防止他们滥用，利用这些知识来对付我们呢？为什么我们要信任俄国人？”

恐惧和偏执，无知和迷信。这个国家有太多这类东西，光是听贝林哈姆讲话，戈登就变得愈发沮丧。他厌恶地别开脸。

于是就在此时，他看到沉着脸的汉克·米勒走进演讲厅。米勒是宇航员办公室的主管。他直直看向戈登，于是戈登立刻明白有麻烦发生了。

戈登安静地离开台上，两个人进入走廊。“怎么了？”

“比尔·哈宁的太太出了车祸。听说状况不太乐观。”

“老天。”

“鲍伯·基特里奇和伍迪·埃利斯在公关室等我们。我们得一起商量一下。”

戈登点点头，看着演讲厅门内的贝林哈姆众议员，还在滔滔不绝谈论跟共产党分享科技的危险性。他严肃地跟着汉克走向演讲厅的出口，然后穿过外头的庭院，到下一栋大楼去。

他们在后头的办公室会合。第一六二号太空梭飞行任务的指挥官基特里奇激动而焦虑。国际太空站飞航主任伍迪·埃利斯则显然冷静得多，不过话说回来，戈登从没看埃利斯激动过，就连碰到危机时也不例外。

“那个车祸有多严重？”戈登问。

“哈宁太太的汽车在洲际四十五号高速公路上遭遇了连环大车祸，”汉克说。“救护车把她送到迈尔斯纪念医院。杰克·麦卡勒姆在急诊室碰到她。”

戈登点点头。他们都跟杰克很熟。尽管已经离开宇航员小组，杰克依然是太空总署现任的飞航医师。但一年前，他辞掉了大部分航太总署的职务，到民间医院去担任急诊室医生。

“就是杰克打电话到我们办公室，通报黛比的事情。”汉克说。

“他有没有提到她的状况？”

"严重头部受伤。她现在人在加护病房，昏迷中。"

"预后呢？"

"他没办法回答这个问题。"他们都沉默下来，各自想着这个悲剧对航太总署的意义。汉克叹了口气。"我们还是得告诉比尔。这个消息不能瞒着他，问题是……"他没说完，因为没有必要。他们全都晓得问题出在哪里。

比尔·哈宁目前人在太空站，预定要待四个月，现在才过了一个月。这个消息会压垮他。在太空中长期生活有种种困难，其中航太总署最担心的，就是情绪上的因素。一个沮丧的宇航员有可能严重危及整次任务。几年前，在俄国的和平号太空站就发生过类似的状况，当时俄国宇航员瓦洛佳·迪祖洛夫得知他母亲过世的消息。接下来有好几天，他把自己关在和平号的一个太空舱内，不肯跟莫斯科的任务控制中心通话。他的悲伤破坏了和平号上所有人的努力。

"他们的夫妻关系很亲密。"汉克说。"我现在就可以告诉你，这件事比尔没办法轻松应付的。"

"你是建议我们换掉他？"戈登问。

"等到下一回排定的太空梭上去，就把他接回来。接下来两个星期，他困在那儿会很不好受。我们不能要求他在上头待满四个月。"汉克又赶紧补充。"你知道，他们的两个小孩都还很小。"

"他的国际太空站替补人选是爱玛·沃森。"伍迪·埃利斯说。"我们可以在第一六零号太空梭飞航任务派她上去。跟着万斯那组人。"

听到爱玛的名字被提起，戈登很小心不要露出任何特别感兴趣的迹象。任何情绪都不行。"你觉得沃森怎么样？她准备好提早三个月上去了吗？"

“她本来就排定要接手比尔的业务，对上头大部分的实验都已经很熟悉。所以我想这个方案是可行的。”

“这个嘛，我对这个安排并不高兴。”鲍伯·基特里奇说。

戈登疲倦地叹了口气，转向鲍伯·基特里奇。“我想也是。”

“沃森是我们这个小组不可或缺的一分子，彼此合作无间。我实在不希望把这个团队拆散。”

“离发射还有三个月，你的团队还有时间调整。”

“你这样让我的工作很难做。”

“你的意思是，你在三个月内不能让一个新团队结合起来？”

基特里奇抿紧了嘴。“我只是说，我的团队已经结合成一体。我们不会乐于失去沃森的。”

戈登看着汉克。“那第一六零号太空梭任务的小组呢？万斯和他的团队？”

“他们那边没问题。沃森只会是中层甲板的另一个乘客。他们只要把她送到太空站去，就像任何酬载货物一样。”

戈登想了想。他们还在谈可能的选项，而不是确定的对策。或许黛比·哈宁会醒来没事，比尔就可以照原定计划待在太空站上。但如同航太总署的其他人一样，戈登已经学会要为各种可能性预做计划；他脑袋里随时有个流程图，知道接下来发生的各种情况要如何因应。

“好吧，”戈登说。“去帮我找爱玛·沃森来吧。”

爱玛看到他站在医院走廊的尽头，正在跟汉克·米勒谈话。尽管他背对着她，身上穿着一般的绿色刷手服，但爱玛知道那是杰克。七年婚姻让彼此太熟悉了，不必看脸就能认得。

事实上，她认识杰克·麦卡勒姆时，第一眼看到的他，也是同样的画面。那时他们都是旧金山综合医院急诊室的住院医生，他正在护理站写病历，宽阔的肩膀因为疲倦而下垂，头发乱糟糟像是刚下床。其实他也的确是刚下床，当时是清晨，他们刚值班忙了一整夜。尽管他没刮胡子，疲倦的双眼蒙眬，但当他转身第一次看到她时，两人立刻被对方吸引。

如今杰克老了十岁，深色头发里夹杂了灰丝，疲倦也再度压低了他的双肩。她已经三个星期没见过他了，只有几天前短暂跟他讲过电话，没讲几句就又一言不合吵了起来。这阵子他们好像都没办法跟对方讲道理，谈话也难以保持礼貌，无论有多么短暂。

所以她继续沿着走廊朝他走去时，心中有些忐忑。

汉克·米勒先看到她，脸上立刻绷紧，好像他知道一场战役即将开始，想趁双方开火之前赶紧脱身。杰克一定也看到了汉克脸上的表情变化，因为他随即转身过来看个究竟。

看到爱玛的第一眼，杰克似乎僵住了，一个半成形的微笑不由自主地出现在他脸上。那表情又惊又喜，快要成形了，但还不完全。然后有个什么控制了他，微笑消失了，代之而起的表情既不友善也无敌意，只是平静不带感情。那是一个陌生人的脸，她心想。不知怎地，那竟比一张充满敌意的脸还要令她觉得痛苦。因为如果他满脸敌意，那么这段曾经快乐过的婚姻，就至少还有一点情感、一点遗迹留下，不论有多么破碎。

面对他淡然的脸，她不自觉地也报以同样平静的表情。她开口时，同时对着杰克和汉克两个人，没有特别偏向谁。

“戈登跟我说了黛比的事情，”她说。“她现在怎么样？”

汉克瞥了杰克一眼，等着他先回答。最后汉克才说：“她还在昏迷中。我们有一群人在等候室那边等，算是在守护祈祷。你也可以加入。”

“好，那当然。”她转身要朝访客的等候室走去。

“爱玛，”杰克喊她。“能不能跟你谈一下？”

“两位，我先走一步了。”汉克说，然后匆匆沿着走廊离开了。他们等到他绕过转角消失，这才看向对方。

“黛比的状况不太妙。”

“怎么回事？”

“她有硬脑膜外出血。送到医院的时候有意识，还能讲话。不过才过了几分钟，状况就急速恶化。我忙着照顾另一个病人，没及早发现。所以没能早一些帮她做颅骨钻孔术，直到……”他暂停一下，别开眼睛。“她现在靠呼吸器维持生命。”

爱玛伸手想碰他，然后又忍住了，心知他只会把她甩开。他已经好久都不肯听她讲任何安慰的话了。无论她说什么，也无论她有多么诚恳，他都只视之为怜悯。而他最受不了别人怜悯了。

“那个诊断很困难，杰克。”她只能这么说。

“我该早点动手的。”

“你也说了她恶化得很快。不要怀疑自己。”

“这些话并不会让我觉得更好过。”

“我并不是要让你觉得更好过！”她也火大了。“我只是指出简单的事实，说你做了正确的诊断，而且也做了该有的处理。你就不能对自己宽容一点吗？”

“听我说，这件事重点不在我身上，好吗？”他凶回去。“而是在你。”

“什么意思？”

“黛比短期内不会出院。这表示比尔……”

“我知道。戈登·欧比通知我了。”

杰克顿了一下。“事情决定了吗？”

她点点头。“比尔要回家。我会搭下一趟太空梭去接替他。”她的视线转向加护病房。“他们有两个小孩。”她轻声说。“不能让他待在上头。还要熬三个月呢。”

“你还没准备好。你没有时间！”

“我会准备好的。”她转身要走。

“爱玛，”他伸手来抓她，她很惊讶，他很久没碰触过她了。她回头看着他，他立刻松开手。

“你什么时候要离开，去肯尼迪太空中心？”他问。

“一个星期。隔离检疫。”

他一脸震惊，什么话都没说，一时之间还没法接受。

“这倒提醒了我，”她说。“我不在的时候，你能不能帮忙照顾韩福瑞？”

“为什么不送去宠物旅馆？”

“让一只猫被关起来三个月，太残忍了。”

“那只小恶魔的爪子去掉了没有？”

“拜托，杰克。它只有在觉得受到忽视的时候，才会去破坏东西的。你多关心它，它就不会去抓你的家具了。”

杰克抬起头来，听着扩音器传来的讯息：“麦卡勒姆医师请到急诊室。麦卡勒姆医师请到急诊室。”

“看来你得走了。”她说，已经开始转身。

“等一下。这件事发生得太快了。我们都没有时间谈。”

“如果是有关离婚的事，那么我不在的时候，我的律师可以回答所有问题。”

“不。”他愤怒的声音吓了她一跳。“不，我不要跟你的律师谈！”

“那你有什么事情要告诉我？”

他盯着她一会儿，好像在搜索着字句。“是有关这次任务的，”他说。“太赶了。我觉得不太对劲。”

“这话是什么意思？”

“你是最后一刻才决定的替换人选。你要跟另一组人上去。”

“万斯的小组很坚强。这回发射我一点也不担心。”

“那在太空站呢？你可能得在轨道上待六个月。”

“我能应付的。”

“但这不是原先的计划。这是最后一刻才匆忙决定的。”

“那你觉得我该怎么办，杰克？退缩吗？”

“我不晓得！”他烦躁地一手梳过头发。“我不晓得。”

他们沉默地站在那里一会儿，两个人都不太确定要说什么，但也都不想结束谈话。七年的婚姻，她心想，到头来就是这样。两个人没法在一起，却也没法离开对方。现在我们甚至没有时间设法解决。

扩音器又传来声音：“麦卡勒姆医师请到急诊室。”

杰克看着她，表情很为难。“爱玛——”

“去吧，杰克，”她催他。“他们需要你。”

他懊恼地哀叹一声，拔腿奔向急诊室。

她则转身走向另一头。

4

七月十二日

国际太空站上

从一号节点舱穹顶的观测窗，比尔·哈宁医师可以看到下方两百二十英里处盘绕在大西洋上空的云。他手指划过玻璃，外头就是真空状态的太空。这片玻璃保护他，却也是另一个障碍，让他无法回家，无法回到妻子身边。他看着地球在下方转动，看到大西洋缓缓转开，再来是北非，再来是印度洋，黑夜逐渐逼近。尽管他的身体处于无重量的飘浮状态，但悲痛的重担似乎紧压在他胸口，令他难以呼吸。

同一刻，在休斯敦的一家医院里，他的妻子正在为生存奋战，而他却完全帮不了她。接下来两个星期，他都会困在这里，往下看得到黛比可能即将死去的那个城市，却没法赶到她身边，碰触她。他顶多只能闭上双眼，试图想象自己就在她身旁，两人的十指相扣。

你得撑下去。你得奋战。我很快就会赶回家陪你。

“比尔？你还好吧？”

他回头，看到黛安娜·埃斯蒂斯从美国实验舱飘进节点舱。他很惊讶她会来问他安好与否。尽管在这片狭小的空间里共同生活了一个月，他对这个英格兰女人还是很不熟悉。她太冷漠，太客观。尽管她有一头淡金色头发，容貌姣好，但他从不觉得她有吸引力，而她也绝对从未对他露出过一丝兴趣。不过话说回来，她的注意力通常集中在迈克尔·格里格斯身上，尽管格里格斯有个太太在地球上等着他，但这个事实似乎对黛安娜和迈克尔都没有影响。在国际太空站里，黛安娜和格里格斯就像一颗双联星的两半，围绕着彼此的轨道运转，由某种强大的重力将他们互相连结。

来自四个国家的六个人困在这个狭小的空间中，就必须面对种种不幸的现实状况，而眼前这个就是其中之一。同盟和分裂的状况不时在改变，我们和他们的观念也随之转换。在封闭空间里生活这么久，压力对每个人都造成了不同的影响。在太空站待得最久的是俄国人尼可莱·鲁坚科夫，他最近忽然变得闷闷不乐又暴躁。平井健一来自日本的宇宙事业开发团，他因为讲英文太吃力，通常都保持沉默。只有卢瑟·埃姆斯一直跟每个人都很友善。之前休斯敦传来有关黛比的坏消息时，卢瑟是唯一凭本能就晓得该跟比尔说什么的人，那些话出自真心，出自他的人性。卢瑟来自阿拉巴马州，父亲是备受众人敬爱的牧师，他也遗传了那种善于抚慰他人的天性。

“没问题的，比尔，”那时卢瑟跟他说。“你得回家陪你老婆。你跟休斯敦那边说，他们最好派大礼车来接你，否则我就跟他们没完没了。”

黛安娜的反应则是截然不同。向来讲究逻辑的她很冷静地指出，比尔也做不了什么，好让他太太赶紧复原。黛比已经陷入昏迷状态，就算比尔在身边，她也不会知道。比尔心想，冷酷又尖锐，就像她实验室里面培养的晶体。

所以现在她的问候，让他觉得很困惑。她在节点舱里往后飘浮，像往常一样保持距离。脸部周围的波浪形金色长发，像是漂动的海草。

他转回头又望着窗外。“我在等着看休斯敦。”他说。

“你有一堆酬载中心发来的新电子邮件。”

他没吭声，只是朝下望着东京的闪耀灯光，此刻正逼近黎明。

“比尔，有些事情需要你处理。如果你不想做，我们就得把你的职务分派给其他人了。”

职务。原来这就是她要来跟他谈的。不是要谈他感受到的痛苦，而是谈他是否能执行实验室里面所分派的工作。国际太空站上的每一天都排满了密密麻麻的工作，没有什么时间让你思考或悲伤。如果一名组员没办法工作，其他人就得接手，否则实验就会没人照顾。

“有时候，”黛安娜以清晰的逻辑说，“暂时忘掉悲伤的最好办法，就是工作。”

他一根手指碰触着玻璃上东京那片模糊的光。“别假装你很关心，黛安娜，骗不了任何人的。”

有好一会儿，她什么话都没说。他只听到背景里太空站持续的嗡响，现在他已经听得太习惯，几乎都没意识到了。

然后她很镇定地继续说：“我知道你现在很难受。我知道被困在这里、没办法回家，对你来说很不好过。但你也无能为力。你只能等着太空梭过来。”

他恨恨地大笑起来。“干吗等呢？我四个小时就可以到家了。”

“拜托，比尔。正经一点。”

“我很正经啊。我应该搭上‘人员返航载具’，一走了之就是了。”

“害我们在这里没有救生艇？你脑子糊涂了。”她暂停一下。“你知道，如果吃点药，你可能会觉得好过一点。好帮你度过这段时期。”

他转过头来面向她，所有的痛苦，所有的悲伤，此刻都转为愤怒。“吃颗药就能治愈一切，是这样吗？”

“会有帮助的。比尔，我只是要确定你不会做出什么不理性的事情。”

“去你的，黛安娜。”他朝舱壁一推，离开了穹顶，掠过她身边，飘向实验室的舱门。

“比尔！”

“就像你好心指出的，我还有工作要做。”

“我跟你说过了，我们可以分摊你的职责。如果你不想做——”

“该死，我会做我分内的工作！”

比尔飘进了美国实验舱。黛安娜没跟来，令他松了口气。他回头看一眼，发现她正飘向居住舱，无疑是去检查“人员返航载具”了。这个载具可以把太空站里六名宇航员全部撤走，万一有大灾难降临太空站，这是他们回家唯一的救生艇。他很后悔刚刚胡说要劫持“人员返航载具”，吓到了黛安娜。现在她会认真注意他任何情绪崩溃的迹象了。

困在地球上空两百二十英里这个美化的沙丁鱼罐头里，本来就已经够痛苦。现在还要被猜疑、提防，那就更难受了。他是很想回家没错，但他没有不稳定。这么多年的训练和心理筛选测验，都已经确定比尔·哈宁是个专业好手——当然不会危害到他的同事。

他熟练地从一面墙上蹬开，飘浮到实验舱另一头他的工作站去。他检查了最新一批电子邮件。有件事黛安娜说得没错：工作可以把他的注意力从黛比身上转开。

大部分电子邮件都是来自航太总署在加州的阿姆斯生物研究中心，内容都一如往常，要他确认一些数据而已。很多实验都由地面监控，那些科学家有时会怀疑自己收到的数据。他往下逐一阅读那些信件，看到又有一封问起宇航员的尿液和粪便样本，不禁皱了皱脸。他继续往下看，停在一封新的信件上头。

这一封不一样。寄信者不是阿姆斯中心，而是一个私人酬载作业中心。太空站的某些实验是由私人产业出资，他也常收到非航太总署的科学家寄来的电子邮件。

这封信件是寄自加州拉荷亚的海洋科学公司。

收件人：比尔·哈宁博士，国际太空站生物科技组

寄件人：海伦·柯尼格，研究计划主持人

关于：实验二十三号（古生菌细胞培养）

讯息：我们最近所收到下传的数据，显示细胞培养团有急速且非预期的增加。请以太空站的微质量测量仪器确认。

又一个小调整的请求，他疲倦地想。很多轨道上的实验，都是由地球上的科学家所发出的指令所控制。各个实验货架内部都有录像或自动采样仪器，记录下各种数据，并将结果直接下传给地球的研究人员。由于国际太空站里有各式各样精密的设备，难

免偶尔会有小故障。这也是太空站得有人的真正原因——以解决不时发生的电子装置问题。

他在酬载计算机里叫出“古生菌细胞培养实验二十三号”的档案，看了一下实验计划。那个培养器里面的细胞是古生菌，这种类似细菌的海洋生物，是从深海热泉喷口采集来的。对人类无害。

他飘到实验舱另一头的细胞培养单元前，把穿了长袜的脚伸进踏脚环里，好固定自己的位置。这个单元是一个箱形的仪器，有自己的液体输送系统，好持续灌注在两打细胞培养团和组织样本中。大部分实验都是完全自给自足，不需要人类介入。来到国际太空站的四个星期，比尔只正眼看过二十三号实验管一次。

他把那个细胞样本盘架拉出来。里头有二十四根培养试管，沿着单元的四周排列。他找到二十三号，抽了出来。

他立刻提高警觉。试管盖子显然已经被往外推开一些，似乎是受到了压力。至于里面装的，不是他原先预期中那种略微混浊的液体，而是一种鲜亮的蓝绿色。他把管子倒过来，里面的东西没有移动，那些细胞培养团已经不再是液体，而是浓稠的凝胶状。

他校准好微质量测量仪器，将试管放进样本槽。过了一会儿，屏幕上出现了数据。

出了大错了，他心想。样本遭到了某种污染。要不是原始的细胞样本不够纯净，就是另一种生物设法进入了试管，毁掉了原来的细胞培养菌。

他打字回复柯尼格博士。

……你的下传数据已经确认。培养菌出现剧烈改变。不再是液体，而是某种凝胶状的物质，颜色很鲜艳，几乎是荧光的蓝绿色。务必考虑遭到污染的可能性……

他暂停下来。还有另一个可能性：微重力的影响。在地球上，组织培养通常在薄板上生长，只会在容器表面上成二度空间扩展。但在失重状态的太空中，由于没有重力的影响，同样的培养就会有不同的反应。这些培养会以三度空间的方式生长，形成在地球上从来不会出现的形状。

如果二十三号没有遭到污染呢？如果这纯粹就是古生菌在无重力状态下的自然反应呢？

但他几乎立刻就抛开了这个想法。这些改变太剧烈了。光是失重，不可能把单细胞生物变成这种吓人的绿色细胞团。

……下次太空梭返航时，会将二十三号培养物之样本携回转交给你。若有进一步指示请告知……

忽然响起的抽屉碰撞声，把比尔吓了一跳。他回头看到平井健一正在查看自己的研究货架。他在那里多久了？他悄悄飘进实验舱，比尔根本不晓得他进来了。在一个没有上或下的世界里，从来听不见脚步声，有时唯一通知别人你在场的方式，就是开口打招呼。

健一发现比尔朝他这里看，只是点了个头，就继续忙他自己的去了。他的沉默让比尔很烦。健一就像是住在太空站的鬼，老是不发一语悄悄来去，吓到每一个人。比尔知道那是因为健一对自己的英文没信心，于是为了避免丢脸，就选择尽量不交谈。然而，他进入舱里时，至少也可以喊声“哈喽”，免得稍后吓到其他五个同事。

比尔转头回去看他的二十三号试管。这个凝胶状的东西在显微镜底下会是什么样？

他把二十三号试管放进树脂玻璃手套箱，关上箱口，然后双手伸进连接的手套里。如果有任何溢出物，就会局限在这个箱子内。否则散逸的液体在微重力状态下到处飘浮，可能会对太空站的电线造成严重破坏。他轻轻打开试管盖子，知道里头的东西受到压力，因为盖子都已经突起了。即使如此，当盖子忽然像香槟瓶塞般朝外弹开时，他还是很震惊。

一滴蓝绿色的水珠啪地打在手套箱内侧，他不禁往后一缩。水珠黏在那里一会儿，颤抖着好像是活物。其实也的确是，那是一团微生物，聚在一起成为凝胶状的物质。

“比尔，我们得谈一谈。”

那声音吓了他一跳。他赶紧把试管的盖子塞回去，回过头来面对刚进入舱内的迈克尔·格里格斯。紧跟在他身后的是黛安娜。俊男美女，比尔心想。两个人穿着海军蓝的航太总署衬衫和钴蓝色的短裤，看起来都线条流畅又健美。

“黛安娜跟我说你有状况，”格里格斯说。“我们刚刚跟休斯敦通过话，他们认为如果你考虑吃点药，可能会有帮助。只是让你撑过接下来几天。”

“所以你们现在搞得休斯敦也紧张起来了？”

“他们很担心你。我们全都很担心你。”

“听我说，我刚刚开玩笑说那些人员返航载具的话，纯粹只是讽刺而已。”

“可是搞得我们都很紧张。”

“我不需要镇静剂。只要给我清静就好。”他把试管拿出手套箱，放回细胞培养单元的格架里。他气得没办法继续工作了。

“我们必须能信赖你，比尔。我们在这里必须互相仰赖。”

盛怒中，比尔转过来面对他。“我看起来像胡书乱语的疯子吗？像吗？”

“你现在一心想着你太太，我明白。可是——”

“你不会明白的。我不相信你这阵子会常常想起你太太。”他心照不宣地看了黛安娜一眼，然后飘向实验舱另一头，进入节点舱。他正要进入居住舱，但看到卢瑟在里头准备午餐，于是又停了下来。

这里没有地方可以躲藏。没有地方可以独处。

眼泪忽然涌上来，他往后退出了舱口，躲到了穹顶里。

他背对着其他人，凝视着窗外的地球。太平洋海岸已经转过来进入眼帘。又一次日出，又一次日落。

又一次无尽的等待。

健一看着格里格斯和黛安娜抓准力道一推，双双飘出了实验舱。他们的姿态好优雅，像一对金发的神祇。他常暗地里打量他们；尤其喜欢看黛安娜·埃斯蒂斯，那一头金发和苍白的皮肤，看起来就像半透明似的。

他们离开后，只剩他一个人在实验舱，终于可以放松了。这个太空站有太多争执，害他心神不宁，难以专心。他生性沉静，很安于独自工作。尽管他的英文程度够好，但开口讲还是吃力，而且他发现交谈令他精疲力尽。独自一个人安静工作，只有实验室的动物为伴，要让他更自在得多。

他隔着观测窗注视动物区的那些老鼠，露出微笑。分隔板的一边是十二只公鼠；另一边是十二只母鼠。他小时候养过兔子，很喜欢把它们抱在膝上。但这些老鼠不是宠物，而且已经隔离了，人类无法碰触，它们的空气要经过过滤和调整过后，才能进入太空站的环境中。任何处理动物的动作，都要在邻接的手套箱内执行。从细菌到实验室老鼠，所有的生物样本都可以在手套箱内操作，不必担心污染太空站的空气。

今天是采集血液样本的日子。他不喜欢这个工作，因为他得用针头刺穿那些白老鼠的皮肤。他用日语咕哝着道歉，双手伸进手套里，然后将第一只老鼠放进封闭的工作区。那白老鼠挣扎着想逃离他的掌握。他放开老鼠，让它在空中飘浮，同时自己准备着针筒。那白老鼠看起来好可怜，疯狂地滑动着四肢，努力想往前。但它没有东西可以推开，只能无助地飘浮在半空中。

针筒准备好了，他手套里的手伸长了，重新抓住那只白老鼠。此时他才注意到老鼠旁边飘浮着一颗蓝绿色小球，跟老鼠距离好近，近得那老鼠尝试地探出粉红色舌头，舔了那颗小球一下。健一笑出声来，喝飘浮在空中的水珠是宇航员喜欢玩的游戏，这只白老鼠现在显然也找到了乐趣，正在玩它新发现的玩具。

然后他忽然想到：那颗蓝绿色的物质是哪里来的？比尔刚刚在使用手套箱。他溅出来的东西是有毒的吗？

健一飘到计算机工作站前，去查比尔刚刚查询过的实验计划。是细胞培养实验第二十三号。里头说明了那个小球中的物质没有危险性，让他放心了。“古生菌”是无害的单细胞海洋生物，没有传染性的。

于是他这才放心，回到手套箱前，把双手插入手套，然后伸手去拿针筒。

5

七月十六日

没收到下传讯号。

杰克往上瞪着羽毛状的白烟划过蔚蓝的天空，恐惧刺入他灵魂深处。亮烈的阳光照在他脸上，但他的汗水却寒凉如冰。他审视着天空。太空梭在哪里？才几秒钟之前，他看着太空梭成弧状进入一片无云的天空，感觉到轰然发射升空时地面的震动。当太空梭往上爬升时，他感觉自己的心也随之高飞，在火箭的怒吼声中，他望着太空梭往天空飞去，直到它在阳光的照射下，只剩下一个发亮的小点。

他看不到它了。原先那条白色的羽状直线，现在成了一道锯齿状的黑烟。

他疯狂地搜寻着天空，看到一连串令人眩晕的景象。天空出现火焰。一道三叉状的烟雾。碎片纷纷朝海面滚落。

没收到下传讯号。

他醒来，喘着气，全身被汗水湿透。现在是白天，太阳很大，卧室窗子透进来的热气炙人。

他呻吟着在床缘坐起身，头埋进双手里。他昨天夜里没开冷气，现在房间里感觉像个烤箱。他踉跄走到卧室另一头打开冷气，然后又回到床缘坐着，当冰冷的空气开始送出通风口，他放松地吐出一口长气。

又是那个老梦魇。

他搓着脸，想抛开梦中的影像，但那些画面已经在他的记忆中镌刻得太深了。“挑战者号”爆炸的时候，他还是大学一年级的新鲜人，当时他刚好走过宿舍的交谊厅，看到那场灾难的影片初次在电视上播出。那一天以及接下来的好几天，他一次又一次看到那段令人惊骇的影片，因而那些画面深入他的潜意识，仿佛他那天早上就站在卡纳维拉尔角的露天看台上，亲眼看到了那场爆炸。

而现在，那段记忆又出现在他的梦魇里。

都是因为爱玛的发射。

在浴室里，他低头站在哗啦啦的冷水底下，等着最后一丝残余的梦境被冲走。下星期他就要开始放三个星期的假，但他完全没有放假的心情。他已经好几个月没有驾着帆船出海了。或许在海上过两三个星期，远离城市的耀眼灯光，会是最好的治疗。只有他自己，以及一片大海，还有天上的繁星。

他已经好久没有认真注视星星了。最近他好像连看上一眼都避免。小时候他老是看着天空。母亲有回告诉他，他小时候刚学会走路时，有天晚上站在草坪上，举起两只手，想去碰触月亮。结果摸不到，他就懊恼得大哭起来。

月亮、星星，还有黑暗的太空——现在他都碰触不到了，他常觉得自己又像当年的那个小男孩，懊恼得大哭，双脚困在地球上，双手依然举向天空。

他关掉莲蓬头的水，斜靠在那里，双手扶着瓷砖，垂着头，发梢滴着水。今天是七月十六日，他心想。离爱玛发射还有八天。他感觉到皮肤上的水冷飕飕的。

十分钟后，他已经穿好衣服坐上汽车了。

这是星期二。爱玛和她新的飞航团队成员会结束为期三天的综合模拟，她会疲倦得没有心情见他。但明天她就要去卡纳维拉尔角了。明天他就联络不上她了。

到了约翰逊航空中心，他把车子停在三十号大楼的停车场，跟警卫亮出他的航太总署徽章，然后奔上通往太空梭飞航控制室的楼梯。到了里头，他发现每个人都沉默而紧张。三天的综合模拟就像宇航员和地面控制人员的期末考试，预演从发射到降落期间的各种危机，各式各样的故障会让每个人都忙个不停。过去三天来，三班制的控制人员轮流进入这个房间好几趟，此时坐在控制台前的二十几个人看起来一脸憔悴。垃圾桶被空的咖啡纸杯和健怡可乐空罐塞得爆满。尽管少数控制人员看到杰克点头致意，但都没有时间跟他好好打招呼；他们手上有重大危机要处理，每个人的注意力都集中在那个棘手状况上。这是好几个月以来，杰克头一次进入飞航控制室，他再度感觉到旧日的那种兴奋，每当有飞航任务进行时，整个房间就好像充满了电流。

他走到第三排控制台，站在飞航控制主任兰迪·卡本特旁边，不过卡本特这会儿忙得没空跟他讲话。身为太空梭计划飞航控制人员的大祭司，卡本特近一百三十公斤的体重，使得他在飞航控制室内非常显眼，他挺着大肚腩，岔开两腿站在那儿，就像一艘军舰的舰长站在挤满人的舰桥上保持平衡。在这个房间里，由卡本特当家做主。“我是个绝佳的例子，”他喜欢说，“证明一个戴眼镜的胖小子能达到什么成就。”不同于传奇飞航控制主任吉恩·克兰兹在“阿波罗十三号”危机期间，以“绝对不能失败”的名言成为媒体英雄；卡本特的知名度仅限于航太总署内部。他的外形太不上镜头了，因而无论在任何事件中，都不太可能成为电影里的英雄。

杰克仔细听着所有控制人员之间的对话，很快就拼凑出卡本特眼前正在处理的危机是怎么回事。两年前杰克在宇航员小组，为第一四五号太空梭飞航任务而进行综合仿真训练时，也曾面对过同样的棘手状况。当时太空梭上的人员报告说他们的舱内压力急速下降，显示有空气迅速外泄。他们没有时间找出外泄源头，必须进行紧急脱离轨道程序。

坐在第一排控制台的飞航动力官赶紧画出飞行轨道，好决定最佳降落地点。没人把这个状况当成游戏，他们都很清楚，如果眼前的危机成真，就会危及七条人命了。

“舱压降到 13.9psi[1] 了。”环境控制人员说。

“爱德华空军基地，”飞航动力官宣布。“大约在十三点整降落。”

“以这个速度，舱压将会降到 7psi。”环境控制人员说。“建议他们现在就戴上头盔，再开始重返程序。”

通讯官把建议转达给“亚特兰提斯号”。

“收到，”太空梭上的万斯指挥官说。“头盔已经戴上。我们要开启动力，脱离轨道了。”

虽然不愿意，杰克还是不禁被这个急迫状况牢牢吸引住了。随着时间分秒流逝，他牢牢盯着室内前方的中央屏幕，上头的世界地图上标示出太空梭轨道飞行器的路径。尽管他知道每个危机

1.psi 为压力单位，指每平方英寸所承受的压力磅数（pound per square inch）。海平面上的标准大气压力为 14.7psi。

都是由模拟团队刻意置入的，但这个练习的严肃和重大性仍然感染了他。他几乎没察觉自己的肌肉紧绷起来，只是认真盯着屏幕上闪烁变化的信息。

舱压降到 7psi。

亚特兰提斯号抵达高层大气层了。现在进入长达十二分钟的通讯中断期，因为重返大气层的摩擦力，造成轨道飞行器周围的空气被离子化，使得所有通讯完全中断。

“亚特兰提斯，收到了吗？”通讯官说。

万斯指挥官的声音忽然冒出来:“我们听得很清楚，休斯敦。”

过了一会儿，完美降落。游戏结束。

飞航控制室里响起掌声。

“好了，各位！表现很好，”飞航控制主任卡本特说。“下午三点开始汇报。现在所有人休息一下，去吃中饭吧。”他满面笑容地拿掉通讯耳麦，这才第一次看着杰克。“嘿，几百年没看到你了。”

“都在忙着帮老百姓看病呢。”

“去赚大钱了，嗯？”

杰克笑了起来。“是喔，钱多得都不晓得该怎么花呢。”他朝周围的飞航控制人员看了一眼，现在那些人放松下来，纷纷拿着汽水和午餐袋在吃喝。“模拟进行得还好吧？”

“我很满意。我们解决了所有的危机。”

“那太空梭上的人员呢？”

“他们准备好了。”卡本特给了他一个心照不宣的表情。“包括爱玛。她现在状况很好，杰克，所以不要干扰她。眼前她需要专心。”这不光是友善的忠告而已。这是个警告：你个人的事情就留着自己烦吧。别拿来扰乱我这些组员的士气。

杰克走到外头，在难耐的酷热中，等着爱玛从他们进行模拟的五号大楼走出来，此时他心情低落，甚至有点懊悔。爱玛跟其他组员走出来。显然刚刚有人讲了个笑话，因为所有人都在大笑。然后她看到杰克，脸上的笑容消失了。

“我不晓得你要来。”她说。

他耸耸肩难为情地说：“我原先也不晓得。”

“十分钟后要举行汇报了。”万斯说。

“我会到的。”她说，“你们先去吧。”她等到组员们走开，这才转过来再度面对杰克。“我真的得过去加入他们了。听我说，我知道这次发射把一切都弄得更复杂了。如果你来是要谈离婚，我保证等我一回来就马上签字。”

“我来不是为了那个。”

“那还有别的事吗？”

他暂停一下。“是啊，韩福瑞。它的兽医叫什么名字？免得万一它又吞了毛球或什么的。”

她困惑地看着他。“还是以前那个啊。戈史密斯医师。”

“啊，对了。”

他们沉默地在那里站了一会儿，太阳照在他们头上。汗水滑下他的背部。忽然间他觉得她似乎好小又好脆弱。但这个女人会跳伞，骑马的速度可以击败他，在舞池里会绕着他打转。他美丽的、无畏的妻子。

她转头望着三十号大楼，她的团队正在那里等着。“我得走了，杰克。”

“你几点要出发去卡纳维拉尔角？”

“早上六点。”

“你那些亲戚都会飞去看发射吗？”

“当然了。”她暂停一下。“你会去吗？”

挑战者号的梦魇依然鲜明印在他心中，愤怒的尾迹划过蓝天。我没办法站在现场看，他心想。我没法应付那种可能性。他摇摇头。

她听了只是冷冷地点了个头，那表情仿佛是在说：我也可以像你一样冷酷无情。同时转身要走了。

“爱玛。”他伸手抓住她的手臂，轻轻把她转过来面对自己。“我会想念你的。”

她叹了口气。“是啊，杰克。”

“我是说真的。”

“你好几个星期连一通电话都没打来过，现在却说你会想念我。”她大笑起来。

他被她那种忿恨的语气刺伤了，也被她说的实话刺伤了。过去两三个月，他的确是在逃避她。靠近她就让他觉得痛苦，因为她的成功只会更加深他自己的失败感。

没有和解的希望了；从她冷漠的眼神中，他看得出这一点。除了礼貌以对，他也不能多做什么了。

他别开目光，忽然无法直视她。“我只是过来祝你一路平安。还有旅途愉快。经过休斯敦上空的时候，偶尔朝我挥挥手吧。我会等着你的。”从地球看，国际太空站就像个移动的星星，比金星还亮，迅速掠过天空。

“那你也要朝我挥手，好吗？”

两个人都设法挤出笑容。所以这毕竟是个礼貌的分手。他张开双臂，她靠过来。这个拥抱短暂而尴尬，仿佛他们是初次见面的陌生人。他感觉到她的身体靠着他，温暖而充满活力。然后她抽身，走向任务控制中心大楼。

中间她只停下来一次，跟他挥手道别。阳光亮烈照向他的脸，他不禁眯起眼睛，看到她只剩一个黑暗的剪影，长发在热风中飞起。他望着她一路走远，知道自己从没像这一刻那么爱她。

七月十九日

卡纳维拉尔角

即使在远处看，那个画面仍让爱玛屏息。矗立在39B发射台上，沐浴在明亮的泛光灯下，亚特兰提斯号太空梭紧贴着橘红色的巨大燃料箱，以及两个固态燃料助推火箭，宛如黑夜中高耸的灯塔。无论经历过多少次，每回第一眼看到太空梭在发射台上被照亮的情景，她的心中总是有一股敬畏之情。

跟她一起站在柏油路面上的其他组员，也同样保持沉默。为了调整睡眠周期，他们凌晨两点就起床，离开位于操作校验大楼三楼的暂居处，出来看一下这个即将载运他们进入太空的巨兽。爱玛听到一只夜鸟的啼声，感觉到一股清凉的风从大西洋吹来，涤清了空气，带走周围湿地那股污浊的气味。

“真会让你觉得渺小，是吧？”万斯指挥官以他柔软的得州拖腔轻声说。

其他人都喃喃表示赞成。

“渺小得像只蚂蚁，”组员中唯一的菜鸟切诺韦思说。这将是他第一次搭乘太空梭，整个人兴奋得像是会放电似的。“我老忘了她有多大，然后再看她一眼，我心想，老天，那么多燃料。我能骑在上头，真是太幸运了。”

大家都笑了，但那是安静的、不安的笑，就像在教堂里做礼拜似的。

“真想不到一个星期过得这么慢。”切诺韦思说。

“这家伙当处男当得不耐烦了。”万斯说。

“一点也没错。我想上去。”切诺韦思的目光渴望地朝向天空，看着群星。“你们全都晓得那个秘密，我等不及要分享了。”

秘密。它只属于少数有幸上去过的人。那不是你有办法传授给他人的秘密；你得自己经历过，用自己的眼睛，亲眼看过那黑暗的太空和远处下方的蓝色地球。你得被火箭的推力狠狠往后压在座位上。从太空归来的宇航员，脸上常常挂着心照不宣的笑容，那表情是在说，我也知道了，那是少数人类才会晓得的事情。

两年多前，爱玛走出亚特兰提斯号的舱门时，脸上也挂着这样的笑容。当时她虚弱的双腿走进阳光里，抬头望着天空那片鲜亮慑人的蓝。在轨道上的八天，她经历了一百三十次日出，看到巴西的森林大火和回旋在萨摩亚那个台风的台风眼，当时看到的地球，似乎脆弱得令人心碎。回来时，她永远改变了。

再过五天，除非有什么大灾难发生，切诺韦思也会分享这个秘密了。

“该让我们的视网膜接受一点光线了。”切诺韦思说，“我的脑子还认为现在是半夜呢。”

“现在的确是半夜啊。”爱玛说。

“对我们来说，现在是破晓时分。”万斯说。在所有组员里头，他是最快把生理时钟调整到新时段的。这会儿他快步走回操作校验大楼，在凌晨三点开始一整天的工作。

其他人跟着他，只有爱玛在外头又多逗留了一会儿，凝视着太空梭。前一天他们上了发射台，最后一次复习机上人员逃生流程。在阳光下近看，太空梭仿佛特别明亮耀眼，而且庞大得无法一眼看尽。你只能一次专注在一部分。鼻锥、机翼、黑色的尾翼，还有机腹上仿佛爬虫类的鳞片。在白昼的天光下，太空梭真实又坚固。此刻在灯光下，衬着黑色的夜空，感觉却似乎很怪异。

在忙着为发射而准备的期间，爱玛都坚定地抛开一切疑虑，不容许自己有任何担忧。她已经准备好要上去了。她想上去。但现在，她却感觉到一丝恐惧。

她抬头望天，看到星星消失在一片移动的云后头。快要变天了。她颤抖着转身，走进大楼。走入灯光灿烂的所在。

七月二十三日

休斯敦

半打管子迂回着插入黛比·哈宁的身躯。喉咙是一条气管切开术的插管，氧气从这里注入她的肺部。一条鼻胃管往上探入她的左鼻孔，然后往下经过食道，进入胃部。以及一条排尿的导尿管，加上两条把液体注入血管的静脉导管。她的手腕上还插了一条动脉导管，连接示波器上有一条连续不断的线，显示出血压状况。杰克看了吊在床边上方的静脉注射点滴袋，看到里头有强力抗生素。这是坏征兆，表示她已经受到感染了——这在昏迷两星期的病人身上并不稀奇。皮肤的每个开口、每一条塑料管，都是细菌进入的门户，而在黛比的血液里，现在正有一场战役在进行中。

这一切，杰克看一眼就完全明白了，但他什么都没跟黛比的母亲玛格利特说。那位老妇人坐在病床边，紧握着女儿的手。黛比的脸部松弛，下巴无力，眼皮只半闭着。她依然处于重度昏迷状态，什么都不晓得，连疼痛都感觉不到。

杰克进入病房隔间时，玛格利特抬起眼睛，跟他点头招呼。“她这一夜很不好受，”玛格利特说，“发烧。他们不晓得是为什么。”

“抗生素会有帮助的。”

“然后呢？我们治疗了感染，但接下来会怎样？”玛格利特深吸一口气，“她不会希望这样的。身上插了这么多管子，还有那么多针头。她会希望我们让她走的。”

“现在不是放弃的时候。她的脑电波图还是有活动。她没有脑死。”

“那为什么她没醒？”

“她还很年轻。还有太多活着的理由。”

“这样不是活着。”玛格利特低头看着女儿的手。上头已经因为静脉注射和针头插刺而瘀血浮肿。“当初她父亲快死的时候，黛比跟我说她以后绝对不要这样结束生命。被绑在床上，强迫灌食。我一直想到当时，想到她说过的话……”玛格利特又抬起眼睛，“你会怎么做？如果这是你太太的话？”

“我不会考虑放弃的。”

“即使她告诉过你，她不希望这样结束生命？”

他想了一会儿，然后坚定地说：“说到底，这是我的决定。无论她或任何人跟我说过什么。我不会放弃我爱的人。只要有一点点救她的机会，我就绝对不会放弃。”

他的话无法安慰玛格利特。他没有权利质疑她的信念、她的直觉，但她自己开口问他的意见，而他的回答则是出自内心情感，而非理智。

这会儿他觉得好罪恶，于是在她肩上拍了最后一下，离开病房。上天很可能会替他们所有人做决定。昏迷又受到感染的病人，已经形同站在死神的门槛了。

他离开加护病房，闷闷不乐地走进电梯。这样展开假期真是令人沮丧。走出电梯来到一楼时，他决定第一站就去巷口的杂货店买半打啤酒。眼前他所需要的，就是冰镇啤酒，然后花一下午帮那艘帆船装满所需物品。这样就可以让他不要再去想黛比·哈宁了。

“蓝色代码，外科加护病房。蓝色代码，外科加护病房。”

他的头猛地抬起，看向医院的广播系统。黛比，他心想，然后冲向楼梯。

那个外科加护病房的隔间里已经挤满了医护人员。他挤进去，看了监视器一眼。心室纤维颤动！黛比的心脏成了一团颤动的肌肉，无法抽吸，无法让她的脑子维持生命。

“一安培肾上腺素进去了！”一个护士喊道。

“大家都后退！”一名医师下令，把电击板放在病人胸部。

杰克看到电击板释放电流，那具躯体随之震跳一下，同时他也看到监视器上的那条线往上冲，然后又落下成为平平的直线。还是处于心室纤维颤动状态。

“给她盐酸胺碘酮了吗？”杰克问。

“刚刚给了，可是没有用。”

杰克又看了监视器一眼。心室纤维颤动已经从大振幅转为小振幅，然后成为一直线。

“我们已经电击她四次了，”所罗门医生说，“还是没有心律。”

“心脏内注射肾上腺素呢？”

“也没有其他办法了，动手吧！”

急救护士准备肾上腺素的注射器，装上了一根长长的心脏注射针。杰克接过来的那一刻，心知这场仗已经结束，这个步骤改变不了什么。但他想到比尔·哈宁，等着要回家看他妻子。又想到自己没多久前，才跟玛格利特说过的话。

我不会放弃我爱的人。只要有一点点救她的机会，我就绝对不会放弃。

他低头看着黛比，在那不安的一刻中，爱玛的脸闪过他的脑海。他艰难地吞咽了一口说："暂停按压心脏。"

那个护士收起压在胸骨的手。

杰克用优碘在皮肤上迅速擦了一下，把针尖放在剑突下方。他自己的脉搏跳得好快，针插入胸，轻轻施加负压力。

一道鲜血告诉他，他已经插入心脏了。

他推动柱塞，把整剂肾上腺素都打进去，然后抽出针头。"恢复按压。"他说，然后抬头看着监视器。加油，黛比。奋战吧，该死。别放弃我们。别放弃比尔。

病房内一片寂静，每个人都盯着监视器看。那条线还是平直的，心肌已经逐渐坏死。大家都不必说什么，挫败的表情已经出现在他们脸上了。

她还这么年轻，杰克心想。三十六岁。

跟爱玛同龄。

最后是所罗门医师下了决定。"我们来结束吧，"他轻声说。"死亡时间，十一点十五分。"

刚刚按压胸部的那名护士一脸严肃地退开。在病房明亮的灯光照耀下，黛比的躯体看起来像灰白的塑料。好似人体模型，而非五年前杰克在一场航太总署的露天宴会上，所认识那名开朗而充满生命力的女人。

玛格利特走进来。一时之间，她只是沉默站在那儿，好像不认得自己的女儿。所罗门医师一手放在她肩膀上，轻声说："事情发生得太快了。我们也无能为力。"

"他应该在这里的。"玛格利特说，声音沙哑。

"我们试过要救回她。"所罗门医师说，"我很遗憾。"

"我是替比尔遗憾，"玛格利特说，她执起女儿的手吻了一下，"他想回来陪她的。现在他永远不会原谅自己了。"

杰克走出隔间，跌坐在护理站的一张椅子上。玛格利特的话还萦绕在他脑海。他应该在这里的。他永远不会原谅自己了。

他看着电话。我还在这里做什么？他心想。

他抓起柜台职员办公桌上的那本商用电话簿，拿起电话拨号。

"孤星旅行社——"一个女人接了电话。

"我要到卡纳维拉尔角。"

6

卡纳维拉尔角

杰克坐在租来的汽车上，从打开的车窗吸入梅里特岛的湿润空气，嗅着潮湿泥土与植被所构成的丛林气味。往肯尼迪太空中心的那条路出奇地乡野，穿越一片片柳橙园，沿路经过一些年久失修的甜甜圈摊子，以及长满杂草、散布着废弃飞弹零件的废物堆积场。白昼的天光逐渐减弱，杰克看到前头有几百辆车的车尾灯，缓缓地往前爬行。后头的塞车队伍也愈来愈长，很快地，他的车子就会困在那一长排车阵中，全都是各地来的观光客，等着要寻找个停车点，好观赏次日的太空梭发射。

困在这一片混乱中挣扎根本没意义。就算他能杀出重围、抵达卡纳维拉尔角大门也没用。反正现在这个时间，宇航员都在睡觉。他到得太晚，来不及说再见了。

他驶出车阵，把车子掉头，驶回 A1A 高速公路，往可可海滩的那条路。

自从艾伦·谢帕德和“水星计划七人”[1]的年代以来，可可海滩就一直是宇航员的派对中心。西临香蕉河、东滨大西洋的这一小片土地，充斥着略嫌脏乱的旅馆和酒吧及T恤店。杰克对这一带很熟悉，从东京牛排屋到登月酒吧。他曾在约翰·格伦[2]昔日惯常跑过的同一片海滩上慢跑。才不过两年前，他曾站在可可海滩北端的码头公园，注视着第三十九号A发射台。上头是他的太空梭，预定要载他进入太空的。那些回忆至今依然充满痛苦。他还记得在一个闷热下午的长跑途中，他的侧腹忽然一阵剧痛，痛得他当场跪下。然后，在麻醉剂的迷雾中，他的飞行医师站在急诊室沉着脸往下看着他，说出了坏消息。一颗肾结石。

他被移出那次任务的名单。

更糟糕的是，他未来上太空的机会也有问题了。肾结石病史是少数会让宇航员终生禁飞的状况之一。微重力会引起体液的生理变化，因而导致脱水。另外也会引起骨骼中的钙质流失。这些因素加起来，就等于宇航员可能会在太空中出现新的肾结石——航天总署不想冒这种风险。尽管杰克还在宇航员小组内，但他其实已经被禁飞了。他又待了一年，希望能被指派新的飞航任务，但他的名字始终没出现在名单上。他变成一个宇航员鬼魂，注定要在约翰逊太空中心的走廊上永远游荡，寻找新的任务。

回到眼前，他在这里，回到了卡纳维拉尔角，不再是宇航员，只是一名沿着A1A公路行驶的观光客，饥饿又暴躁，无处可去。方圆四十英里内的每家旅馆都已客满，而他已经厌倦开车了。

1. 美国航天总署于一九五九年开始发展太空载人计划“水星计划”（Project Mercury），并甄选出美国第一批受训的七位宇航员，一般称为“水星计划七人”。其中的艾伦·谢帕德（Alan Shepard）是第一位登上太空的，知名度也最高。

2. 约翰·格伦（John Glenn）：亦为“水星计划七人”的宇航员之一，是首位环绕地球轨道飞行的美国人。

他转入希尔顿饭店的停车场，下车走向酒吧。

比起上次他来的时候，这里变得漂亮多了。新的地毯，新的吧台板凳，天花板上垂下蕨类。以前这里有点破败，只不过是一家衰老的希尔顿，位于一个衰老的观光地段。可可海滩没有四星级饭店。这里已经是最豪华的一家了。

他点了一杯苏格兰威士忌加水，专心盯着吧台上方的电视机。现在转到了航天总署官方频道，太空梭亚特兰提斯号在屏幕上，被泛光灯照得一片灿亮，周围涌起幽灵般的蒸汽。爱玛就要搭着它上太空了。他瞪着那个画面，想着舱壳内几英里长的电线、无数的开关，以及众多的数据汇流排、螺丝、接头和O形环。几百万个可能出错的东西。但实际出错过的东西那么少，真是个奇迹。人类这么不完美，却能设计并建造出这么可靠的飞行器，让七个人甘心把自己绑在上头。拜托让这次发射成为完美的其中一次吧，他心想。让每个人都正确做好自己的事情，而且没有一颗螺丝松掉。一定要完美才行，因为我的爱玛会在上头。

一个女人在他旁边的吧台凳子坐下，开口说：“不晓得他们现在在想什么。”

他转过头来看着她，被她裸露的大腿一瞥暂时抓住兴趣。她是个时髦而阳光的金发女郎，有那种乏味的完美脸蛋，分手一小时之内你就会忘记她的长相。“谁在想什么？”他问。

“那些宇航员啊。不晓得他们是不是想：‘啊，天啦，我怎么会惹上这种麻烦？’”

他耸耸肩喝了口酒。“他们现在什么都不想。他们全都睡着了。”

“换了我就睡不着。”

“他们的生理时钟已经完全调整过来了。大概两个小时前就去睡觉了。”

“不，我的意思是，换了我就完全都睡不着。我会清醒地躺在那边，努力想出各式各样脱身的方法。”

他笑了。“我跟你保证，如果他们还醒着，也只是因为他们等不及要爬上那个宝贝，赶紧发射。”

她好奇地望着他。“你也是太空计划的工作人员，对不对？”

“曾经是。宇航员小组。”

“现在不是了？”

他举杯凑向嘴边，感觉到那些冰块敲着他的牙齿。“我退休了。”他放下空杯子，站起来，看到那女人的双眼中掠过失望。他让自己思索片刻，想着如果自己留下来，继续这段交谈，接下来的夜晚会有什么发展。他会有个宜人的伴侣，接下来还会有更多好处。

但他付了账，走出希尔顿。

到了半夜十二点，他站在码头公园的沙滩上，凝视着河对面的三十九 B 发射台。我在这里，他心想。就算你不知道，我还是在这里陪着你。

他坐在沙滩上，等待黎明到来。

七月二十四日

休斯敦

“墨西哥湾上头有个高压，卡纳维拉尔角的天气可望保持晴朗，所以返回发射基地过关。爱德华空军基地是晴时多云，不过到发射时应该会完全晴朗。西班牙萨拉戈萨的跨大西洋岸降落基地，目前还是适合降落且气象预报过关。西班牙莫隆也适合降落且过关。摩洛哥的班吉尔目前有狂风和沙暴，目前不是适合的降落基地。”

今天的第一次气象简报同步转播到卡纳维拉尔角，结果很令人满意，飞航控制主任卡本特也很开心。发射还是要照常举行。班吉尔机场的恶劣降落状况只是小问题，因为西班牙另外两个跨大西洋岸降落基地都很晴朗。反正这些都是备胎中的备胎；这些基地只有在万一发生大故障时，才会派上用场。

他浏览了周围一圈，看发射组的人有没有其他任何顾虑。飞航控制室的紧张气氛很明显，而且程度逐渐升高，就像每次发射前那样，这是好事。要是哪一天大家不紧张了，那他们就会犯错。卡本特希望手下都保持紧张，所有的神经突触都绷紧了——在午夜时分，要保持这样的警戒程度，就需要额外的肾上腺素。

卡本特跟其他人一样神经紧绷，尽管倒数计时仍按照预定的计划。肯尼迪太空中心的检查小组已经完成工作。航空动力小组也确认过精密的发射时间。同时，配置在世界各地的几千人都看着同样的一个倒数时钟。

在太空梭准备发射的卡纳维拉尔角，飞航控制中心的发射室也同样紧张，这里有相同的各组人坐在控制台前，为发射做准备。一等到固态燃料助推火箭点火，就改由休斯敦任务控制中心接手。尽管相隔一千英里，休斯敦和卡纳维拉尔角这两个控制室却由种种通讯设备紧密相连，就像是位于同一栋大楼内一样。

在亚拉巴马州杭兹维尔的马歇尔太空飞行中心，研究人员正在等待他们的实验品发射升空。

卡纳维拉尔角东北边的一百六十英里外，海军舰队正在海上等着要回收固态燃料助推火箭，因为火箭内的燃料烧完之后，就会脱离太空梭，落到海上。

在世界各地的紧急降落基地和追踪站，从科罗拉多州的北美防空司令部到非洲冈比亚的首都班珠尔，男男女女都望着倒数计时的时钟。

就在此时，七个人正准备要把性命交到我们手上。

卡本特可以从闭路电视上看到那七个宇航员，此刻正在其他人协助下，穿上橘色的发射与降落太空衣。这些影像是从佛罗里达现场联机过来的，但是没有声音。卡本特发现自己暂停一下，审视他们的脸。尽管他们没有一个露出丝毫害怕，但他知道他们满面笑容的表情底下，心中必然有恐惧。他们脉搏加速，神经紧绷。他们很清楚种种风险，一定会害怕。在屏幕上看到他们，也提醒了地面上的工作人员，有七条人命需要仰赖他们把自己的工作正确做好。

卡本特的目光从闭路电视的监视器转开，回到自己的飞航控制人员身上。他们分别坐在十六个控制台前。尽管他知道每个成员的名字，但他都以各自的任务指挥位置称呼他们，而且缩减到航天总署惯用的速记简称。导航官（guidance officer）是 GDO。航空器通讯官（spacecraft communicator）是 Capcom。推进系统工程师（propulsion systems engineer）是 Prop。轨道官（trajectory officer）是 Traj。飞航医师（flight surgeon）则简称医师。卡本特自己的代号，则是 Flight（飞航）。

倒数计时三小时。任务还是照常进行。

卡本特一手插进口袋，搅动一下里头的酢浆草钥匙圈。那是他自己的幸运仪式。就连航天工程师们，也都有他们自己的迷信。

不要有任何事情出错吧，他心想。不要在我手里。

卡纳维拉尔角

从作业与检查大楼到 39B 发射台，搭太空专车过去要十五分钟。车上大家都反常地沉默，没有人开口说太多话。才半个小时前换衣服时，他们还敏感又亢奋地不断说说笑笑，声调响亮而热烈。从他们两点半醒来的那一刻，那种紧张感就开始累积了。先是依传统吃了牛排加炒蛋的早餐，接着听取气象简报，然后着装，再来就是发射前惯例的玩扑克牌比花色大小，一路下来他们都有点太吵又太欢乐了，每个人都信心十足地吵个不停。

现在他们都陷入沉默了。

专车停下来。坐在爱玛旁边的菜鸟切诺韦思咕哝道：“我从来没想到，这份工作的职业伤害，竟然还包括了尿布疹。”

她不禁笑了。每个人笨重的太空衣底下，全都穿着成人纸尿布；现在离起飞还有漫长的三小时。

在发射台技师的协助下，爱玛下了车。她暂停在发射台片刻，往上惊奇地注视着三十层楼高的太空梭，在聚光灯之下闪耀。上一回她来发射台是五天前，当时唯一听到的声响就是海风和鸟叫。现在太空梭活了过来，随着易挥发的推进燃料在燃料箱里面猛烈燃烧，太空梭就像一只睡醒的龙一般，轰隆作响又不断冒烟。

他们乘电梯上到 65 米那一层，踏上格栅空桥。现在仍是黑夜，但天空已经被发射台的灯光照得发亮，她只能勉强看到一眼头顶的星星。黑暗的太空正在等待他们。

到了消毒过的白色房间，穿着无尘连身工作服的技师们协助宇航员走过舱口，进入轨道飞行器，一个接一个。指挥官和驾驶员先就座。被分配坐在中层甲板的爱玛则是最后进去的。她往后靠坐在有坐垫的椅子上，系好所有安全带，头盔也戴上了，然后双手竖起大拇指示意没问题。

舱门关上，把他们关在里面。

爱玛听得到自己的心跳。尽管她的通讯装置里传来空对地通讯试音的嘈杂对话，苏醒的太空梭还不断发出呼噜噜和轰隆隆的声响，但她仍能听到自己心脏持续地怦怦跳动。身为中层甲板的乘客，接下来两小时她没有什么事情可做，只能坐在那边胡思乱想；起飞前的检查将会由上一层飞行甲板的人员执行。她这一层没有窗子可以看到外头，只能瞪着储藏区和食品室。

在外头，黎明很快就会照亮天空，成群的鹈鹕将会掠过美丽海滩的水面浪花。

她深吸一口气，往后靠坐着，静心等待。

杰克坐在海滩上，望着太阳升起。

他在码头公园上并不孤单。午夜前游客就纷纷开车来到这里，一长串车头灯沿着五二八号州道缓缓爬行，有的往北转向梅里特岛野生生物保护区，有的则继续越过香蕉河，到卡纳维拉尔角市。这些地点的视野也都很好。他周围的人群都处于假日心情，带着海滩毛巾和野餐篮。他听到笑声和响亮的收音机和发困孩童的哭闹。环绕在欢庆人潮构成的旋涡中，只有他是独自沉默一人，怀着自己的思绪和恐惧。

太阳升上地平线时，他往北边的发射台注视。她现在应该登上亚特兰提斯号，系好安全带在等待了。兴奋又开心，还有一点恐惧。

他听到一个小孩说："那是坏人，妈咪。"于是转头看那个小女孩。两人四目相对片刻，一个小小的金发公主瞪着一个满脸胡楂的邋遢男子。她的母亲赶紧把小女孩抱在怀里，快步转移到沙滩上另一处安全的地方。

杰克啼笑皆非地摇摇头，目光再度望向北边。望向爱玛。

休斯敦

飞航控制室陷入沉寂的假象。现在离发射还有二十分钟——此时该确定是否仍照常发射了。所有靠后方的控制员都已完成系统检查，现在靠前方的人员正在等着要进行逐一确认。

卡本特以冷静的声音念出名单，要求每个前方控制员口头确认。

"飞航动力官？"

"发射。"飞航动力官说。

"导航官？"

"发射。"

"医师？"

"发射。"

"数据处理？"

"发射。"

等到卡本特逐一问过，也都收到每个控制员的肯定答复，他便对整个房间轻快地点个头。

"休斯敦，可以发射吗？"卡纳维拉尔角的发射主任问。

"任务控制中心确定发射。"卡本特说。

传统上，发射主任跟太空梭人员的这段对话内容，是休斯敦任务控制中心所有人都听得见的。

“亚特兰提斯号，你们要发射了。卡纳维拉尔角所有人员祝你们好运，一路顺风。”

“发射控制中心，这里是亚特兰提斯号，”大家听到万斯指挥官回答，“谢谢你们帮这只大鸟准备好。”

卡纳维拉尔角

爱玛把头盔上的面罩关起锁上，打开氧气输送钮。现在离发射还有两分钟，她整个人包覆在隔绝的太空衣里，除了数时间也没事可做。她感觉到主引擎震动着转到了发射位置。

倒数三十秒。与地面控制中心的电路切断，太空梭上的计算机接手控制。

她的心跳加速，肾上腺素涌入血管。她聆听着一秒秒的倒数计时，知道接下来会怎么样，心里可以想象即将发生的一系列事件。

到了倒数八秒，几万加仑的水会倒入发射台下，以降低引擎的轰隆声。

倒数五秒，太空梭上的计算机会开启阀门，让液态氧和液态氢输入主引擎。

随着主引擎点燃，她感觉到太空梭左右扭动，竭力要挣脱把机身牢牢钉在发射台的那些螺栓。

四，三，二……不能回头了。

固态燃料推进火箭点燃时，她憋住气，双手抓紧。那震动摇撼入骨，轰响声大得她都听不见耳机里在讲什么话。她还得咬紧牙关，免得上下排牙齿一直相撞。此时她感觉到太空梭转向预定中的弧线，飞过大西洋上空，她的身体被加速至3g的重力紧压在座位上。她的四肢沉重得几乎没法动，震动剧烈得仿佛轨道飞行器马上就要颠散了。他们到达最大Q点了，也是震动的最高峰，万斯指挥官宣布他已经降低主引擎动力。不到一分钟内，他又会将引擎动力加到全速。

随着时间一秒秒过去，头盔不断咯咯震响，发射的力量像一只坚定的手牢牢按着她的胸膛，她心中又生出一丝新的不安。当初挑战者号就是在这个时间爆炸的。

爱玛闭上眼睛，想起两星期前跟着黑兹尔进行的那次模拟。他们现在正逐步接近模拟时一切都开始出错的那一刻，当时他们被迫进入“返回发射基地中断”，然后基特里奇无法控制轨道飞行器。这是发射过程中关键的时刻，但她什么也没法做，只能坐在这里，期望真实状况不要像模拟时那么严苛。

她听到耳机里面传来万斯的声音，“控制中心，这是亚特兰提斯号。加速。”

“收到。亚特兰提斯号。加速。”

当太空梭飞上天时，杰克站在那里往上看，心脏跳到喉咙口。他听到固态燃料助推火箭喷出两道火柱时的爆裂声。太空梭逐渐成为发亮的一个小点，机尾排出的废气升得越来越高。他周围的群众都鼓起掌来。完美的发射，他们全都这么想。但杰克知道，还是有太多事情可能会出错。

忽然间他恐慌起来，因为他没注意发射几秒钟了。多少时间流逝了？他们已经过了最大Q点了吗？他用手遮着眼睛上方以抵挡早晨的阳光，竭力要看清亚特兰提斯号，但唯一能看到的，就是排出来的烟雾。

周围的人群已经开始朝停车的地方走。

他还是站着不动，担心地等待着。他没看到可怕的爆炸。没有黑烟，没有梦魇。

亚特兰提斯号平安地离开地球，现在冲过太空。

他感觉到两行泪流过双颊，但却不愿意擦去。他任凭泪水落下，只是继续望向天空，看着意味着他妻子飞上去的那道烟痕逐渐消散。

THE STATION

太空站

7

七月二十五日

内华达州，贝迪

苏利文·欧比在电话铃响中咕哝着醒来。他觉得好像有两个钹敲着他的脑袋，嘴里一股旧烟灰缸的味道。他伸手去拿话筒，不小心碰翻了电话座。砰的一声，害他头痛得皱起脸。啊，算了，他心想，然后背过身子，把脸埋在一头纠结的长发里。

一个女人？

他在早晨的亮光中眯起眼睛，确认跟他躺在床上的确实是个女人。金发妞。在打呼。他闭上眼睛，希望如果自己倒回去睡觉，等到再度醒来时她就会消失。

但他现在睡不着，因为掉下去的话筒里传来大吼的声音。

他身子探到床沿外，抓起了电话。“什么事，布里奇特？”

“你为什么没在这里？”布里奇特问道。

“因为我在床上啊。”

“现在是十点半了，你约好要见新投资人的，记得吗？我应该警告你，卡斯珀正在犹豫要把你钉在十字架上，还是把你勒死。”

投资人。要命。

苏利文坐起身抱着头，等待那股晕眩过去。

“听着，你快点离开那个无脑辣妹，立刻赶过来，”布里奇特说，“卡斯珀已经陪他们走到机棚那边了。”

“十分钟。”他说，然后挂掉电话，踉跄着站起来。那个辣妹没动。他不晓得她是谁，但让她继续在床上睡也无妨，反正他家也没什么好偷的。

没有时间冲澡或刮胡子了。他吞了三颗阿司匹林，又喝了杯微波炉加热的咖啡，然后骑上他的哈雷机车。

布里奇特在机棚外头等他。她有典型爱尔兰女人的名字，看起来也是典型的爱尔兰姑娘，身材结实，一头红发，还有跟头发相互辉映的火爆脾气。很不幸，有时刻板印象的确有道理。

“他们就要离开了，”她用气音说，“快点抬起屁股滚进去。”

“这两个是谁，提醒我一下吧？”

“一位是卢卡斯先生，另一位是拉沙德先生。他们是十二位投资人的代表。你搞砸了这个，我们就完蛋了。”她暂停一下，厌恶地看着他。“啊，该死，我们已经完蛋了。看看你这副鬼德性。你就不能至少刮个胡子吗？”

“难不成你要我现在回家？我还可以顺路去租个礼服。”

“算了。”她把一叠报纸塞进他手里。

“这什么？”

“卡斯珀要的，拿去交给他。现在赶紧进去，说服他们开给我们一张支票。大支票。”

他叹了口气，走进机棚。从外头亮烈的沙漠阳光下走进来，机棚内的黑暗让他眼睛舒服多了。他花了好一会儿才看到那三个人，站在轨道飞行器“远地点二号”表面的黑色隔热陶片旁。两个访客都穿了西装，跟周围的飞机工具和设备显得格格不入。

“早安，各位！”他喊道。“抱歉我迟到了，刚刚被一个电话会议绊住了。你们也晓得，有时候就是脱不了身……”他瞥见卡斯珀·穆赫兰警告的眼神告诉他别再往下扯了，混蛋，于是把到了嘴边的话硬吞回去。“我是苏利文·欧比，”他说，“穆赫兰先生的合伙人。”

“对于这架可重复使用的发射载具，欧比先生熟悉每一颗螺丝，”卡斯珀说，“他以前在加州，曾经和火箭工程学的前辈大师鲍伯·特鲁瓦克斯本人合作过。事实上，他对整个系统可以解释得比我更好。在这里，我们都说他是我们的欧比王。”

那两位访客只是眨眨眼睛。这可不是个好征兆，因为电影《星际大战》这种世界共通语言，居然没能引出一个微笑。

苏利文跟他们握手，先是跟卢卡斯，然后是拉沙德，尽管一颗心直往下沉，他还是咧嘴露出大大的笑容。面对着这两位衣冠楚楚的绅士，想到自己和卡斯珀渴望他们的钱，他内心涌上一股厌恶。“远地点工程公司”是他们的宝贝，也是他们过去十三年来培育的梦想，如今就快要破产了。只有找到新一批投资人，注入新的资金，才能挽救这家公司。他和卡斯珀现在必须拼命推销。要是推销不出去，他们还不如收拾起工具，把这架轨道飞行器当成游行花车卖掉算了。

苏利文手势花哨地指向“远地点二号”，这架轨道飞行器看起来不太像是以火箭为动力的飞机，倒比较像是一具有窗子的肥胖消防栓。

“我知道它看起来可能不起眼，”他说，“但我们在这里所打造的，是全世界现有最具成本效益、最实用的可重复使用发射载具。它使用一种辅助的单级入轨发射系统。在垂直起飞后，继续爬升到十二公里的高度，在低动压的状况下，挤压循环式的火箭引擎会让载具加速到四马赫的火箭脱离点。这架轨道飞行器完全可以重复使用，而且重量只有八吨半。它实现了我们对未来商业太空旅行的信念。更小，更快，更便宜。”

“你们用的是哪一款升空引擎？”拉沙德问。

“俄罗斯进口的雷宾斯克 RD-38 吸气式引擎。”

“为什么用俄国货？”

“因为呢，拉沙德先生，偷偷告诉你，俄国人是全世界最懂火箭科学的人。他们已经开发出几十种液态燃料火箭引擎，使用的先进材料可以在更高的压力下运转。至于我国，说来遗憾，从阿波罗之后，就只开发出一种新的液态燃料火箭引擎。这一行现在是国际性工业了。我们认为，一定要为我们的产品选择最好的零件，不管这些零件是哪一国来的。”

“那么这个……这个玩意儿怎么降落？”卢卡斯先生问，半信半疑地望着那个消防栓飞行器。

“啊，这就是‘远地点二号’的美妙之处。你们会发现，它没有机翼。它不需要跑道，而是直接落地，利用降落伞减低速度，同时用气囊缓冲落地时的碰撞。它可以降落在任何地方，甚至在海上。再次，我们必须对俄国人致敬，因为我们有些特点是采用了他们以前的联合号宇宙飞船。那是他们用了几十年，最可靠又耐用的太空飞行器。”

“你们喜欢俄国佬的技术，嗯？”

苏利文整个人僵住了。“我喜欢有用的技术。你爱怎么批评俄国人都没关系，但他们在这方面的确很内行。”

“所以你们制造出来的这个，”卢卡斯说，“是个混合体。联合号加上太空梭。”

“非常小的太空梭。我们花了十三年，外加六千五百万美元，就能发展到现在的地步——比起太空梭的成本，实在是便宜得惊人。以这个复合式飞行器，如果每年发射一千两百次，我们相信可以达到每年百分之三十的投资报酬率。每次飞行的成本是八万元；每公斤则是便宜到两百七十元。更小，更快，更便宜。这就是我们的信条。”

“到底是有多小，欧比先生？你们的酬载容量有多少？”

苏利文犹豫了。他一说出来，可能就会失去这两位投资人了。“我们每次发射到低地球轨道的酬载量是三百公斤，外加一个驾驶员。”

接下来有好一阵子沉默。

拉沙德先生说：“就这么多？”

“那是将近七百磅了。可以容纳很多研究实验在——”

“我知道三百公斤是多少。并不多。”

“弥补的方式，就是更频繁地发射。你几乎可以把它想成一架太空飞机。”

“事实上——事实上，我们已经引起航天总署的兴趣了！”卡斯珀插嘴，口气绝望。“他们可能将会买这种系统，好快速登上太空站。”

卢卡斯抬起一边眉毛。“航天总署有兴趣？”

“嗯，我们有内部管道。”

啊，要死了，卡斯珀，苏利文心想。别扯那个了。

“苏利文，把报纸给他们看。”

“什么？”

“《洛杉矶时报》。第二版。”

苏利文低头看着布里奇特刚刚塞给他的那份《洛杉矶时报》，翻到第二版，看到那篇文章:《航天总署下一批宇航员发射升空》，底下是一张约翰逊太空中心高阶主管在记者会上的照片。他认得里头那个大耳朵、丑发型、其貌不扬的男子。那是戈登·欧比。

卡斯珀抢过报纸，拿给两位访客看。“看看这个人，站在勒罗伊·科奈尔旁边的？他是飞行人员事务处的主任。欧比先生的哥哥。”

两位访客显然被打动了，转过来看着苏利文。

“怎么样？”卡斯珀说，“两位要谈一下投资细节吗？”

“有件事我们最好先说在前头。”卢卡斯说，“拉沙德和我已经看过其他宇宙飞船公司所开发的飞行器。凯利宇宙飞船、罗顿、基思勒K-1，我们都仔细看过了，也都印象深刻，尤其是K-1。不过我们觉得，也该给你们这家小公司一个推销的机会。”

你们这家小公司。

操你的，苏利文·欧比心想。他痛恨跟别人讨钱，痛恨跪在那种自以为了不起的人面前。这是一场没有希望的战役。他的头好痛，他的胃很不舒服，这两个穿西装的家伙浪费了他的时间。

“告诉我们，为什么我们应该押注在你们的马身上。”卢卡斯说，“为什么‘远地点二号’是我们的最佳选择？”

“坦白说，两位，我不认为我们是你们的最佳选择。”苏利文直率地回答，然后转身离去。

“呃——失陪一下，”卡斯珀说，追在他的合伙人后面。“苏利文！”他低声道，“你到底在搞什么鬼？”

“他们对我们没兴趣。你也听到了。他们喜欢K-1。他们想要大火箭。”

“别搞砸了！快回去跟他们谈。”

“为什么？他们不会开支票给我们了。”

“要是失去了他们，我们就失去一切了。”

“我们已经失去了。”

“不，你可以说服他们的。你唯一要做的，就是说出实话。把我们真心相信的事情告诉他们。因为你知我知，我们的飞行器是最棒的。”

苏利文揉揉眼睛。阿司匹林的药效减弱了，他的头痛得要命。他厌倦了乞求。他是工程师和飞行员，他很乐意自己的余生都双手沾满黑黑的机油。但如果没有新的投资人，没有新的现金进来，这样的事情就不会发生了。

他转身走向那两位投资人。让他惊讶的是，那两个人似乎对他生出了新的尊敬。或许因为他刚刚说了实话。

“好吧，”苏利文说，整个人勇敢起来，反正他已经没什么好损失了，倒不如抬头挺胸面对失败。“我看这么着吧。只要一次示范飞行，就可以证明我们所说的一切。其他公司有办法随时就能决定发射吗？不，他们没办法。他们需要准备的时间。”他冷笑，“要准备好几个月。可是我们随时都可以发射。我们唯一要做的，就是把这个宝贝装在推进火箭上头，就可以把它发射到低地球轨道上。要命，我们还可以让它上去跟太空站炫耀一下。所以你们给个日期，看你们希望哪一天发射，我们就照办。”

卡斯珀脸色发白，白得像个鬼。还不是那种友善的鬼。苏利文刚刚把他们自己逼到了孤立无援的险境。“远地点二号”还没有试飞过。这架飞行器放在这个机棚累积灰尘已经超过十四个月，等着他们到处找钱。而它的处女航，苏利文居然就要把它发射到轨道上？

“事实上，我太有自信它可以通过测试了。”苏利文说，把赌注加得更高，“所以我会亲自坐在驾驶座上。”

卡斯珀抓着自己的肚子。“啊……两位，这只是个夸张的说法而已。这架飞行器在无人驾驶的状态下，也完全可以飞行得很好——”

“可是这样就缺乏戏剧性了，”苏利文说，“让我驾驶吧。这样对每个人来说都更有趣。你们觉得呢？”

我觉得你他妈的疯了，卡斯珀用眼神告诉他。

那两位投资人交换了一个眼色，又互相耳语几句。然后卢卡斯说，“我们对示范飞行非常有兴趣。不过我们得花时间通知所有的投资伙伴，协调大家的行程。所以暂时就定在……一个月后吧。你们做得到吗？”

他们是想确定他是不是说大话而已。苏利文大笑。“一个月？没问题。”他看向卡斯珀，但卡斯珀现在闭上双眼，一脸痛苦。

“我们会跟你们保持联络。”卢卡斯说，然后转身朝门外走。

“如果不麻烦的话，我想问最后一个问题，”拉沙德先生说。他指着那架飞行器。“我注意到你们这架原型机是‘远地点二号’，那是不是有‘远地点一号’？”

卡斯珀和苏利文面面相觑。

“啊，有的，”卡斯珀说，“的确有过……”

“那它怎么了？”

卡斯珀沉默不语。

管他去死，苏利文心想。跟这些人讲实话好像很有用；不妨再试一次吧。

“坠地焚毁了。”他说。然后走出机棚。

坠地焚毁。一年半前那个寒冷、晴朗的上午所发生的事，也只能如此描述了。那个上午，他的梦想也跟着坠地焚毁。这会儿坐在公司里他那张破烂的办公桌后头，喝着咖啡治疗宿醉，苏利文脑袋里不禁回想起那一天种种令人痛苦的细节。载着航天总署官员们的那辆巴士停在发射台前。他哥哥戈登露出骄傲的笑容。起飞前，十来个“远地点公司”的员工和大约二十个投资人聚集在帐篷底下，喝着咖啡，吃着甜甜圈，充满了欢庆的气氛。

倒数计时，发射。每个人抬头眯起眼睛，看着“远地点一号”冲向天空，拉出尾痕，然后缩小到只剩一颗发亮的小点。

然后是一道闪光，一切就结束了。

事后，他哥哥没多说什么，只是简短慰问了两句。他跟戈登向来就是如此。每回只要苏利文搞砸了——这种事似乎太常发生了——戈登只会悲伤而失望地摇摇头。戈登是清醒而可靠的哥哥，是优秀的太空梭指挥官。

而苏利文连宇航员小组都没能进去。尽管他是飞行员，也是航天工程师，但好像一辈子都运气欠佳。只要他爬进驾驶舱，好像就会有电线短路或管线破裂。他常觉得自己前额该刺上“不是我的错”的刺青，因为事情出问题，有时的确并不是他的错。可是戈登不这么想。他向来一帆风顺。戈登认为，运气坏的说法，只是掩饰无能的借口而已。

“你为什么不打电话给他？”布里奇特说。

他抬头看。她站在他的办公桌旁，手臂交抱在胸前，像个不满的老师。“打给谁？”他问。

“你老哥啊，不然还有谁？告诉他们要发射第二架原型机了。邀请他来看。说不定他会把航太总署的其他人都带来。”

“我不希望有任何航天总署的人来。”

“苏利文，如果我们让他们留下深刻的印象，就能扭转这间公司的命运了。”

“就像上次，嗯？”

“那是偶然的意外。我们已经修正那个毛病了。”

“或许还会有一次意外。”

“你这样很触霉头呢，你知道吧？”她把电话推到他面前，“打给戈登。如果我们要丢骰子，那倒不如把全部的家当都押上去。”

他看着电话，想着“远地点一号”，想着一辈子的种种梦想都可能在瞬间蒸发。

“苏利文？”

“算了吧，”他说，“我老哥忙得很，没空跟我们这种窝囊废瞎搅和。”然后他把刚刚那份报纸扔进垃圾桶。

七月二十六日

亚特兰提斯号上

“嘿，沃森，”万斯指挥官朝下方的中层甲板喊道，“上来看看你的新家。”

爱玛往上飘过梯子，来到飞行甲板，停在万斯座位的后方。看到窗外的第一眼，她惊奇地猛吸一口气。她从没离太空站这么近过。两年半前第一次出太空任务时，他们并没有跟国际太空站对接，只从远处看过而已。

“美呆了，不是吗？”万斯说。

“我这辈子看过最美的东西。”爱玛轻声说。

的确。粗重的主桁架上头展开了一排排巨大的太阳能板，整个太空站看起来就像是一艘雄伟的帆船，扬帆航过天际。由十六个国家所建造，零件经由四十五次发射任务送上太空。历经五年时间，才一点接一点在轨道上组合起来。它不光是工程学的奇观，也象征着人类如果能放下武器、把目光转向天空，可以达到什么样的成就。

“看看，这个房地产可真是不错，”万斯说，“我会说这是景观公寓。”

“我们已经在会合的轨道半径向量在线了。”太空梭驾驶员皮威特说，“飞航顺利。”

万斯离开指挥官座位，站在飞行甲板舱顶的窗前，看着太空梭逐渐靠近太空站的对接舱。在复杂的会合过程中，这是最需要小心处理的阶段。亚特兰提斯号原先是发射到比国际太空站稍低的轨道上，过去两天来，一直和飞驰的太空站玩追赶的游戏。轨道飞行器会从下方逼近太空站，利用反作用力控制系统中的喷射推进器，微调位置，以准备对接。此刻爱玛听得到喷射推进器点火的轰隆声，感觉到轨道飞行器的震动。

“你瞧，”皮威特说，“那里就是上个月被撞到的那排太阳能板。”她指着一列太阳能板，上头有一道凹痕。太空中难以避免的危险之一，就是经常有流星雨和人造的太空垃圾。就连一个小小的碎片，在时速几千英里的高速下，都有可能变成一枚致命的飞弹。

他们更接近时，太空站填满了窗子，爱玛觉得满心敬畏又荣耀，泪水忽然冲进眼眶。家，她心想。我快到家了。

亚特兰提斯号和国际太空站对接完成，气闸门打开，一张褐色大脸在太空站那一头咧嘴朝他们笑。“他们带柳橙来了！”卢瑟·埃姆斯对他的太空站同伴们喊道，“我闻得到！”

“航天总署快递服务。”万斯指挥官面无表情地说，“你们的杂货送来了。”万斯提着一个装了新鲜水果的尼龙袋，抛过亚特兰提斯号的气密舱，进入太空站。

这次对接十分完美。两具太空飞行器在地球上空的轨道，以一万七千五百英里的时速飞行，万斯以每秒两英寸的精密速率接近国际太空站，把亚特兰提斯号的对接舱对着国际太空站的对接埠，然后准确地、紧紧地锁住。

现在舱门打开，亚特兰提斯号的机上人员逐一飘浮着进入太空站，一个多月没见过新面孔的太空站人员露出欢迎的微笑，上前和他们握手、拥抱。节点舱太小了，装不下十三个人，于是机上人员很快就分散到邻接的各舱去。

爱玛是第五个进入太空站的。她飘出对接舱，吸入一股混合的气味，那是人类被困在密闭空间里太久、带点酸味和肉味的气息。第一个上来迎接她的，是以前曾一起接受宇航员训练的老友卢瑟·埃姆斯。

“我想是沃森医师吧！”他低沉有力地说，把她拉过来拥抱，“欢迎来到太空站。淑女愈多，欢乐愈多。”

“嘿，你知道我不是淑女的。”

他挤挤眼睛。“这个我们就别说出去了。”卢瑟向来很棒，他的高昂心情可以感染所有人。每个人都喜欢卢瑟，因为卢瑟喜欢每个人。爱玛很高兴太空站上有他。

尤其当她转身，看到了其他太空站的同伴。她首先和国际太空站的指挥官迈克尔·格里格斯握手，发现他很有礼貌，但简直像军人似的冷冰冰。黛安娜·埃斯蒂斯是欧洲太空总署派来的英国女人，她也没有温暖太多。虽然面露微笑，但她的双眼是一种奇怪的冰河蓝。冷淡又遥远。

接下来爱玛转向俄国人尼可莱·鲁坚科夫，他是在太空站里待得最久的——将近五个月了。舱里的灯光似乎把他脸上的所有血色都滤掉，变得像他夹杂着灰斑的胡楂那种黄褐色。他们握手时，他的目光几乎没跟她的接触。这个人得回家，她心想，他很消沉，已经累坏了。

接着上前迎接她的，是来自日本宇宙事业开发团的宇航员平井健一。他至少脸上还挂着笑容，握手也很坚定。他结巴着打了招呼，然后赶紧离开。

此时舱房净空了，大家都分散到太空站的其他各处。只剩下她和比尔·哈宁。

黛比三天前过世了。亚特兰提斯号会带比尔回家，不是到他妻子的病床边，而是到她的葬礼上。爱玛飘向他。“我很遗憾，”她轻声说，“我真的很遗憾。”

比尔只是点点头，别开目光。“好奇怪，”他说，“我们总以为，要是有个什么万一，那也会是发生在我身上。因为我是家里的大英雄，是冒所有险的人。我们从来没想到，她会是……”他深吸了一口气。爱玛看到他正努力保持镇静，心知现在不是说什么同情话的时候。甚至只是轻碰他一下，都可能毁掉他控制自己情绪的那股脆弱力量。

“好吧，沃森，”最后他终于说，“我想我应该负责带你熟悉环境，因为你要接替我的工作了。”

她点点头。“等你准备好再说，比尔。”

“我们现在就开始吧。有好多事情要跟你交代。但换班的时间又不多。”

尽管爱玛很熟悉太空站的整个格局，但第一次看到内部实体的感觉却是头晕目眩。轨道上的无重力状态表示没有上或下，没有地板或天花板。每个平面都是有用的工作空间，要是她在空中转得太快，立刻就会失去所有方向感。再加上一阵阵反胃的恶心，使得她放慢动作，转身时双眼必须盯牢一个点。

她知道国际太空站核心的空间相当于两架波音 747 飞机，但分布在十来个巴士大小的舱里，不同的舱像拼接玩具般连接起来，中间连接的部分就叫节点舱。太空梭是对接在二号节点舱。另外欧洲太空总署的实验舱、日本实验舱、美国实验舱也都跟这里连接，使得这个节点舱成为通往太空站其他部分的通道。

比尔带着她走出美国实验舱，进入连接的一号节点舱。他们在这里暂停一会儿，望着穹顶的观测窗外。地球在他们的下方缓缓旋转，乳白色的云盘旋在海洋上方。

“我有空的时候都待在这里。”比尔说，“只是看着窗外。那种感觉几乎是神圣。我把这里称之为‘大地之母的教堂’。”他把目光从窗外收回来，指着节点舱的另一个闸门，“正对面就是舱外活动气密舱。”他说，“我们下面的舱门则是通到居住舱。你的睡眠区就在那里。人员返航载具接在居住舱的另一端，那里是紧急撤退口。”

“有三个人睡在这个舱？”

比尔点点头。“另外三个人睡在俄罗斯服务舱。要从这边这个闸口过去。我们现在就过去吧。”

他们离开一号节点舱，像两条鱼游过一片隧道迷宫，飘到了太空站属于俄罗斯的那一半。

这里是国际太空站最老旧的部分，在轨道上待得最久，老旧状况也明白显现出来。他们经过曙光号——可以供应电力和推进动力——之时，爱玛看到了墙上的污渍，还有零星的刮伤和凹痕。原来在她脑中的一张张设计平面图，现在有了材质和可以感知的细节。太空站不光只是一堆发亮的实验舱所组成的迷宫，也是人类的家，长期居住后的使用痕迹处处可见。

他们飘进了俄国服务舱，爱玛看到倒立的格里格斯和万斯。或者我才是倒立的？爱玛心想，被这个上下颠倒的失重世界弄得好笑起来。就跟美国舱一样，俄罗斯舱也有一个厨房、厕所，以及三个人员的睡眠区。在另一头，她看到一个舱口。

“那里是通往老联合号吗？”她问。

比尔点点头。“我们现在把那里用来储存垃圾，反正也没别的用处了。”联合号宇宙飞船一度是太空站的紧急救生艇，现在已经淘汰，里头的电池也早就没电了。

卢瑟·埃姆斯头探进俄罗斯服务舱。“嘿，各位，作秀时间到喽！在媒体会议中心表演集体抱抱。航天总署希望纳税人看到我们在这里表演国际爱。”

比尔厌倦地叹了口气。“我们就像动物园里的动物似的。每天都要对着那些该死的摄影机微笑。”

爱玛是最后一个离开的。等她来到居住舱，里头已经挤了十二个人。看起来像一团缠结的胳臂和腿，每个人都上下晃动着，努力不要彼此碰撞。

格里格斯正在设法安排每个人的位置时，爱玛还留在一号节点舱，飘在半空中。她发现自己的目光缓缓飘向穹顶。窗外的景象美得让她屏息。

那是壮丽的地球。弧形的地平线上方镶着一圈星星，此刻正要入夜。再往下，她看到一些熟悉的地标没入黑夜。休斯敦。这是她第一次在太空站经过家乡的夜空。

她凑近窗子，一手放在玻璃上。啊，杰克，她心想。真希望你也在这里。真希望你能看到这个景象。

然后她挥手，心中毫不怀疑，在下方的某处，杰克也在朝她挥手。

8

七月二十九日

私人电子邮件收件人：爱玛·沃森博士（国际太空站）
寄件人：杰克·麦卡勒姆

太空站就像夜空的一颗钻石。从地球看，你们就是这个样子。昨天夜里我熬夜看你掠过。给了你一个大大的挥手。

今天早上的 CNN 把你捧成了太空女先锋。“女性宇航员发射升空，半根指甲都没断。”或诸如此类夸张可笑的言论。他们访问了伍迪·埃利斯和勒罗伊·科奈尔，他们两个都笑得像是骄傲的父亲。恭喜，你成为美国甜心了。

从画面上看，万斯那组人完美降落。比尔抵达休斯敦时，被嗜血的记者团团包围住。我在电视上看到他一眼——好像老了二十岁。黛比的葬礼是今天下午。我会去参加。

明天，我会驾着帆船在墨西哥湾上航行。

爱玛，我今天收到离婚文件了，我得老实跟你说，感觉很不好。

不过话说回来，离婚的感觉本来就不会好，不是吗？

总之，律师都准备好，只等我们签字了。或许现在一切终于结束了，我们又可以回头当朋友了。就像以往一样。

杰克

PS. 韩福瑞真是个小混蛋。你得赔我一张新沙发。

私人电子邮件收件人：杰克·麦卡勒姆

寄件人：爱玛·沃森

美国甜心？拜——托——喔。这已经变成高空走钢索表演了，地球上的每个人都等着看我搞砸。等到我真搞砸了，就会成为“当初该派个男人上去”的第一号范例。我好恨这点。

另一方面，我的确好爱这里。真希望你能看到这片景象！当我往下看到地球有多美，就好想摇醒住在那儿的每个人，让他们清醒一下，只要他们有机会看到地球有多么小、多么脆弱，在这片寒冷的黑暗太空中又有多么孤单，他们就会更珍惜它了。

（看吧，她又来了，一讲到地球就眼泪汪汪。当初该派个男人上去的。）

很开心可以告诉你，我的恶心感已经消失了。现在我可以迅速到各舱去，几乎不会有什么不舒服。每回意外看到窗外的地球，我还是会有一点晕眩。因为我的上下方向感被搞混了，每次都要花好几秒钟才能调整过来。我设法保持健身进度，但每天两小时实在太花时间了，尤其我有好多事情要做。有几十个实验要监控，有几百万封来自酬载中心的电子邮件，每个科学家都要求你优先照顾他们的宝贝计划。以后我会逐步增加健身量，但今天早上我实在太累了，居然连休斯敦叫我们起床的音乐都没把我吵醒。（卢瑟说他们播的是华格纳的《女武神的骑行》!)

至于离婚手续即将完成，我的感觉也不好受。不过，至少我们有过七年的好时光。这比大部分夫妻都好太多了。我知道你一定很希望赶紧把手续办完。我保证一等我回去，就马上签字。

继续跟我挥手啊。

爱玛

PS. 韩福瑞从来不会攻击我的家具。你做了什么惹毛它了?

爱玛关掉笔记本电脑。回复私人电子邮件是今天的最后一件工作。她一直盼望得到家乡的消息，但杰克提到离婚的事让她很难过。所以他已经准备要展开新生活了，她心想。他准备要跟我“当朋友”了。

她钻进睡袋并拉上拉链时，心里很生气，气他这么轻易就接受他们的婚姻告终。刚开始谈离婚时，他们还吵得很凶，当时每次热烈的争执都令她有某种莫名的放心感。但现在他们的冲突结束了，杰克已经可以平静接受了。没有痛苦，没有后悔。

而我，却还在想念着你。这让我好恨自己。

健一犹豫着要不要叫醒她。他徘徊在爱玛的睡眠区隔帘外，不晓得自己是不是该再喊她一次。这实在是小事，他真不想打扰她。她晚餐时看起来好疲倦，手里还拿着叉子就睡着了。在没有重力的状态下，失去意识时身体也不会垮下来，所以脑袋也不会扭动而把你惊醒。疲倦的宇航员出了名地会在修理工作进行到一半、手里还拿着工具时，就不小心睡着了。

他决定不要叫醒她，自己回到美国实验舱。

健一每天所需睡眠从来不超过五小时，其他人都在睡觉时，他常常会徘徊在迷宫般的太空站里，照看他的各式各样实验。四处检查、探索。好像只有在其他同僚睡觉的时候，太空站才会表现出自己清晰的个性。整个太空站变成了一个会发出嗡嗡声和滴答声的自主个体，里头的计算机指挥着上千个不同的功能，各种电子指令迅速通过电线和回路组成了神经系统。当健一飘过一个个隧道时，心想这里的每一平方英寸，都是无数人类动手辛劳的成果。电工和金属工、塑料制模工、玻璃工。因为他们的劳动，才能让他这么一个来自日本乡村的农民之子，如今可以飘浮在地球上方两百二十英里之处。

健一已经来到太空站一个月，但种种惊叹之感始终未曾消失。

他知道自己在这里的时间有限。他知道自己的身体正在逐渐付出代价：他骨骼里的钙质持续流失，他的肌肉逐渐变得虚弱，而且动脉和心脏由于不必对抗地心引力，原先的强度也在逐步降低。在国际太空站驻守的每一刻都很珍贵，他不想浪费任何一分钟。于是，在排定睡觉的时间里，他会在站内漫游，流连在窗边，去看看实验舱的动物们。

他就是这样发现那只死老鼠的。

它飘浮着，僵硬的四肢伸展开来，粉红色的嘴巴张着。又是公的。这是十六天内死掉的第四只公鼠了。

他确认了这些白老鼠的居住环境都功能正常，设定的温度没有被动过，空气流通率依然维持在标准的每小时十二次。它们为什么还不断死亡？会是饮水和食物遭到污染了吗？几个月前，太空站内曾因为有毒化学物质渗透到动物居住区的饮水中，造成十来只老鼠死亡。

那只老鼠飘浮在笼内。其他公鼠都缩在另一头，好像很厌恶那具同伴的尸体。它们似乎急着要远离它，脚爪紧抓着笼子。金属网另外一边的母鼠们也是一样，全都聚集在一起。只有一只例外，那只母鼠抽搐着，缓缓在空中旋转，爪子像是癫痫发作似的不断痉挛。

又一只生病了。

正当他观看的时候，那只母鼠仿佛受尽折磨似的吐出最后一口气，然后忽然再也不动了。

其他母鼠彼此靠得更紧了，一大团白色的毛皮恐慌地扭动着。他得趁着传染给其他老鼠之前把尸体移走——如果这是传染病的话。

他把老鼠居住的笼子接合到生物手套箱，戴上乳胶手套，然后双手伸进连接在箱子上的橡胶手套内。他先伸手到公鼠那一边，把尸体拿出来放进塑料袋。接下来再打开母鼠那边，去拿第二只死老鼠。正要拿出来时，一团白毛冲出来，掠过他的手。

一只母鼠逃进手套箱了。

他在半空中抓住那只母鼠，但几乎又立刻放开，手上传来一阵尖锐的刺痛。那只母鼠一口咬穿了手套。

他立刻把双手抽出箱子，迅速剥掉手套，瞪着手指看。一滴血涌出来，这突如其来的景象令他觉得恶心想吐。他闭上眼睛，痛骂自己。这没什么——只不过是个小刺伤。也算是那只老鼠报了仇吧，因为之前被他用针刺了那么多回。他睁开眼睛，但那种恶心感还在。

我需要休息，他心想。

他再度抓住那只挣扎的老鼠，丢回笼子里。然后他把两只装袋的鼠尸拿出来，放进冰箱。明天等他好过一点，再来处理这个问题。

七月三十日

“我今天发现这只死了，”健一说，“是第六只了。”

爱玛皱眉望着动物区的那只老鼠。它们住在同一个笼子里，公的和母的之间只有一道铁丝网隔开。它们呼吸同样的空气，食物和饮水也一样。在公的那一边，一只死老鼠动也不动地飘浮着，四肢张开且僵硬。其他公鼠都挤在隔间的另一端，乱扒着笼身，好像急着想逃走。

“十七天内死了六只老鼠？”爱玛问。

“五只公的，一只母的。”

爱玛审视剩下的活鼠，寻找生病的迹象。它们显然都很警觉，双眼发亮，鼻孔没流出黏液。

“我们先把这只死的拿出来吧，”她说，“然后再仔细检查其他的。”

她用手套箱伸手进笼子内，拿出那只死掉的白老鼠。尸体已经处于尸僵状态，双腿僵硬，脊椎无法弯曲。半张的嘴巴里探出一片粉红色的舌尖。实验室的动物死于太空并不稀奇，在一九九八年的一次太空梭飞行中，新生老鼠的死亡率将近百分之百。微重力是个陌生的环境，不是所有物种都能适应良好。

发射之前，这些老鼠都经过检查，以确定它们体内没有某些细菌、真菌、病毒。所以如果这是传染病，那么它们一定是在太空站染上的。

爱玛把那只死鼠放进塑料袋，换了手套，然后伸手到笼里抓另一只活的。那只老鼠精力旺盛地奋力扭动，一点都没有生病的迹象。它外观的唯一异常之处，就是一边耳朵被别的老鼠咬得破烂。爱玛把那只老鼠翻身过来看看腹部，惊讶地喊了起来。

“这只是母的！”她说。

“什么？”

“公的笼子那边有一只母鼠。”

健一凑过来，隔着手套箱看着那只老鼠的外生殖器。证据很清楚。他羞愧得满脸涨成暗红色。

“昨天夜里，”他解释，“它咬了我。我匆忙间就把它放回去了。”

爱玛同情地朝他微笑。“唔，最糟糕的状况，就是会有一波意料之外的婴儿潮。”

健一戴上手套，两手伸进手套箱的另一对袖口内。“是我犯的错，”他说，“我来补救。”

他们一起检查笼内的其他老鼠，发现都没有放错的，而且每一只看起来都很健康。

“这真的很奇怪，”爱玛说，“如果是传染病，就应该有感染的迹象才对……”

“沃森？”舱内的对讲机传来一个声音。

“我在实验舱，格里格斯。”她回答。

“酬载中心传了一封紧急电子邮件给你。”

“我马上去看。”她关上笼子，对健一说：“我去看一下邮件。你把放在冰箱里的那只死老鼠先拿出来，等一下我们一起检查。”

健一点点头，朝冰箱飘过去。

爱玛来到工作站计算机前，找出给自己的那封紧急电子邮件。

收件人：爱玛·沃森

寄件人：海伦·柯尼格，研究计划主持人

关于：实验二十三号（古生菌细胞培养）

讯息：立刻中断这项实验。最近由亚特兰提斯号送回的样本显示有霉菌感染。所有古生菌培养，连同盛装的容器，应以站上的坩埚焚毁，并将灰烬丢弃。

爱玛把屏幕上的信息读了又读。她从没接到过这么奇怪的要求。霉菌感染并没有危险性。把培养焚化掉似乎是反应过度。她太专注想着这个令人不解的要求，因而没留意正把死老鼠拿出冰箱的健一，直到听见他猛吸一口气，这才转过去看。

一开始她只看到他震惊的脸，溅上了一片腐烂内脏形成的泥浆。然后她看到刚刚爆开的那个塑料袋。他震惊间松开了手，塑料袋现在飘浮在两人之间的空中。

“那个是什么？”爱玛说。

他不敢置信地说：“那只老鼠。”

但她看到袋子里面并不是死老鼠。而是一团分解的组织，烂糊糊的肉和毛皮，此时还在渗出一颗颗发臭的水珠。

生物性危害！

她冲到舱内另一头的警示操纵板，按下一个钮以关闭各舱间的通风。健一已经打开了急救货架，拿出两个过滤式口罩。他丢了一个给爱玛，她拿了罩在鼻子和嘴巴上。他们一句话都不必说，两个人都知道该做什么。

他们赶紧关上了两头的舱门，把这个实验舱和整个太空站隔离开来。然后爱玛拿出一个生物污染防护袋，小心翼翼移近那一袋飘浮的腐烂肉浆。表面张力使得那些液体仍形成一整团，要是她小心不要搅动空气，就可以整团套进袋子里，不会飞散四溅。她缓缓把生物污染防护袋往下压，罩住那团飘浮在空中的样本，然后赶紧封住。她听到健一放松地叹了口气。危害物控制住了。

“冰箱里有渗漏出来吗？”爱玛问。

“没有。我拿出来之后才开始漏的。”他用一块酒精棉擦着脸，然后把棉球封在袋子内准备丢掉。“那个袋子，刚刚……你知道，胀得很大，像个气球。”

袋内的东西之前受到了压力，分解的过程会释放出气体。隔着塑料防护袋，她看得到标签上的死亡日期。不可能啊，她心想。才五天而已，尸体就烂成了一堆黑泥浆。那个袋子摸起来冷冷的，所以冰箱没坏。尽管冰在冰箱里，但有什么加速了尸体的分解。是噬肉链球菌吗？她很好奇。或是另一种具有同样破坏性的细菌呢？

她看着健一心想，刚刚溅到他眼睛了。

“我们得跟你的研究主持人谈谈，”她说，“送这些老鼠来的那位。”

现在是美国太平洋时间清晨五点，但“太空飞行中老鼠的受孕与怀孕期”的研究计划主持人迈克尔·鲁米斯博士的声音却全神贯注，而且显然十分担心。他在加州的阿姆斯研究中心跟爱玛通话。尽管她看不见他，但可以想象这个声音尖细的男人长得什么样：高个子，精力充沛。对他来说，清晨五点是正常工作时间。

“我们监控这些动物一个多月了，”鲁米斯说，“对动物来说，这个实验的压力比较低。我们本来计划要在下星期让公母鼠混合在一起的，希望它们能成功交配并受孕。这个研究对于长期太空飞行、行星殖民的应用非常重要。你可以想象，这些死亡让我们非常困扰。”

“我们已经做了培养，”爱玛说，“所有的死老鼠看起来都分解得太快。根据尸体的状况，我很确定感染了梭状芽孢杆菌或链球菌。”

“太空站有这么危险的细菌？那问题就严重了。”

“一点也没错。尤其是在像我们这样封闭的空间里。我们全都有感染的危险。”

“能不能做尸体解剖呢？”

爱玛犹豫了。“我们这里的设备只能处理第二级的污染。更危险的就没办法了。如果这是严重的病菌，我不能冒险让其他动物感染。或让人类感染。”

鲁米斯沉默了一会儿，然后说：“我明白了。我也不得不同意你的说法。所以你们会安全处理掉所有尸体吗？”

“马上就进行。”爱玛说。

七月三十一日

来到太空站以后，这是健一首次睡不着。他几个小时前就钻进睡袋，拉上拉链，但到现在还醒着，还在想着那些死老鼠之谜。尽管没人责备他，但他仍觉得自己对那个实验的失败有责任。他努力思索自己可能做错了什么。或许他帮老鼠抽血采样的时候，用了被污染的针头？或是动物区的环境控制设置没弄好？想着种种自己可能犯下的错误，令他难以入眠。

而且，他的头一直阵阵作痛。

他初次感觉到不舒服是在今天早上，一开始只是一边眼睛周围有点刺痛。随着时间慢慢过去，刺痛变成持续的疼痛，现在半边头都在痛。不是痛得难以忍受，只是觉得很烦。

他拉开睡袋的拉链。既然睡不着，倒还不如去查看一下那些老鼠的状况。

他飘过尼可莱睡眠区的床帘外，穿过一连串相连的舱房，来到太空站内美国的那半边。他一踏进实验舱，就发现里头还有人没睡。

邻接的日本实验舱里有喃喃低语声。他静静飘进二号节点舱，朝打开的舱门望去，看到黛安娜·埃斯蒂斯和迈克尔·格里格斯四肢交缠，嘴唇紧吻，饥渴地彼此探索着。他立刻不动声色地退出来，为刚刚自己目睹到的画面而尴尬得脸红。

现在怎么办？他该回到自己的睡眠区，给他们清静吗？这样子不对，他忽然生气地心想，我是来这里工作，来尽自己的责任的。

他飘到动物居住区。故意把那些货架打开又关上，制造出一大堆噪声。过了一会儿，一如他的预期，黛安娜和格里格斯忽然出现，看起来都脸红了。想想他们刚刚做的事情，健一心想，他们的确该脸红。

“离心机有点问题，”黛安娜撒谎道，“我们刚刚应该是修好了。”

健一只是点点头，没露出任何他知情的迹象。黛安娜依然冷静得像块冰，这点让健一惊诧又愤怒。格里格斯至少还有点羞耻心，露出了有点罪恶感的神色。

健一看着他们飘出实验舱消失了。然后他回头把注意力放在动物居住区，看向笼内。

又死了一只老鼠。是母的。

八月一日

黛安娜·埃斯蒂斯冷静地伸出手臂以便绑上止血带，然后手掌用力合拢又打开几次，好让自己的肘前静脉浮出。针头刺入她皮肤时，她没皱脸或别开目光；黛安娜表现得实在太冷漠了，简直就像是在看别人抽血似的。每个宇航员生涯中都会被戳刺很多次。在筛选宇航员时，他们得忍受多次抽血、体检，以及最刺探隐私的问题。他们的血清生化检测结果、心电图、细胞数，都留下了永久的记录，以供太空生理学家钻研。他们胸部会贴着电极片在跑步机上喘气流汗；他们的体液会被拿去做培养，还有内视镜伸到他们的腹腔内；他们身上的每一寸皮肤都被检查过。宇航员不光是经过高度训练的人员，也同时是实验的对象。他们就像实验室的白老鼠，在轨道上时，就得历经一连串的测试，有时还颇为痛苦。

今天是样本收集日。身为驻太空站的医师，爱玛得拿着针头和注射器尽责。难怪大部分同僚看到她走近，都会发出哀号声。

但黛安娜只是伸出手臂，乖乖让她抽血。爱玛等着注射器吸满血液时，感觉到黛安娜正在打量她的手艺和技术。约翰逊太空中心里头流传的笑话是，如果黛安娜王妃是英格兰玫瑰，那么黛安娜·埃斯蒂斯就是英格兰冰块，她的冷静状态从来不曾动摇，就连真实灾难的热度都融化不了她。

四年前，亚特兰提斯号太空梭的一个主引擎失灵时，黛安娜就在上头。从当时的人员通话录音当中，可以听到太空梭指挥官和驾驶员警戒地提高声音，同时手忙脚乱地准备让太空梭进行跨大西洋中断程序。但黛安娜的声音并没有提高，当亚特兰提斯号冲向北非准备降落时，只听到她依然冷静地念着检查表。确定她冰冷名声的，是在控制中心所看到她的遥测显示数据。那回发射时，所有太空梭人员身上都接上了监测血压和脉搏的装置。当其他人的心跳速率都高到破表时，黛安娜却只加速到每分钟九十六次。“因为她不是人类，”杰克曾开玩笑，“她其实是人形机器人，航天总署最新的宇航员生产线所制造出来的第一个产品。”

爱玛不得不承认，这个女人的确有些地方不太像人类。

黛安娜朝自己手臂上的针孔看了一眼，发现流血已经停止，于是很讲求实际地又回去照顾她的蛋白质芯片生长实验。她的确就像人形机器人一般完美，手脚修长，身材苗条，完美无瑕的皮肤因为在太空站待了一个月而褪成乳白色。除此之外，她还有天才的智商，这是杰克说的，他曾跟黛安娜一起为太空梭任务而受训过。

黛安娜是材料科学博士，在成为宇航员之前，曾发表超过一打主题为沸石（用于石油炼制中的一种结晶状物质）的研究论文。现在她在太空站负责有机和无机晶体的研究。在地球上，晶体的形态会被重力扭曲。但在太空中，晶体生长得更大也更复杂，因而可以针对其结构做彻底的分析。几百种人类蛋白质，从血管收缩素到绒毛膜性腺激素，在太空站都以晶体方式生长——这是极其重要的制药研究，可以促成新药的开发。

抽完了黛安娜的血，爱玛离开欧洲实验舱，飘进居住舱去找迈克尔·格里格斯。“下一个该你了。”她说。

他呻吟着，不情愿地伸出一只手臂。“都是为了科学研究。”

“这回只抽一管血。”爱玛说，绑紧了止血带。

“我们身上有这么多针孔痕，看起来活像有毒瘾似的。”

爱玛轻拍他的皮肤几下，然后肘前静脉出现了，在他肌肉发达的手臂上浮出了一根绳子似的蓝色血管。格里格斯对于保持健美简直是上了瘾——这在太空站上并不容易。太空中的生活会损害人类身体。宇航员的脸会膨胀，因为体液的流动而肿起。他们的大腿和小腿肌肉会萎缩，到最后像是他们讲的“鸡腿”一样，苍白又干瘦，从他们有如灯笼裤般的短裤底下伸出来。站上的任务让人精疲力竭，种种烦恼多得数不清。然后还有跟这几个饱受压力、很少洗澡、穿着脏衣服的同伴一起关在站上好几个月，所造成情绪上的磨损。

爱玛用酒精棉擦了擦他的皮肤，把针刺入血管。血液涌入针筒内。她瞥了他一眼，发现他别开目光。“你还好吧？”

“还好。我其实很感谢有个技术良好的吸血鬼。”

她松开止血带，抽出针时听到他放松地舒了一口气。“你可以去吃早餐了。我已经快抽完每个人的血，只剩健一了。”她看了居住舱里一圈。“他人呢？”

“今天早上没看到他。”

“希望他还没吃早餐。不然会影响他的血糖浓度。”

此时静静飘浮在角落吃早餐的尼可莱开口了，“他还在睡。”

“怪了，”格里格斯说，“他向来起得比谁都早。”

“他睡得不好，”尼可莱说，“昨天夜里，我听到他吐了。我还问他要不要帮忙，他说不用。”

“我会去看他。”爱玛说。

她离开居住舱，穿过长长的隧道，到健一睡眠区的俄罗斯服务舱。她发现他的床帘拉上了。

“健一？”她喊道。没有回应。“健一？”她犹豫了一会儿，然后拉开床帘，看到他的脸。

他的双眼是一片鲜艳的血红。

“啊，天哪。”她说。

THE SICKNESS

疾病

9

国际太空站任务控制室里，坐在控制台前的飞航医师是托德·卡特勒，他有一张年轻的娃娃脸，因而宇航员们都照电视影集《天才小医生》里面那位十来岁医师主人翁，喊他“杜奇·豪瑟”。但其实卡特勒已经三十二岁，大家公认他能力很强。爱玛在太空站期间，就由卡特勒担任她的私人医师，在每周一次的医疗会谈中，她会在保密通话中告诉他有关自己健康的私密细节。她相信托德的医术，此刻在约翰逊太空中心的国际太空站任务控制室里，值班的飞航医师正好是托德，让她松了一口气。

“他两眼的眼白都出血了，”她说，“我第一次看到时都快吓死了。我想他是因为昨天夜里吐得太厉害才会这样的——因为压力忽然改变，眼睛里的血管破裂了。”

“眼前那还只是小问题。出血会自己消失的。”托德说，“其他检查呢？”

“他发烧到三十八点六度，脉搏一百二十下，血压是一百／六十。心脏和肺脏的声音听起来都很好。他抱怨头痛，但我找不出任何神经上的异常。真正让我担心的是他没有肠蠕动音，腹部有广泛压痛。过去一个小时他就吐了好几次——到目前为止还没有吐出血。”她暂停一下。“托德，他看起来病得很重。另外还有个坏消息。我刚刚验了他的淀粉酶浓度。是六百。”

“啊，要命。你想他有胰脏炎吗？”

“因为淀粉酶浓度这么高，所以当然有可能。”淀粉酶是胰脏所制造的一种酶，当胰脏发炎时，淀粉酶浓度通常就会暴增。但淀粉酶浓度高也可能是其他急性的腹部毛病所造成的。例如肠穿孔或十二指肠溃疡。

“他的白血球数值也很高，”爱玛说，“我已经做了血液培养，以防万一。”

“他的病史呢？有什么值得注意的吗？”

“两件事。首先，他有一些情绪压力。他的一个实验搞砸了，他觉得自己有责任。”

“第二件事呢？”

“他两天前被溅到眼睛，是一只死掉的实验室老鼠的体液。”

“再讲详细一点。”托德的声音变得很轻。

“他那个实验中的老鼠一直死掉，原因不明。尸体的分解速度快得吓人。我很担心会有病菌，所以就取了那些体液做培养。但是很不幸，所有的培养都毁了。”

“怎么会？”

“我想是霉菌污染。培养皿全都变成绿色的。查不出任何已知的病原体。我只好把那些培养皿都丢掉。另一个实验也发生了同样的状况，是一种海洋生物的细胞培养。因为霉菌进入了培养试管，我们不得不中断计划。”

在太空站这样封闭的环境里，尽管有持续再循环的空气，但很不幸，霉菌增生的问题并不稀奇。在以前的和平号太空站，窗户上头有时都蒙上一层模糊的霉菌。一旦太空飞行器内的空气被这些生物污染，就几乎不可能消灭。很幸运的是，这些霉菌大体上对于人类和实验室动物并不会造成伤害。

“所以我们不晓得，他是不是暴露在任何病原体之下。”托德说。

“没错。眼前看起来，他的状况比较像是胰脏炎，而不是细菌感染。我已经帮他装了静脉注射管，另外我觉得该装个鼻胃管了。”她暂停一下，接着不情愿地补了一句，“我们得考虑一下紧急撤离的事情。”

两人沉默了许久。这是每个人都很担心的情况，没有人想下这样的决定。只要太空站上有人，就会有“人员返航载具”接在站上。这个载具够大，可以容纳站上全员六人一起撤离。由于现在联合号太空舱已经失去功能，“人员返航载具”就成了太空站唯一的逃生设备。如果这个载具要离开，他们所有人都得跟着撤走。为了一个生病的人员，他们就得被迫抛下国际太空站，终止几百项站上的实验。这对整个太空站会是一大打击。

但还有另一个选择。他们可以等到下一趟太空梭来载走健一。于是一切就是看她的医疗决定。健一能等吗？爱玛知道航天总署仰赖她的临床判断，这个责任重重地压在她的双肩上。

“如果用太空梭撤离呢？”她问。

托德·卡特勒明白这个两难困境。“发现号已经在准备发射了，要出一六一号任务，现在是倒数十五天。但发现号这回要出的是军事任务，进行卫星修正和修理。一六一号任务的组员没准备要做太空站对接和会合。”

“那如果换成基特里奇那组人呢？就是我以前一六二号任务

的组员？原先排定那组人在七个星期后要跟这里对接，他们会有周全的准备。”

爱玛看了迈克尔·格里格斯一眼，他正飘浮在附近，听着他们的对话。身为国际太空站指挥官，迈克尔的首要目标就是维持太空站的正常运作，他是坚决反对放弃太空站的。此时他也加入谈话。

“卡特勒，我是格里格斯。如果我的人员都要撤离，实验就报废了，等于几个月的努力全部化为乌有。最合理的做法，就是太空梭援救行动。如果健一需要回家，那你们就派人来接他。让我们其他人留在站上，继续做我们的工作。”

“可以等那么久才去援救吗？”托德问。

“你们多快可以派太空梭过来？”格里格斯说。

“这跟整个后勤状况有关。发射空窗——”

“告诉我们要等多久就是了。”

卡特勒停顿了一下。“飞航主任埃利斯在这里。你说吧，主任。”

本来是两个医师间的保密通话，现在却加入了飞航主任。他们听到伍迪·埃利斯说：“三十六小时。可以发射的最快时间，就是三十六小时后。”

三十六小时可能会有很多改变，爱玛心想。溃疡可能穿孔或出血。胰脏炎可能引发休克和循环衰竭。

“沃森医师是负责检查病患的，”埃利斯说，“这件事我们要依靠她的判断。你临床上的决定是什么？”

爱玛想了一下。“他没有外科急性腹症——现在还没有。但状况有可能急速恶化。”

“所以你不确定？”

“对。我不确定。”

“你通知我们之后，我们还需要二十四小时加燃料。”

通知救援之后，还要等整整一天一夜才能发射，另外还要加上会合的时间。如果健一忽然急遽恶化，她能让他撑那么久吗？整个状况让她觉得很挣扎。她是医师，不是算命师。太空站没有X光机，没有开刀房。健一的身体检查和血液检测都有异常，但看不出特定病征。如果她选择延迟救援，健一有可能会死。但如果她太早求救，就会为了不必要的发射而浪费几百万美元。

不论做错哪个决定，都会终结她在航天总署的事业生涯。

这正是杰克警告过她的走钢索状态。我搞砸了，整个世界都会知道。他们正等着看我是不是够资格。

她低头看着健一的血液检验所印出来的资料。上头没有一项能证明她该采取紧急行动。时候还不到。

她说：“飞航主任，我会继续帮他注射点滴，另外会帮他插上鼻胃管。现在他的生命征象看起来很稳定。我只希望能知道他的腹部到底是怎么回事。”

“所以你的意见是，还不必紧急发射太空梭？”

她吐了一口长气。“对，还不必。”

“不过我们还是会准备好发射发现号，以防万一有需要。”

“谢谢。稍后我会把最新的医疗状况回报。”她切断通讯，看着格里格斯。“希望我做了正确的决定。”

“把他医好就是了，好吗？”

她去查看健一的状况。因为他将会需要彻夜照顾，于是她把他搬出原来的居住区，移到美国实验舱，免得打扰到其他人的睡眠。他躺在拉上拉链的睡袋里，一个输液泵浦持续把食盐水注入他的静脉中。他醒着，而且显然很不舒服。

看到爱玛出现，原先负责照顾的卢瑟和黛安娜显然松了一口气。“他又吐了。”黛安娜说。

爱玛撑好双脚以固定位置，然后把听诊器塞进耳朵。她轻轻把听头放在健一的腹部。还是没有肠蠕动音。他的消化道停摆了，液体会开始累积在他的胃里。那些液体得排出来才行。

“健一，”她说，“我要把一根管子插进你胃里。这样会有助于减低疼痛，也或许能让你停止呕吐。”

“什么——什么管子？”

“鼻胃管。”她打开急救医疗包。里头是各式各样的工具和药物，完整得就像救护车上的设备。在标示着“气管”的隔层里是各式各样的管子、抽吸工具、收集袋，还有一个喉镜。她打开装着长长鼻胃管的小袋。里头的细管子盘绕成圈，是由柔软有弹性的塑料制成的，末端有开孔。

健一血红的双眼睁大了。

“我会尽可能温柔一点，”她说，“等一下我会叫你喝水，你就喝一口，这样可以让管子更快进去。我会把这一头插进你的鼻孔里，让管子往下经过你的喉咙后方，等你吞水的时候，管子就会跟着滑入你的胃部。唯一会不舒服的就是刚开始没多久，我把管子往下滑的时候。等到管子进入胃部之后，应该就几乎不会有感觉了。”

“管子会留在里头多久？”

“至少一天。直到你的肠子恢复正常为止。”然后她又柔声补了一句，“这真的有必要，健一 。”

他叹了口气，点点头。

爱玛看了卢瑟一眼，他显然被这个管子的作用弄得愈来愈害怕。“他会需要喝水，你能不能去拿？”然后她看着飘浮在附近的黛安娜。一如往常，黛安娜一脸镇定，对于这个危机依然冷静地保持超然。“我得准备做鼻胃管抽吸。”

黛安娜听了，立刻伸手到医疗包里取出抽吸工具和收集袋。

爱玛把盘绕的鼻胃管展开。首先她在管子尖端沾上润滑胶，好让管子更容易通过鼻咽。然后她把卢瑟装来的那包水递给健一。

她鼓励地捏了一下健一的手臂。但他双眼仍然充满恐惧，只是点了头表示同意。

管子末端因为沾了润滑胶而发亮。爱玛把管子插入他的右鼻孔，轻轻推得更深，进入他的鼻咽。当管子滑下喉咙后方，健一作呕，眼中浮起泪水，开始要反抗地咳嗽。爱玛把管子推得更深。现在他开始抽搐，强忍着推开她、把管子抽出鼻孔的庞大冲动。

“喝水。”她跟健一说。

他喘着气，一只颤抖的手把吸管送进嘴里。

“吞下去，健一。”爱玛说。

随着一口水从喉咙进入鼻咽，会咽软骨就自动盖住气管的开口，免得水流入肺部，同时也将鼻胃管正确地导入食道。爱玛一看到健一开始吞咽，就灵巧地把管子往前推进，经过喉咙，往下穿过食道，直到管子往前推进够远，确定管子的前端已经进入胃部。

“好了，”她说，用胶带把管子贴在健一的鼻子上。“你做得很好。”

“准备好可以抽吸了。”黛安娜说。

爱玛把鼻胃管末端接上抽吸器。他们听到几声咕噜，然后管子内忽然出现液体，从健一的胃部流出，进入收集袋。那是一种像胆汁的绿色；爱玛看到没有血，松了一口气。或许他唯一需要的治疗就是这个——让肠子休息，用鼻胃管抽吸，并以静脉注射点滴。如果他真的有胰脏炎，光是眼前的治疗，就可以让他再撑几天，直到太空梭来接他。

“我的头——好痛。”健一说，闭着眼睛。

“我会给你一些止痛药。”爱玛说。

“所以你觉得怎么样？危机解除了吗？”说话的是格里格斯。他一直在舱口看着整个治疗过程，尽管现在鼻胃管已经插入，格里格斯还是没有靠近，好像光是看到疾病就很反感。他甚至没看健一，只牢牢盯着爱玛。

“还得再观察。”她说。

“我要怎么跟休斯敦那边说？”

“我才刚插了鼻胃管。现在还太早。”

“他们得趁早知道。”

“我还不晓得啊！”她厉声说。然后按捺下脾气，比较冷静地说：“我们可以去居住舱谈吗？”她留下卢瑟照顾病人，出了舱口。

到了居住舱，除了她和格里格斯之外，尼可莱也来了。他们围着厨房餐桌，像是要一起吃饭似的。但其实，他们是要分摊对一个不确定状况的挫折感。

“你是医学博士，”格里格斯说，“难道不能做决定吗？”

“我还在设法让他稳定下来，”爱玛说，“眼前我不晓得他得了什么病。有可能一两天内就解决掉，也有可能突然恶化。”

“所以你没办法跟我们说接下来会怎么样。”

“没有X光机，没有开刀房，我看不到他体内发生了什么事。现在我连明天的状况都没有办法预测。”

“好极了。”

“但我认为他该回家。我希望他们能尽早发射太空梭。”

“那用人员返航载具呢？”尼可莱问。

“要载送生病的病患，精心操控下的太空梭当然是比较好。”爱玛说。搭乘人员返航载具会一路颠簸，还要顾虑到地球上的天气状况，未必能在最适合医疗运送的地点降落。

“别考虑用人员返航载具了，”格里格斯断然说，“我们不会抛下太空站离开的。”

尼可莱说：“要是他的状况变得很危急——”

“爱玛只要让他能撑到发现号抵达就行了。要命，这个太空站就像个轨道上的救护车！她应该可以让他稳定下来的。”

“那如果她没办法呢？”尼可莱逼问，“一条人命应该比这些实验更宝贵啊。”

“那是最后的选择，”格里格斯说，“我们全都跳上人员返航载具的话，就要丢掉几个月的工作成果了。”

“听我说，格里格斯，”爱玛说，“我跟你一样不想离开太空站。我拼了命才来到这里，并不打算提早离开。但如果我的病人需要立即撤离，那就得由我决定了。”

“对不起，爱玛，”黛安娜说，她飘浮在舱口。“我刚完成健一上次的血液检验。我想你应该看看这个。”她把一张计算机印出来的纸递给爱玛。

爱玛瞪着上头的结果：肌酸激酶：二十点六（正常值——十三点零八）。

这不光是胰脏炎，不光是胃肠不适而已。高肌酸激酶值表示他的肌肉或心脏受到损害了。

呕吐有时是心脏病发的征兆。

她看着格里格斯。“我刚刚下了决定，”她说，“通知休斯敦发射太空梭。健一得回家了。”

八月二日

杰克摇着曲柄以收紧前帆操控索，晒黑的双臂因为汗珠而发亮。随着轰的一声，船帆绷紧了，“桑娜姬号”朝下风的方向倾斜，船艄忽然前进得更快，驶过加尔维斯敦湾浑浊的水面。今天下午稍早他绕过波利瓦角，避开了加尔维斯敦岛开出来的那艘渡轮，墨西哥湾远远被抛在后头。此时他航行经过得克萨斯城沿岸的一连串炼油厂，往北驶向位于清水湖的家。

在墨西哥湾过了四天海上生活，让他晒成一身褐色，头发蓬乱。之前他没跟任何人提他的计划，只是储存了食物，扬帆驶入大海，直到看不见陆地。夜里一片漆黑，星星的亮光都变得好刺眼。他躺在甲板上，墨西哥湾的海水轻轻摇晃着船身，他就这样瞪着夜空看上好几个小时。看着那一望无际的星空延伸到四面八方，他几乎可以想象自己正在太空中航行，随着每一波升起的海浪，都把他推向另一道银河的更深处。他脑袋什么都不想，只有星星和大海。然后一颗灿烂的流星划过，他忽然想到爱玛。他没法丢开她不想。她总是在那儿，盘旋在他思绪的边缘，趁他最没防备、最不想要的时候偷溜进来。他整个人僵住，双眼盯着流星轨迹消失之处，尽管其他一切都没变，风向还是一样，潮浪起伏也依旧，但他忽然感觉到深深的孤单。

天还没亮时，他就升起船帆，朝着回家的方向了。

此刻，当他驾船沿着运河驶入清水湖时，望着落日光芒下的屋顶轮廓线剪影，忽然很后悔自己这么早就回来。在墨西哥湾里始终有微风吹拂，但这儿却丝毫无风，只有一片令人窒息的湿热。

他把船系好，走上码头，双腿因为多日在海上而有些不稳。他打算等晚上凉快一点，再来清理船上。至于韩福瑞，反正在猫旅馆多过一天也不会怎么样。他提起行李袋，沿着码头往前走，经过船坞区的那家小杂货店时，目光落在了报纸贩卖机上。他松手，行李袋砸在地上。他瞪着《休斯敦纪事报》的头版标题："紧急太空梭开始倒数——明天发射。"

发生了什么事？他心想。出了什么错？

他双手颤抖着从口袋掏出一把两毛五硬币，丢进投币孔，然后取出一份报纸。那篇报导搭配了两张照片。一张是平井健一，日本宇宙事业开发团派出的宇航员。另一张照片是爱玛。

他抓起行李袋，冲出去找电话。

有三名飞航医师来参加这个会议——于是杰克明白，他们所面对的危机是医学性质的。他走进会议室之时，几个人惊讶地转过来看着他。从太空站飞航主任伍迪·埃利斯的双眼中，他看得出那个没开口的问题：杰克·麦卡勒姆回来做什么？

托德·卡特勒医师说出了答案。"当初第一批太空站人员的标准医疗程序，是杰克协助开发出来的。我想他应该加入我们。"

埃利斯不安地说："如果有私人感情的因素，会让这个情况更复杂。"他指的是爱玛。

"太空站上的每个成员都像我们的家人，"托德说，"所以从某个角度来说，每个人都有私人感情的因素。"

杰克在托德旁边的位子坐了下来。参加会议的有太空运输系统副主任、国际太空站任务作业主任、飞航医师，以及几位太空计划主管。列席的还有航天总署的公关主任格雷琴·刘。除了发射前后那几天，新闻媒体通常都不会在乎航天总署的日常运作。但今天，来自各个新闻单位的记者挤进了航天总署的公关大楼，等着格雷琴出现。一天之内竟然有这么大的变化，杰克心想。公众的注意力变化无常，只会关心爆炸、悲剧、危机。要是一切奇迹般地运行得完美无缺，就不会有人注意了。

托德把一叠纸递给他，最上方有一行笔迹：“平井健一过去二十四小时的检测与临床状况。欢迎归队。”

杰克一边听着会议进行，一边翻阅那份医疗报告。他花了好一会儿，才弄清这份报告的要点。平井健一病得很重，他的检测报告让每个人都觉得很困惑。发现号太空梭预计在东岸夏令时间六点发射，由基特里奇那组人负责操纵，太空梭上同时会带着一名宇航员医师。倒数计时已经开始了。

“你们的建议有什么改变吗？”太空运输系统副主任问三位飞航医师。“你们还是认为平井健一可以撑到太空梭去接他吗？”

托德·卡特勒回答：“我们还是相信，派太空梭去接人是最安全的做法，这一点我们的建议没有改变。国际太空站是一个设施相当完备的医疗场所，有各种药物，也有心肺复苏术的所需设备。”

“所以你们还是认为，他是心脏病发？”

托德看着另外两名飞航医师。“老实说，”他承认，“我们不完全确定。有一些状况的确显示是心肌梗死——也就是一般所说的心脏病发。主要是因为他血液中各种心肌相关的酶指数上升。”

“那为什么你们还是不确定？”

“心电图只显示出一些非特定的改变——几个T波倒置。这不是心肌梗死的典型模式。同时，平井健一在成为宇航员之前，曾做过完整的心血管疾病筛检。他并没有这方面疾病的因子。坦白说，我们不确定发生了什么事。但我们必须假设他是心脏病发，而派太空梭过去是最佳选择。因为重返大气层的震荡比较小，而且降落的状况比较可以控制。比起使用人员返航载具，太空梭对病人的压力要小得多。同时，国际太空站也可以处理他任何心律不整的问题。”

杰克原先低着头浏览医疗报告，这会儿抬起头来。“太空站上缺乏必要的检验设备，没有办法把这些肌酸激酶分离出来。所以我们怎么能确定这些酶是来自心肌的？”

每个人都转头看着他。

“你说‘分离’是什么意思？”伍迪·埃利斯问。

“肌酸激酶是一种协助肌肉细胞储存能量的酶，在横纹肌和心肌里面都有。当心脏细胞受损，比方因为心脏病发，血液中的肌酸激酶就会升高，所以我们假设他是心脏病发。但如果问题不是出在心脏呢？”

“那不然会是什么？”

“其他形态的肌肉损伤。比如创伤，或者抽筋，或者发炎。事实上，光是肌肉注射，就有可能造成肌酸激酶升高。要分辨是不是心肌造成的，就得分离肌酸激酶。但太空站的设备没办法做这种检测。”

“所以他可能根本不是心脏病发。”

“没错。另外还有一个细节让人感到困惑。在急性肌肉损害之后，他的肌酸激酶应该会降回正常值。但是看看这个模式。”杰克翻着那叠报告，读出数字。“过去二十四小时中，他的肌酸激酶值一直持续上升，这表示他的肌肉持续受到损害。”

“那只是更大谜团的一部分而已。”托德说，“我们得到各式各样的异常结果，没有任何可以辨认的模式。肝酶指数、肾脏功能异常、沉降率、白血球细胞数。有些数值上升，有些数值下降。就好像不同的器官系统都轮流受到攻击。”

杰克看着他。“攻击？”

“只是一种形容而已，杰克。我不晓得这是怎么回事，只知道不是检测错误。我们检查过其他太空站的人员，他们都完全正常。”

“可是他的病，严重到必须接回来的地步吗？”提问的人是太空梭的任务作业主任。他对这个状况很不满。发现号原来的任务，是要去修理机密的摩羯座间谍卫星。现在却被眼前这个危机逼得改变任务。“华府那边很不高兴我们延后修理卫星。你们硬让发现号去扮演飞行救护车，真的有这个必要吗？平井健一不可能在太空站恢复健康吗？”

“我们无法预测。我们不知道他到底有什么毛病。”托德说。

“老天在上，你们上头有个医生啊。她难道没法判断吗？”

杰克紧张起来，这是在攻击爱玛。“她又没有 X 光眼睛。”他说。

“其他东西她几乎全有了。你刚刚是怎么形容太空站的，卡特勒医师？‘一个设施完备的医疗场所’？”

“平井健一必须回来，愈快愈好，”托德说，“我们的立场就是这样。如果你想质疑你的飞航医师，那是你的选择。我只能说，我从来不会去质疑推进系统的工程师。”

这句话很有效地终止了争论。

太空运输系统副主任说：“还有其他任何顾虑吗？”

“天气，”航天总署气象预报员说，“我只是想提一下，瓜德路普岛西边有一个风暴正在发展，目前朝西移动得很缓慢。不会影响到发射，不过照目前路径看来，下个星期应该会对肯尼迪太空中心产生影响。”

“谢谢你的提醒。”副主任看了会议室内一圈，确定大家都没问题。“那么发射就照样在中部时区五点举行。各位到时候见了。”

10

墨西哥

阿雷纳角

在逐渐暗去的天光中，科尔特斯海有如银箔般闪耀。从她位于“三处女餐馆”户外露天平台上的餐桌，海伦·柯尼格可以看到驶向多彩角的返航渔船。这是一天中她最喜欢的时段，傍晚的凉风吹着她晒红的皮肤，全身肌肉因为游泳一下午而疲劳却满足。一名侍者端着她点的玛格丽塔鸡尾酒过来，放在她面前。

“谢谢，先生。”她用西班牙语喃喃地说道。

有一刻两人四目相对。她看到那侍者是个安静且庄重的男子，双眼疲倦，一头夹杂银丝的头发，她忽然感到一丝不安。美国北佬的罪恶感，她心想，望着侍者走回吧台。每回她开车南下到墨西哥的下加利福尼亚州时，总会体验到这种感觉。她喝着鸡尾酒，凝望着大海，听着一个街头乐队的小喇叭在前头沙滩奏出乐音。

今天天气很好，她几乎整天都待在海上。上午乘船潜水用掉两个气瓶，下午则在比较浅的地方潜水。然后趁着晚餐前，在闪着金光的海水中游泳。大海令她舒适，是她的庇护所。一向如此。不同于男人的爱，大海忠贞不变，从不令她失望。总是准备好拥抱她、抚慰她，在碰到危机的时刻，她总不自觉奔向大海的怀抱。

这就是为什么她跑来下加利福尼亚。独自一个人，在温暖的海水中游泳，没有人联络得到她。连帕尔默·加布里埃尔都没办法。

玛格利特的强烈风味令她皱起嘴唇。她喝完了，又点一杯。酒精已经让她觉得自己在漂浮。无所谓，她现在自由了。那个计划结束了，中断了。那些培养销毁了。尽管帕尔默生她的气，但她知道自己的做法很正确，很安全。明天她会睡到很晚，点热巧克力和墨西哥牧场炒蛋当早餐。然后她会再去潜水，再度重返她海绿色情人的怀抱。

一个女人的笑声吸引了她的注意。海伦望向吧台，那里有一对男女在调情，那女人很苗条，晒得一身古铜色；那男人一身肌肉像钢索。一段假日的露水情缘正在成形。他们大概会一起共进晚餐，手牵手在海滩上散步。然后他们会接吻、拥抱，还有种种充满荷尔蒙的求偶仪式。海伦看着他们，同时怀着科学家的兴趣和女人的羡慕。她知道这类仪式对自己不适用。她已经四十九岁，而且看起来就是四十九岁的样子。她的腰很粗，头发已经一半以上转白了；除了那双智能的眼睛之外，整张脸很平庸。那些晒得一身古铜色的俊美年轻男子，是不会多看她这种女人一眼的。

她喝完第二杯玛格利特。此时那种漂浮感扩散到全身，她知道该吃点东西了，于是打开上端印着“三处女餐馆”的菜单。三处女。她在这里吃东西很合适。她也算是处女吧。

侍者过来等她点菜。她抬头看他，才刚点了烧烤鬼头刀鱼，目光就集中在吧台上方的电视机上，里头的影像是发射台上的太空梭。

“发生了什么事？”她问，指着电视机。

那侍者耸耸肩。

“打开声音，”她朝酒保喊道，“拜托，我一定要听！”

酒保伸手转了音量钮，放出来的声音是英语。美国的频道。海伦跑到吧台前，瞪着电视机。

“……对宇航员平井健一进行医疗撤离。航天总署没有发表任何进一步信息，但报告指出，他们的飞航医师仍对平井健一的病情感到困惑。根据今天的血液测验结果，他们觉得应该发射太空梭前往援救。发现号可望在明天东部夏令时间六点发射。”

“女士？”那个侍者说。

海伦转身，看到他还拿着点菜记事板。“要喝什么饮料吗？”

“不。不，我得离开了。”

“可是你点的菜——”

“取消吧，拜托。”她打开钱包，递给他十五元，然后匆忙走出餐厅。

回到旅馆房间，她设法打电话给人在圣迭戈的帕尔默·加布里埃尔。她试了六次才接上国际电话接线生，等到电话终于接通，又转到了帕尔默的语音信箱。

“国际太空站有个宇航员病了，”她说，“帕尔默，我当初怕的就是这个，我们得赶快行动。趁着……”她暂停，看了时钟一眼。管他去死，她心想，然后挂断。我得赶回圣迭戈，只有我知道要怎么对付这个状况。他们会需要我的。

她把衣服扔进行李箱，到柜台办了退房手续，然后坐上一辆出租车，打算到十五英里外位于美景镇的那个小飞机场。她已经订好了一架小飞机，载她飞到拉巴斯，到了当地之后可以搭乘班机回圣迭戈。

这趟车程很颠簸，路面凹凸不平又曲折迂回，打开的车窗涌进沙尘。但她真正担心的是接下来的飞行。她很怕搭小飞机。要不是急着赶回家，她宁可开着自己的车子沿着下加利福尼亚半岛北上，但现在她的车还安全地停在度假村的停车场。她汗湿的双手抓紧扶手，想象着接下来可怕的飞行航程。

然后她瞥了一眼夜空，清晰且有如黑色天鹅绒，她想到了太空站上的那些人。想到了其他更勇敢的人所冒的险。一切都只是观点的问题。比起宇航员所面对的危险，搭小飞机根本不算什么。

这不是懦弱的时候。好几条人命可能危在旦夕。而她是唯一知道该怎么处理的人。

颠簸的路面忽然变得平顺。他们现在来到柏油路面了，感谢上帝，没隔几英里外就是美景镇了。

她的司机感觉到这趟行程的急迫性，因此不断加速，风呼啸着从打开的车窗吹进来，沙尘刺得她脸上隐隐作痛。她伸手把车窗玻璃摇起来，忽然间感觉到出租车往左转，要超越一辆开得很慢的车。她往前看，惊骇地发现前面是转弯。

“先生！慢一点！”她用西班牙语说。

此时他们跟另外一辆车并排前进，出租车才刚超前一点，司机不愿意放弃领先状态。前面的路弯向左边，看不到了。

“别超车！”她说，“拜托，不要——”她的目光急转向前，另一辆车炫目的车灯令她整个人僵住了。

她抬起双臂掩住脸，想挡开那明亮的灯光。但当那对车头灯朝他们冲来时，她却挡不掉轮胎的尖啸和她自己的尖叫。

八月三日

在拥挤的访客席内，从他位于玻璃隔板后方的座位上，杰克往下可以清楚看到飞航控制室的一切，里头每个控制台前都坐了人，每个控制人员都为了电视摄影机而打扮得很整齐。尽管底下工作的人可能都很专注在自己的职责上，但他们从未完全忘记自己被观察，公众之眼对准了他们。透过他们身后那道玻璃墙，他们的每一个手势、每一次紧张的摇头，都可能被看见。才不过一年前，杰克也曾在一次太空梭发射时，坐在飞航医师的控制台前，当时他感觉到陌生人的目光，像一道朦胧但不适的热流瞄准他的颈背。他很清楚底下那些人现在的感受。

飞航控制室里的气氛看似冷静至极，通讯频道间传来的声音也一样。这是航天总署竭力维持的形象，一群专业人员做着自己的工作，而且非常拿手。一般公众很少看到的，是后头那些控制室里的种种危机时刻，那些差点酿成灾难的状况，一堆事情出错、人人陷入慌乱。

今天不会，杰克心想。今天由卡本特指挥。一切都会很顺利的。

今天率领起飞小组的是飞航控制主任兰迪·卡本特。他年纪够大也够有经验，职业生涯中处理过许多危机。他深信太空飞行悲剧通常不是一次大型故障造成的，而是由一连串小毛病累积起来，才会酿成大祸。于是他很在乎种种细节，因为任何小毛病都有可能演变成大危机。他的组员仰望他——这个说法颇为名副其实，因为卡本特身材高大，身高一米九三，体重一百三十五公斤，的确是个巨人。

公关主任格雷琴·刘坐在左后方最后一排的控制台前。杰克看到她回头，朝观察厅露出“一切顺利”的微笑。她今天穿着一身上电视的行头，海军蓝套装加灰色丝巾。这次任务吸引了全世界的注意，尽管大部分媒体都聚集在卡纳维拉尔角的发射基地，但约翰逊太空中心的任务控制室这边还是有不少记者，把观察厅挤得满满的。

到了倒数计时十分钟。他们在耳机里听到最后的气象预报过关，然后继续倒数计时。杰克身体前倾，肌肉紧绷，等待着发射前的一系列步骤次第展开。昔日发射前的兴奋又回来了。一年前，他退出太空计划时，以为自己已经把这一切永远抛开了。但现在他又回到这里，再度被那种兴奋、那个梦想攫住。他想象着太空梭人员绑在座位上，身体底下的飞行器颤抖着，外燃料箱内的液态氧和液态氢逐渐加压。他想着他们关上头盔面罩时那种幽闭恐惧症。氧气嘶嘶送入太空衣内。他们的脉搏加速。

“固态燃料助推火箭点燃了，”肯尼迪太空中心发射控制中心的公关专员说，“发射！我们发射了！控制权现在转移给休斯敦的约翰逊太空中心……”

在中央屏幕上，太空梭沿着预定的飞行路线，往东划出弧形的轨迹。杰克还是全身紧绷，心脏狂跳。在访客席上方的电视屏幕上，是肯尼迪传来的太空梭影像。通讯官和太空梭指挥官基特里奇之间的通话用扩音机播放出来。发现号已经旋转一百八十度，准备冲出大气层，很快地，蓝色的天空就会变暗，成为黑暗的太空。

“看起来很顺利。”格雷琴在媒体频道中说。她的声音中有完美发射所带来的胜利感。到目前为止，的确是很完美。过了最大Q点，固态燃料助推火箭分离，然后主引擎关闭。

在飞航控制室内，飞航主任卡本特站着一动也不动，目光仍紧盯着前方的屏幕。

“发现号，准备外燃料箱分离。”通讯官说。

“收到，休斯敦。”基特里奇说，“外燃料箱分离。”

卡本特庞大的头猛地抬起，于是杰克知道有什么状况不对劲了。在飞航控制室内，一波骚动似乎立刻感染了所有控制人员。其中几个人往旁边瞥了卡本特一眼。而卡本特平常垮下的双肩因为专注而挺起。格雷琴一手扶着耳麦，仔细听着频道里的声音。

有什么出错了，杰克心想。

地对空的通讯内容仍持续在访客席播放。

“发现号，”通讯官说，“机械工程师通报，两个脐状门没办法关上。请确认。”

“收到，我们确认了。门没有关上。”

“建议你们改为手动操控。”

接下来有一阵子不祥的沉默。然后他们听到基特里奇说：“休斯敦，现在一切正常。门刚刚关起来了。”

那就好，杰克猛地呼出一口气，这才发现自己原先一直憋着。到目前为止，这是唯一的小差错。他心想，其他一切都很完美。但刚刚突然大量分泌的肾上腺素仍然残留不去，他的双手冒着汗。这件事提醒了他们，有多少事情可能出错，他无法摆脱那种新生起的不安之感。

他往下瞪着飞航控制室，很好奇兰迪·卡本特这位强手中的强手，是否也有同样的不祥预感。

八月四日

感觉上就好像他脑袋里的时钟已经自动重设，把睡眠周期调整过，让他在凌晨一点就自动警觉醒来。杰克躺在床上，眼睛大睁，床头柜时钟上发亮的数字也瞪着他。就像发现号太空梭，他心想，我也拼命赶着要追上国际太空站。追上爱玛。他的身体已经自动调整得和她同步。再过一个小时，她就会起床，开始一天的工作。而杰克则已经醒来，两人的生活节奏几乎同步了。

他没试着回去睡，而是起床换衣服。

凌晨一点半，任务控制中心里一片忙碌的轻声嗡响。他先去飞航控制室看一眼，里头坐着太空梭控制人员。到目前为止，发现号上还没有发生任何危机。

他沿着走廊到特殊载具作业中心，这是专属于国际太空站的控制室。这里比太空梭的飞航控制室小得多，里头有自己的控制台和人员。杰克直接走向飞航医师控制台，在值班的医师洛伊·布洛姆菲尔德旁边坐下。布洛姆菲尔德惊讶地瞥了他一眼。

“嘿，杰克。看来你真的归队了。”

“就是离不开啊。”

“唔，不可能是为了钱。所以一定是因为这份工作带来的刺激。”他往后靠，打了个呵欠。“今天晚上没什么刺激。”

“病人状况稳定？”

“过去十二个小时都很稳定。”布洛姆菲尔德朝他控制台上的遥测数据点了个头。平井健一的心电图和血压数据所代表的光点显示在屏幕上。“节率稳得像颗石头似的。”

“没有新发展？”

“上次状况报告是四小时前。他的头痛更恶化了，发烧也没退。抗生素对他好像没什么作用。搞得我们全都想不透是怎么回事。”

“爱玛有什么想法吗？”

“眼前，她大概累得没办法思考了。之前我叫她去睡一下，反正我们一直在监控。到目前为止都很无聊。”布洛姆菲尔德又打了个呵欠。“嘿，我得去上个小号。你能不能帮我看着控制台几分钟？”

“没问题。”

布洛姆菲尔德离开了，杰克戴上耳麦。再度坐在控制台前，他觉得熟悉又舒适。听着其他控制人员低声的谈话，看着前方的屏幕，太空站的轨道在地图上划出一道正弦波形线。这个座位虽然不是在太空梭上，但已是他所能争取到最接近的了。我永远无法碰触到星星了，但我可以在这里，看着其他人碰触。他震惊地领悟到，自己已经接受了这个人生的苦涩转折。他可以站在自己昔日梦想的外围，从远处依然能够欣赏那个梦境。

他的目光忽然集中在平井健一的心电图上，身子往前凑。心跳轨迹迅速上下抖动了几下，然后在屏幕上方完全变成直线。

杰克松了口气。没什么好担心的；他看得出这只是电讯异常——大概是心电图的电极片掉了。血压轨迹仍显示在屏幕上，没改变。或许病人移动了，不小心拉掉了一个电极片。或者爱玛把监视器联机拔掉，好让病人上厕所。现在血压轨迹也忽然停止——更加显示健一已经拔掉监视器联机。杰克继续盯着屏幕看，等待信息恢复显示。

等了好一会儿都没等着，于是他接上通讯频道。

“通讯官，我是飞航医师。我在病人的心电图上看到电极片松掉的模式。”

“电极片松掉？”

“看起来他跟监视器断线了。没有心跳的轨迹。你可以跟爱玛确认一下吗？”

“收到，医师。我会跟她联系。”

一个低声的哀鸣把爱玛从无梦的睡眠中拉出来，她感觉脸上沾了个冷冷湿湿的东西。她本来没打算睡着的。尽管任务控制中心一直在遥测监控健一的心电图，如果有任何变化就会通知，但她本来是打算都不睡，熬过太空站设定的睡眠时间。可是过去两天她只短暂休息过，还常常被其他同僚打断，问她有关病人状况的种种问题。最后她精疲力尽，加上失重状态的完全松弛感，终于压垮了她。她只记得自己看着健一的心律光点掠过屏幕，形成一道催眠的线，然后那条线逐渐褪成一片模糊的绿，再变成黑色。

她感觉脸颊上沾了一滴冷冷的水，睁开双眼，看到一团小水珠飘向她，不断旋转的表面映出虹彩。她还茫然了好几秒钟，才明白那个小水球是什么，又花了好几秒钟，才发现周围还有其他几十颗小水球也在空中飘舞，像装饰圣诞树的银色小球。

她的通讯装置传来静电噪声，然后是人声。“呃，沃森，我是通讯官。实在很不想吵醒你，但我们得跟你确定一下病人的心电图电极片状况。”

爱玛疲倦而沙哑的嗓子回答，“我醒了，通讯官。我想是吧。”

“遥测数据显示病人的心电图异常。飞航医师认为你们那边有电极片松掉了。”

她之前一直在飘浮，睡眠时在半空中旋转过，现在她在舱内摸清方向，转向健一该在的地方。

他的睡袋是空的。拉掉的静脉注射管飘浮着，导管末端流出一滴滴食盐水，飘散到空中。松开的电极线缠结着飘荡。

她立刻关掉注射泵浦，迅速看了周围一圈。“通讯官，他不在这里。他离开舱房了！请稍待。”她朝墙壁一推，把身子撑开，冲进了二号节点舱，从这里可以通往日本实验舱和欧洲实验舱。

她看了各个舱口一眼，就知道他不在这里。

“找到他了吗？”通讯官问。

“没有。我还在找。”

他是失去了方向感，迷糊间离开了吗？爱玛回到美国实验室，迅速穿过节点舱的舱口。一滴液体溅在她脸上。她擦掉那滴小水珠，震惊地发现手指上沾了血。

“通讯官，他穿过一号节点舱。静脉注射孔流出血了。”

“建议你关掉各舱之间的通风开关。”

“收到。”她穿过居住舱的舱口，里头灯光黯淡，在那片昏暗中，她看到格里格斯和卢瑟，两个人各自躺在拉上拉链的睡袋里，听起来都睡着了。没有健一的影子。

别慌，她心想，关掉各舱间的通风开关。快想。他会去哪里？

可能是回到他自己的睡眠区，位于俄罗斯那一端的舱房。

她没吵醒格里格斯或卢瑟，离开了美国居住舱，迅速通过连接各舱房的隧道，眼睛左右猛看，寻找健一的踪影。“通讯官，我还没找到他。我现在经过曙光号，要前往俄罗斯服务舱。”

她进入俄罗斯服务舱，平常健一就睡在这边。在昏暗中，她看到黛安娜和尼可莱都睡着了，飘在那里像是溺水似的，双手飘浮在睡袋外头。健一的睡眠区是空的。

她的焦虑转为真心的恐惧。

她摇了尼可莱一下。他缓缓醒来，睁开眼睛后，还花了好一会儿才明白她在说什么。

“我找不到健一，”她重复道，“我们得搜查每个舱。”

“沃森，”她耳麦中传来通讯官的声音。“工程组通报，一号节点舱所连接的气密舱有间歇性异常。请确认状况。”

“什么异常？”

“断续的资料显示，设备室和人员室可能没有完全关紧。”

健一。他在气密舱。

像一只飞翔的小鸟般，爱玛冲到太空站另一头，钻进一号节点舱，尼可莱则紧跟在后。她慌乱地看向开着的舱门，看进设备室，惊骇地瞥见像是三个人体的形影。其中两个其实只是太空衣，硬壳的身躯挂在气密舱的墙上，好方便穿戴。

悬在半空中的那个形影则是健一，整个身体抽搐着往后弯。

“帮我把他弄出去！”爱玛说。她绕到健一身后，双脚撑在朝外的舱门上，把健一推向尼可莱，然后尼可莱把健一拉出气密舱。接着两人合作，一起把健一推向医疗设备所在的实验舱。

“通讯官，我们找到病人了，”爱玛说，“他显然是癫痫大发作。我得跟飞航医师通话！”

“请稍待，沃森。说吧，飞航医师。”

爱玛听到耳麦里传来一个惊人熟悉的声音。“嘿，爱玛。听说你在上头有麻烦了。”

“杰克？你在那里做什么——”

“你的病人怎么样了？”

尽管还在震惊中，但爱玛设法把注意力集中在健一身上。她重新接上静脉注射管和心电图电极片时，心里纳闷杰克怎么会在任务控制中心。他已经一年没坐在飞航医师的控制台前了；但现在他在通讯频道上，声音冷静，甚至很轻松，问起健一的状况。

“他还在发作吗？”

“不。他现在做出有目的的动作了——在反抗我们——”

“生命征象？”

“脉搏很快——一百二，一百三。他喘得好厉害。”

“很好。所以他还在呼吸。”

"我们才刚接上心电图。"她看了一眼监视器，上头心律轨迹迅速划过屏幕。"窦性心搏过速，心跳速率一二四。偶尔有心室早期收缩。"

"我在遥测屏幕上看到了。"

"现在量血压……"她把血压计的压脉带充气，当压力逐渐释放时，听着肱动脉的脉搏。"九五／六十。没有重大的——"

那一掌完全出乎她意料。健一的手挥过来击中她的嘴，她痛得大叫，被那力道打得往后转，飞到舱内另一边，撞上了对面的舱壁。

"爱玛？"杰克说，"爱玛？"

她晕眩地伸手摸摸抽痛的嘴唇。

"你流血了！"尼可莱说。

杰克慌乱的声音从耳麦中传来。"你们那里到底发生了什么事？"

"我没事，"她喃喃说。然后又不耐地说了一遍。"我没事，杰克。别大惊小怪了。"

但她的脑袋还在嗡嗡作响。尼可莱把健一绑在病人约束板上时，她没上前，等着那股晕眩过去。一开始她还没听出尼可莱在说什么。

然后她看到他不敢置信的眼神。"看看他的肚子，"尼可莱轻声说，"你看！"

爱玛凑得更近。"那到底是什么鬼啊？"她低声说。

"说话啊，爱玛，"杰克说，"告诉我发生了什么事。"

她瞪着健一的腹部，那里的皮肤似乎因波动而沸腾。"有个东西在移动——在他的皮肤底下——"

"什么意思？移动？"

“看起来像是肌肉震颤。但是在整个腹部游走……”

“不是肠壁蠕动？”

“不，不是。现在往上移动了。不是循着肠道。”她暂停。那扭动忽然停止，她瞪着健一平滑无波的腹部表面。

肌肉震颤，她心想。肌肉纤维不协调的抽搐。这是最可能的解释，只有一个细节说不通：震颤不会呈波浪状移动。

健一的眼睛突然睁开，瞪着爱玛。

监视器发出警示声。爱玛转过去，看到心电图讯号在屏幕上成锯齿状反复上下。

“心室心搏过速！”杰克说。

“看到了，我看到了！”爱玛按下心脏电击器的充电钮，然后伸手去探健一的颈动脉。

有了。很微弱，几乎无法察觉。

他的眼睛往后翻，只看得到血红的眼白。他还在呼吸。

她拿起心脏电击板，放在健一的胸部，然后按下电击钮。一百焦耳的电流冲入健一的身体。

他的肌肉剧烈而抽搐地收缩，双腿猛敲着约束板。还好他绑在板子上，不然就会飞到舱内另一头了。

“还是心室心搏过速！”爱玛说。

黛安娜飞进舱里。“我能帮什么忙？”她问。

“准备好利多卡因（Lidocaine，一种广泛使用的局部麻醉药，亦可作为某些心律不整的急救药物。）！”爱玛大声说，“在CDK抽屉，右边！”

“找到了。”

“他没有呼吸了！”尼可莱说。

爱玛抓了急救苏醒球说：“尼可莱，撑住我！”

他调整好位置，双腿固定在对面墙上，背部撑住爱玛的后背，好让她位于恰当的位置，以便使用氧气面罩。在地球上实施心肺复苏术就已经够吃力了；而在微重力的环境下，更成了一场复杂的杂耍梦魇，各种设备飘浮着，各种管子在半空中盘绕缠结，装着珍贵药物的注射器飘移着。光是把双手压在病人胸部这么一个简单的动作，都可能害你整个人跌到房间另一头。尽管太空站人员都练习过这个过程，但任何排练都无法复制眼前的状况：在封闭的空间里，几个人身体慌乱地摆出动作，跟快要停止跳动的心脏赛跑。

爱玛把面罩套在健一的嘴巴和鼻子上，然后按压苏醒球，把氧气灌进他的肺里。心电图的线条持续在屏幕上下跳动。

“一安瓿利多卡因加入静脉注射液了。”黛安娜说。

“尼可莱，再电击他一次！”爱玛说。

尼可莱只犹豫了一下，就拿起电击板，放在健一的胸部，按下电击钮。这回是两百焦耳。

爱玛看了监视器一眼。“他心室心搏过速了！尼可莱，开始做心脏按压。我要帮他插管了。”

尼可莱放开电击板，然后电击板飘走了，悬在电线的末端。尼可莱双脚撑在舱房对面墙上，双手正要放在健一的胸骨上时，忽然又猛地抽走。

爱玛看着他。“怎么回事？”

“他的胸部。你看他的胸部！”

他们都瞪着看。

健一胸部的皮肤在沸腾、蠕动。刚刚电击板接触过的地方，出现了两个突起的圆圈，现在逐渐扩散，像是石头丢进水里所引起的涟漪。

“心搏停止！”爱玛耳麦里传来杰克的声音。

尼可莱还僵在那里，瞪着健一的胸部。

结果是爱玛旋转就位，背部抵着尼可莱的背。

心搏停止。心脏停止跳动了。如果不帮他按压心脏，他就会死了。

她没感到什么在移动，没有什么异常之处。皮肤之下只有胸骨。肌肉震颤，她心想。一定是肌肉震颤。没有别的解释。她撑好身体位置，开始做胸部按压，用她的双手代替健一的胸部，把血液输送到他的重要器官。

“黛安娜，一安剖肾上腺素！”爱玛命令道。

黛安娜把肾上腺素加入静脉注射管内。

他们全都看着监视器，祈祷着，希望屏幕上能出现跳动的光点。

11

“一定要进行验尸解剖。”托德·卡特勒说。

飞航人员事务处主任戈登·欧比很不耐烦地瞄了他一眼。会议室中还有其他几个人也轻蔑地朝卡特勒点了个头，因为事情很明显，根本不必他讲。验尸解剖当然是要进行的。

这个危机会议有超过一打人来参加。解剖验尸是他们最不关心的事情。眼前，欧比要处理更迫切的问题。平常话很少的他，忽然发现自己处于一个很不自在的位置，因为只要他出现在公开场合，就有一堆记者把麦克风凑到他面前。究责的痛苦过程才刚开始。

对于这个悲剧，欧比必须承担一部分的责任，因为每位飞航人员的挑选，都是经过他批准的。要是飞航人员搞砸了，在本质上，就等于是他搞砸了。他挑选爱玛·沃森这件事，现在看起来也似乎是大错特错了。

至少，这一点是他在这个会议中所听到的讯息。爱玛·沃森是太空站上唯一的医师，应该要晓得平井健一病危了。当初要是立刻以人员返航载具撤离的话，或许还能救他一命。现在太空梭已经发射了，花了几百万的救援行动变成只是去运尸体而已。华府会急着找代罪羔羊，外国媒体也会问一个政治上很煽动的问题：如果生病的是美国宇航员，航天总署会让他死掉吗？

事实上，这个会议的讨论主题之一，就是公关的后续影响。

格雷琴·刘说："帕里什参议员已经发表公开声明了。"

约翰逊太空中心的主任肯恩·布兰肯希普哀叹。"我都不敢问他讲些什么了。"

"CNN亚特兰大总部把声明稿传真过来了。我引用他讲的话：'人员返航载具的研发，花了几百万元纳税人的血汗钱，但航天总署却选择不要用。他们太空站有个病危的人，本来有机会救他一命的。现在那位勇敢的宇航员死了，显然是因为有人犯了一个可怕的大错。一个人死在太空中都嫌太多，这件事应该要展开国会调查。'"格雷琴面色凝重地抬起头。"我们最喜欢的参议员这么说。"

"我很好奇有多少人还记得，他当初还想删掉我们这个人员返航载具计划？"布兰肯希普说，"我现在真想公开问问他。"

"不行，"勒罗伊·科奈尔说。身为航天总署的署长，他的第二天性就是权衡所有的政治后果。他是负责联系国会和白宫的管道，而且一定会考虑到华府的游戏规则。"你如果直接攻击参议员，事情就会闹得不可收拾了。"

"他在攻击我们啊。"

"这又不是新鲜事，每个人都知道的。"

"一般大众不知道，"格雷琴说，"他是想用这些攻击，抢占媒体版面。"

"这就是他的目的——参议员想得到媒体注意。"科奈尔说，

“我们反击的话，只是让媒体更有炒作的话题。听我说，帕里什从来就不是我们的朋友。我们每次要求增加任何预算，他都要反对。他想买武装直升机，而不是太空飞行器，我们从来就没法改变他这一点。”科奈尔深吸了一口气，看了会议室里一圈。“所以我们倒还不如好好研究他的批评。问问我们自己，他讲的是不是有道理。”

整个会议室沉默了片刻。

“很显然，错误已经造成。”布兰肯希普说，“医学判断上出了些差错。我们为什么不知道他病得有多重？”

欧比看到两位飞航医师彼此不安地互看一眼。人人现在都把注意力集中在医疗团队的工作表现上。也集中在爱玛·沃森身上。

她人不在这里，无法为自己辩护；欧比得替她说话才行。

但托德·卡特勒抢在他前面开口了。“沃森在上头面对的工作状况很不利。任何医师都是这样，”他说，“没有X光机，没有开刀房。事实上，我们没有人知道平井健一为什么会死掉。这就是为什么必须解剖，因为我们得知道是什么出了错，也要搞清楚微重力是不是致死原因。”

“解剖当然是要做的，”布兰肯希普说，“这一点每个人都同意。”

“不，我会提起的原因，是因为……”卡特勒降低声音，“保存的问题。”

全场沉默了一会儿。欧比看到大家纷纷垂下眼睛，不安地思索着这句话的意思。

“他指的是太空站缺乏冷藏设备，”欧比说，“没办法在正常气压的环境下，储存像人类尸体那么大的东西。”

太空站飞航主任伍迪·埃利斯说：“太空梭再过十七个小时

就要进行会合了。到时候尸体会恶化到什么程度？”

“太空梭上也没有冷藏设备，”卡特勃指出，“病人已经死亡七个小时了。加上会合的时间、搬运尸体和其他货物的时间，以及对接的时间。所以尸体会在室温中至少放三天。这还是一切进展顺利的状况下。而我们都知道，一切不见得会进展顺利。”

三天。欧比想着死掉的尸体两天内可能会变成什么样。想到他有时把鸡肉扔在垃圾桶里，才过了一夜就会臭烂到什么地步……

“你是说，发现号得马上回来，连延迟一天都不行？”埃利斯说，“我们本来还希望有时间进行其他任务。太空站上有很多实验还等着要送回来。地球上有很多科学家在等。”

“如果尸体腐烂的话，解剖就没什么用处了。”卡特勒说。

“没有其他办法保存吗？比方做防腐处理？”

“那就一定会改变尸体的化学性质。要做验尸的话，尸体必须没有经过防腐处理，而且要赶快送回来。”

埃利斯叹了口气。“一定有个折中办法。可以让他们跟太空站对接时，还能顺便完成其他事情。”

格雷琴说：“从公关的观点，这样看起来很不妙。太空梭的中层甲板就放着一具尸体，你们还去处理其他平常的事务。何况，这样不是会，呃，危害到健康吗？然后还有……那个臭味。”

“尸体已经封在塑料袋里面了。”卡特勒说，“他们可以放在一个睡眠区里面，拉上窗帘，这样就看不到了。”

这个话题变得太可怕了，因而会议室里大部分的人都一脸苍白。他们可以谈论政治的后续影响和媒体危机。他们可以谈论敌意的参议员和机械异常。但死尸、臭味和腐烂的肉，就不是他们想谈的了。

勒罗伊·科奈尔终于打破沉默。“卡特勒医师，我了解你急着想把尸体运回来做解剖。另外我也明白公关的角度。如果我们还是继续进行平常任务，好像太……冷血了。但有些事情我们非做不可，就算因此要付出代价。”他看了会议桌一圈。“这是我们的主要目标，是我们这个组织的长处之一，不是吗？无论出了什么错，无论伤得有多重，我们总是能设法完成任务。”

就在这一刻，欧比感觉到会议室里的气氛忽然变了。在此之前，他们都笼罩在悲剧的痛苦和媒体瞩目的压力下。他在这些人的脸上看到了沮丧和挫败，还有防卫心。现在那块罩布揭开了。他迎上科奈尔的目光，感觉到以往对这个人的不屑消失了一些。欧比从来不信任像科奈尔这类口才便给的人。他认为航天总署的署长是必要之恶，只要他们别插手行动上的决定，他就愿意容忍。

有时，科奈尔会跨过那条线。但今天，他却帮了大家一个忙，因为他让在场的人后退一步，看清大局。每个来参加这个会议的人，都有自己关心的重点。卡特勒希望有新鲜的尸体可供解剖。格雷琴·刘希望媒体做出正确的报导。太空梭管理团队希望发现号能完成更多任务。

科奈尔刚刚提醒了他们，他们的目光必须超越这桩死亡，超越他们个人关心的事务，专注在对太空计划最好的选择。

欧比同意地轻轻点了个头，会议桌旁的其他人都看到了。狮身人面像终于表示意见了。

“每次成功的发射，都是上天所赐予的礼物，”他说，“我们可别浪费了这个礼物。”

八月五日

死了。

爱玛的运动鞋有节奏地踩着跑步机，她的脚掌踏在转动跑带上的每一下，震动她骨头、关节和肌肉的每一个冲击，都是她对自己的一种惩罚。

死了。

我失去了他。我搞砸了，于是失去了他。

我早该晓得他病得有多重。我早该要求搭乘人员返航载具。但我拖延了，因为我以为自己可以处理。我以为我可以保住他的命。

她肌肉疼痛，前额冒出一粒粒汗珠，继续惩罚自己，很气自己的失败。之前三天因为忙着照顾健一，她都没使用跑步机。现在她要弥补，于是绑上了约束带，打开跑步机，开始跑步。

在地球上，她很喜欢跑步。她跑得并不特别快，但耐力不错，也学会了在跑步中陷入长跑者那种催眠的出神状态，让幸福感压倒肌肉的灼痛。她一天接一天锻炼出这种耐力，逼迫自己坚持下去，跑得更久、更远，总是要比上一次更进步，绝对不能放过自己。她从小就是这样，个子比其他人小，却比别人更严厉。她一辈子都很严厉，但最严厉就是对自己。

我犯了错。现在我的病人死了。

汗水湿透她的衬衫，双乳间的那块汗渍愈来愈扩大。她的小腿跟大腿已经不光是灼痛而已了。她的肌肉在抽搐，由于持续的紧绷而快要崩溃了。

一只手伸过来关掉了跑步机的开关。跑带忽然颤抖着停下来。她抬头看，迎上了卢瑟的双眼。

“我想你跑得已经够久了，沃森。”他平静地说。

“还不够。”

“你已经跑三个多小时了。”

“我才刚开始而已。”她冷冷地咕哝道，又打开跑步机的开关，双脚再度奔跑在跑带上。

卢瑟看了她一会儿，身躯飘浮在她眼睛的高度，躲不掉他的目光。她痛恨被打量，甚至在那一刻，她痛恨他，因为她觉得他可以看穿她的痛苦，她的自我憎恶。

“你干脆用脑袋去撞墙，不是会快一点吗？”他说。

“快一点没错。但是不够痛苦。”

“我懂了。要惩罚自己，就是要痛才行，嗯？”

“没错。”

“如果我跟你说，这根本是狗屎，会有差别吗？因为的确是。你只是在浪费精力而已。健一死掉，是因为他病了。”

“而我正该治好他的病。”

“可是你救不了他。所以现在你成了宇航员小组的搞砸大王了，嗯？”

“没错。”

“唔，你错了。因为我比你早取得这个封号。”

“这是什么比赛吗？”

卢瑟再度关掉跑步机的开关。跑带又再度停下来。他瞪着她的眼睛，眼神愤怒，跟她的一样严厉。

“还记得我搞砸的那回吗？在哥伦比亚号？”

她没说话，也不必说。航天总署的每个人都记得。那是发生在四年前的一次任务，要修理一枚通讯卫星。卢瑟当时是任务专家，负责在修理完毕后重新配置那枚卫星。当时太空梭人员把卫星从酬载隔间中的托架中弹射出去，看着它飘远。火箭在预定的时间点燃，把卫星送入正确的高度。

结果那枚卫星对于任何指令都没有响应。在轨道上完全废掉，成了一个花费几百万元的垃圾，徒劳地绕着地球旋转。谁该对这个灾难负责？

责难几乎立刻就落在卢瑟·埃姆斯的双肩上。通讯卫星的民营包商宣称，他匆忙配置时，忘了输入关键的软件密码。卢瑟坚持他输入了密码，说犯错的是那家卫星制造商，他只是代罪羔羊而已。尽管一般大众不太晓得这个争议，但在航天总署内部，人人都知道这件事。卢瑟再也没有接到飞行派令。他被判成为宇航员鬼魂，依然在小组内，但在那些选派太空梭人员的主管眼中，他是不存在的。

让情势更为恶化的因素是，卢瑟是黑人。

有整整三年，他被人遗忘了，心中的怨恨愈来愈深。要不是其他宇航员好友的支持——尤其是爱玛——他早就退出了。他知道自己没犯错，但航天总署里很少有人相信他。他知道大家在背后议论他。有些歧视的偏执狂说他是少数种族“不是那块料”的证据。他努力想维持自己的自尊，却觉得愈来愈绝望。

然后真相终于水落石出。那颗卫星本来就有瑕疵。卢瑟·埃姆斯被正式免除罪责。才一个星期，戈登·欧比就指派他参加一项飞航任务：在国际太空站上驻守四个月。

但即使到现在，卢瑟还是能感觉到他声誉上的污点残留不去。他很清楚爱玛现在的心情。

他把脸凑到她面前，逼她看着自己。“你不完美，行吗？我们都只是凡人而已。”他暂停一下，然后冷冰冰地补充，“唯一可能例外的，就是黛安娜·埃斯蒂斯。”

她忍不住笑了出来。

“惩罚结束了。该往前走了，沃森。”

她的呼吸恢复正常了，但心脏还是跳得好厉害，因为她还在生自己的气。不过卢瑟说得没错；她得往前走。现在该去处理她错误的后续影响了。她还得完成总结报告，传回休斯敦。包括医疗摘要、临床过程。诊断。死亡原因。

医师搞砸了。

“两个小时内发现号就要对接了，”卢瑟说，“你有得忙了。”

过了一会儿，她点点头，解开跑步机的约束带。该去工作了，灵车快到了。

八月七日

绳子拴住的尸体封在尸袋里，缓缓在黑暗中旋转。周围环绕着杂乱的闲置设备和多余的锂罐，健一的尸体就像另一个不需要的太空站零件般，堆在老联合号太空舱里。联合号已经一年多没运转了，太空站人员把其中的服务隔间当成储存空间使用。把健一的尸体放在这里好像很不敬，但大家都被他的死亡弄得心情波动。如果要在平常工作或睡觉的舱里，一再面对他飘浮的尸体，实在太难受了。

爱玛转向发现号太空梭的基特里奇指挥官和欧黎瑞医官。“他死亡之后，我立刻把尸体封存起来，”她说，“之后就没人碰过。”她暂停一下，目光又回到尸体身上。尸袋是黑色的，上头鼓起一个个小小的塑胶囊，遮掩了里头的人类形体。

“他身上的管线都还在？”欧黎瑞问。

“是的。两个静脉注射管，还有气管插管和鼻胃管。”她什么都没动，知道病理学家做验尸解剖时会希望一切都保留原状。“所有的血液培养，还有我们从他身上所取得的所有样本，全都在里头了。”

基特里奇脸色凝重地点了个头。“动手吧。”

爱玛解开绳子，伸手去抓尸体。摸起来僵硬、膨胀，好像尸体的组织已经开始进行厌氧的分解过程。她拒绝去想健一在那个黑色塑料袋里会变成什么样子。

那是个沉默的行列，严肃得就像葬礼队伍，送葬者有如鬼魂般飘浮着，护送着尸体穿过各个舱所构成的长隧道。基特里奇和欧黎瑞走在最前面，轻柔地引导着尸体穿过一个个舱口。跟在后面的是吉尔·休伊特和安迪·梅塞尔，没有人开口说话。当太空梭飞行器一天半前对接时，基特里奇和机上组员带来了笑容和拥抱、新鲜苹果和柳橙，还有大家等待已久的周日版《纽约时报》。这些人是爱玛以前的老队友，曾一起训练了一年，再度相见就像是苦乐交织的家人团圆。现在这场团圆结束了，要搬进发现号的最后一样东西正像鬼魂一样，飘近对接舱。

基特里奇和欧黎瑞带着尸体穿过发现号门口，进入中层甲板。尸体将会存放在这个太空梭人员睡觉和吃饭的地方，直到降落。欧黎瑞把尸体推进一个水平的睡铺。在发射之前，这个睡铺才重新改装成医疗区，好让病人休息。但现在这里将成为临时的棺材，让他们把尸体运回地球。

“放不进去，”欧黎瑞说，“我想尸体膨胀得太大了。是不是之前曾暴露在热气中？”

“没有。联合号的温度一直保持不变。”

“问题出在这里，”吉尔说，“尸袋卡到通风口了。”她伸手拉开塑料袋。“再试试看。”

这回尸体放得进去了。欧黎瑞把拉门关上，这样大家就不会看到里面了。

接着两边人员进行了一场隆重的道别。基特里奇把爱玛拥入怀中，在她耳边低语道：“下回出任务，沃森，你是我的第一人选。”两人分开时，爱玛哭了。

最后是基特里奇和格里格斯两位指挥官依照传统惯例握手。爱玛又看了太空梭人员——她的老队友——最后一眼，挥手道别，然后两边的舱门关上了。尽管接下来二十四小时，发现号还会继续接在国际太空站上，同时上头的人员会休息并准备分离，但气闸门关上后，双方人员就不可能有任何肢体接触了。他们再度成为两个不同的载具，只是暂时连在一起，就像两只蜻蜓在太空中的求偶之舞中彼此交合。

吉尔·休伊特驾驶员睡不着。

失眠对她是新鲜事。即使在发射前一夜，她都有办法完全进入熟睡，仰赖一辈子的好运气让她睡到第二天。她很自豪从不需要安眠药。只有那些为一千种恐怖的可能性而紧张兮兮的娘娘腔，还有神经过敏和强迫症患者，才需要吃药。海军飞行员出身的吉尔，早已见识过太多致命的危险。她曾在伊拉克出任务飞行，曾驾着损坏的喷射机降落在一艘拥挤的航空母舰上，曾飞入暴风雨中的大海。她猜想自己骗过死神太多次，因而死神一定是放弃要抓她，认输回家了。因此，她夜里总是睡得很安稳。

但今夜，睡眠却迟迟不来。都是因为那具尸体的关系。

没有人想靠近那具尸体。尽管拉门已经关上，遮住了尸体，但他们都感觉得到它的存在。死人分享他们的生活空间，为他们的晚餐投下一道阴影，压制了他们平常的说笑。那具尸体成了他们不想要的第五名成员。

仿佛要避开似的，基特里奇、欧黎瑞、梅塞尔都放弃平常的睡眠区，搬到上一层的飞行甲板。只有吉尔还留在中层甲板，好像要向那些男人证明她不像他们那么神经脆弱，证明她一个女人不会被一具尸体所烦扰。

但现在，随着舱房的灯光暗下来，她发现睡眠迟迟不来。她一直想着那扇关上的门板后头放的东西。一直想着平井健一，想他活着的样子。

她还清楚记得他皮肤苍白、讲话温和，一头黑发硬得像钢丝。有一回在失重训练时，她不小心擦过他的头发，很惊讶像猪鬃般刚硬。她很好奇他现在的模样，心中忽然涌上一股病态的好奇心，想知道他的脸变成什么样子，死神在他身上留下什么痕迹。她从小就有这种好奇心，偶尔在树林里看到动物死尸时，她就会拿树枝去戳戳看。

她决定搬得离那具尸体远一点。

她抱着自己的睡袋到左舷，把睡袋固定在通往飞行甲板的梯子后面。这样已经尽可能远离了，但依然在中层甲板。她再度把睡袋的拉链拉上。明天她会需要每一种本能反应、每一个脑细胞，好让自己保持最佳状态，准备重返大气层与降落。她用意志力逼自己陷入沉睡状态。

当那道发出虹彩的旋转液体开始渗出平井健一的尸袋时，她已经睡着了。

一开始，只是几滴发亮的小水珠渗出塑料袋上的一道小裂缝，那裂缝是在尸袋卡住时扯破的。几个小时后，压力愈来愈大，塑料袋缓缓膨胀起来。现在裂口更大了，流出一道旋涡状发光的彩带。从睡铺的通风口溜出来后，彩带破碎为一颗颗蓝绿色的小水珠，在失重状态下短暂地恣意飞舞，然后凝结为更大的水球，在黯淡的舱房内起伏波动。发出乳白色光芒的液体持续流出，一颗颗水球乘着柔和的循环气流不断扩散，飘到舱房另一头，来到吉尔·休伊特身边。她在熟睡中，没发现那发光的云朵笼罩着她，没发现自己每次轻柔呼吸中都吸入了那细雾，也没发现那些小水珠仿佛凝结般停歇在她脸上。她只短暂惊扰一下，拂去脸颊上朝眼睛流过去的发光水珠。

那些飞舞的水珠随着气流上升，经过甲板间通道的开口，开始散布到昏暗的飞行甲板里。在这一层甲板上，三个男人飘浮着完全放松，正在失重状态里熟睡着。

12

八月八日

几天前，那个不祥的气旋开始在东加勒比海上空成形。一开始只是高空的一个短波槽，由赤道附近的海水蒸发，然后形成一片柔和起伏的云带。碰到了一团来自北方的冷空气后，那些云就开始环绕着中央的一团干空气旋转。现在它已经确定成为螺旋形，而且根据同步气象卫星每次所传来的新影像，似乎变得愈来愈大。美国国家海洋暨大气总署所属的国家气象局，也从这个气旋的生成之初就开始追踪，看着它缓慢而曲折地行进，漫无方向，离开了古巴东端。现在最新的气象浮标资料刚进来，还有气温、风速、风向等估计数据，更确定了气象学家在他们计算机屏幕上所看到的。

这是个热带风暴。朝向西北边移动，正对着佛罗里达南端而来。

这种新闻正是太空梭飞航主任兰迪·卡本特所害怕的。他们可以修补工程方面的问题，可以解决多重系统故障的毛病。但面对大自然的力量，他们就束手无策了。任务管理团队会议今天早上第一个要讨论的，就是决定太空梭是否要脱离轨道；他们本来计划，太空梭要在六个小时后脱离太空站，并离开轨道、重返地球，但气象简报改变了一切。

“国家海洋暨大气总署的飞行气象组报告说，这个热带风暴正往北北西移动，朝向佛罗里达礁岛群。”气象预报员说，“根据帕克空军基地的雷达和国家气象局位于墨尔本的下一代都卜勒雷达，显示径向风速最高达到六十五节，而且雨势愈来愈强。雷文送观测气球（Radio-wind-sonde，又称无线电探空仪或探空气球，用于高空气象观测。）和棘面气球都确定了这个状况。另外，卡纳维拉尔角附近的电场强度计网络和闪电监测定位系统，都显示闪电活动愈来愈频繁。这些状况大概会持续四十八小时，说不定更久。”

“换句话说，”卡本特说，“我们不能在肯尼迪中心降落了。”

“肯尼迪是铁定不行了。至少接下来三四天。”

卡本持叹了口气。“好吧，我们多少也猜到了。那听听爱德华的状况吧。”

爱德华空军基地位于加州内华达山脉东边的一个谷地，并非他们心目中的第一选择。在爱德华降落的话，就会耽误到下一次太空梭任务的流程与回返，因为太空梭得由七四七喷射机背负，运回肯尼迪太空中心。

“很不幸，”气象预报员说，“爱德华基地也有问题。”

卡本特的胃开始打结。他有预感，这会是一连串坏事的起点。身为领头的太空梭飞航主任，他曾回头检视记录中的每一个小事故，并分析哪里出了错。事后回头去看，他通常都可以倒回去，透过一连串不当但当时看似无害的决定，追溯出问题源头。有时是源自工厂里一个不专心的技师，一个接错线的仪表板。要命，就连哈勃望远镜这么巨大又昂贵的装置，一开始也是出了错。

现在他无法摆脱那种感觉，担心日后他会回想起这场会议，问自己，我当初该有什么不同的做法？我能做什么以防止一场大灾难？

他开口问："爱德华的状况怎么样？"

"现在的云幂高是七千尺。"

"那当然就没办法降落了。"

"对。向来阳光普照的加州居然会这样。不过接下来二十四小时到三十六小时之内，还是有可能局部转晴，我们只要等下去，说不定就能等到勉强可以降落的状况。否则，就得在新墨西哥州降落了。我刚刚查过气象互动数据显示系统，白沙基地那边看起来不错。天空晴朗，逆风五到十节。没有不利的气象预测。"

"所以就是选择问题了，"卡本特说，"看要等到爱德华那边放晴，或者就在白沙降落。"

他看了会议室一圈，看其他人有什么意见。

一位太空计划主管的成员说："他们目前在上头没问题。我们可以让他们继续跟国际太空站保持对接，等到天气适当再说。我不认为有必要让他们赶着回来，降落在不尽理想的基地。"

不尽理想的说法太保守了。白沙基地那边，也不过就是一条装设了航向校正圆柱的降逃跑道而已。

"我们得把尸体尽快运回来，"托德·卡特勒说，"验尸解剖才会有用。"

"这点我们都知道，"那位太空计划主管说，"但衡量种种缺点，白沙有种种限制。要是降落出了什么问题，那里没有任何民间医疗后援。事实上，考虑到各种状况，我建议我们等更久一点，等到肯尼迪中心放晴。以后勤方面来说，这样对整个太空计划是最好的。因为飞行器回返更快，当场就可以回到发射基地，准备下次发射。而接下来几天，太空梭人员就可以把国际太空站当成旅馆。”

几个太空计划主管点点头。他们都赞成最保守的做法。机上人员目前都很安全；比起在白沙降落所产生的各种问题，把平井健一的尸体运回来的急迫性就不算什么了。卡本特思索着，万一降落在白沙演变成一场大灾祸，那么事后他会如何被质疑？他设身处地想着如果他是旁观者，会如何检讨飞航主任的决定。你为什么不等到天气放晴？为什么急着要他们回地球？

正确的决定，就是风险最低，又符合任务目标。

他决定选择中间地带。

“等三天太久了，”他说，“所以肯尼迪中心出局了。我们等爱德华基地吧。或许明天天气就会好转了。”他看着气象预报员。“让那些云赶紧飘走吧。”

“是啊，我去跳反向祈雨舞就好了。”

卡本特看了墙上的时钟一眼。“好吧，再过四个钟头就要叫太空梭人员起床了。到时候我们会把消息告诉他们。他们暂时还不能回家。”

八月九日

吉尔·休伊特喘着气醒来。她第一个清醒的念头是自己溺水了，随着每次呼吸，她都吸进了水。

她睁开双眼，恐慌地看到周围像是有一大群水母飘浮着。她咳嗽，终于设法吸进一大口气，然后又咳。猛咳出来的空气吹得所有水母都翻滚着飘远了。

她爬出睡袋，打开舱房的灯，然后惊诧地瞪着发光的空气。

“鲍伯！”她喊道，“有东西漏出来了！”

她听到欧黎瑞在上头的飞行甲板说：“天啊，这是什么鬼玩意儿？”

“拿出口罩！”基特里奇命令道，“先确定这个东西没毒再说。”

吉尔打开急救柜，拿出防止污染工具箱，把里头的口罩和护目镜扔给来到中层甲板的基特里奇、欧黎瑞和梅塞尔。他们没时间穿衣服了，每个人都还刚睡醒，只穿着内衣裤。

戴上眼镜后，他们瞪着那一颗颗飘浮在周围的蓝绿色小水珠。

梅塞尔伸手抓住一颗。“好诡异，”他说，在指尖搓一搓。“感觉很稠。黏黏的，像是某种黏液。”

身为医官的欧黎瑞也抓住一颗，凑近护目镜仔细看。“不是液体。”

“我看像是液体啊，”吉尔说，“看起来很像。”

“比较像凝胶。几乎像是——”

响亮的音乐忽然播放出来，把他们都吓了一跳。猫王柔滑的嗓音唱着《蓝色麂皮鞋》。那是任务控制中心叫醒他们的起床音乐。

“早安，发现号，”通讯官愉快的声音传来。“该起床啦，各位！”

基特里奇回答，“通讯官，我们已经醒了。我们呢，呃，碰到一个非常奇怪的状况。”

“状况？”

“舱里有某种渗漏，我们正在设法查出到底是什么。那是一种黏黏的物质，粉蓝绿色的。看起来几乎就像是小小的蛋白石飘浮在空中，已经散布到两层甲板了。”

“你们都戴上口罩了吗？”

“戴上了。”

“知道是哪里渗漏出来的吗？”

“完全不晓得。”

“好吧，我们正在咨询环境控制与维生系统的人员。他们或许会晓得那是什么。”

“不管是什么，好像没有毒。刚刚我们都在睡觉，这些玩意儿就飘在空中。我们好像都没人生病。”基特里奇看了一下戴了口罩的其他人，大家纷纷摇头表示没事。

“那个渗漏物有什么臭味吗？”通讯官问，“环境控制与维生系统的人员想知道，会不会是从废物收集系统漏出来的。”

吉尔忽然觉得反胃。他们刚刚吸进去、泡在里头的这玩意儿，会是从马桶废弃物里面漏出来的吗？

“呃——我想我们得有人闻闻看，”基特里奇说。他看看其他人，大家只是瞪着他。“老天，各位，难道就没有人志愿一下吗？”他喃喃道，最后拔掉口罩。他手指搓搓一颗小球，闻了一下。“我不认为这是污水。也没有化学气味。至少不是石油产品。”

“闻起来像什么？”通讯官问。

“有点……鱼腥味。就像鳟鱼身上的黏液。或许是厨房漏出来的？”

“也可能是从哪个生命科学酬载物里头漏出来的。你们从太空站带了几个实验要送回来。里头是不是有封起来的水族箱？”

“这玩意儿倒是让我想到青蛙卵。我们会去检查那些箱子，”基特里奇说。他四下看了舱内一圈，看着一团团发光的物质黏在墙上。“现在到处都是了。我们得清理一阵子。所以重返大气层的时间会延迟了。”

“啊，发现号，真不想告诉你们这个消息，”通讯官说，“不过无论如何，重返大气层的时间要延后了。你们还得等一等。”

“有什么问题吗？”

“这里的天气不太好。肯尼迪的侧风达到四十节，附近还有砧状雷雨云。热带风暴正从东南边逼近。这个风暴已经对多米尼加共和国造成灾害了，目前正朝向佛罗里达礁岛群扑来。”

“那爱德华呢？”

“他们回报说目前的云幂高是七千尺。接下来两天内应该会放晴。所以除非你们急着想降落在白沙基地，否则就得延后至少三十六小时。我们可以让你们重新打开舱门，跟太空站的人员会合。”

基特里奇看着飘过的小球。“不用了，通讯官。这些渗漏物会污染太空站。我们得清理一下才行。”

“收到。这里有航空医师待命，你们要确认一下人员没有负面影响，对不对？”

“这些渗漏物看起来似乎无害。没有人出现生病的迹象。”他挥走一团小球，那些小球像四散的珍珠般滚动着飘走。“其实看起来还挺漂亮的。可是我很担心会黏在电子设备上，所以我们最好赶紧动手清理了。”

“如果天气有变化，我们会通知你们的，发现号。现在赶紧拿出拖把和水桶吧。”

“是啊，”基特里奇笑了。“我们是高空清洁公司。连窗子都帮你擦得干干净净呢。”他摘下口罩。“我想拔掉应该很安全。”

吉尔也摘下她的口罩和护目镜，飘到另一头的急救柜。她才刚把东西收好，发现梅塞尔瞪着她看。

“怎么了？”她说。

“你的眼睛！发生了什么事？”

“我的眼睛怎么了？”

“你最好自己去看一下。”

她飘到卫生站。看到镜中的第一眼令她很震惊。她一只眼睛的眼白变成血红色。不光是有血丝，而是一整片深红色。

“天啊，”她喃喃道，被镜中的自己吓住了。我是驾驶员。我需要我的眼睛。可是现在有一只看起来像一包鲜血。

欧黎瑞握住她的双肩，把她转过来检查那只眼睛。“没什么好担心的，好吗？”他说，“只是眼白出血而已。”

“而已？”

“一点血进入了你的眼白，其实没有看起来那么严重。它自己就会好，不会对视力有任何影响。”

“为什么会这样？”

“有可能是颅内压力突然改变。有时只要剧烈咳嗽或严重呕吐，就可能造成一根小血管爆裂。”

她松了口气。“那一定是了。我就是被那些小球呛住，咳嗽给咳醒的。”

“是啊，没什么好担心的。”他拍拍她肩膀。“这样总共五十元。下一位！”

吉尔放心地回头去看镜子。只是一点血，她心想。没什么好担心的。但镜中的那个模样吓坏她了。一只眼睛很正常，另一只则是鲜红色的邪恶眼睛。好诡异，像魔鬼似的。

八月十日

“他们真是地狱来的访客，”卢瑟说，“我们已经当他们的面关上门了，可是他们还是不肯离开。”

厨房里的每个人都笑了起来，连爱玛也笑了。过去几天国际太空站没什么欢乐气氛，听到有人再度说笑真是一大纾解。自从健一的尸体运到发现号之后，大家的心情似乎也开朗了些。他装在尸袋里的身躯，不断让人想到阴沉的死亡，现在爱玛松了口气，不必再面对自己失败的证据了。她可以重新专注在自己的工作上。

甚至听到卢瑟的打趣，她也笑得出来了，尽管他开玩笑的主题——太空梭的轨道飞行器没离开——其实不太好笑。因为他们也受到了连累。他们本来以为发现号昨天上午就会脱离的。现在过了一天，发现号还在，而且接下来至少十二个小时都无法离开。发现号离去的时间不确定，也连带使得太空站的工作安排陷入了不确定。脱离不光是轨道飞行器离开飞走而已。那是以时速一万七千五百英里飞驰的两个巨大对象之间精密的舞蹈，需要轨道飞行器和太空站双方人员的合作。在脱离之时，太空站的控制软件必须暂时改为邻近作业模式，于是太空站人员的许多研究活动就得暂缓。每个人都得专心处理轨道飞行器的离去。

以避免大灾难的发生。

现在加州一处空军基地的多云天气耽搁了一切，破坏了太空站的工作时间安排。但太空飞行本来就是这样；唯一可以预测的就是不可预测。

一滴葡萄汁飘过爱玛脑袋旁。这又是个不可预测的状况，爱玛笑着心想，看着笨手笨脚的卢瑟拿着吸管去追那滴葡萄汁。只要稍微一不注意，一个不可或缺的工具或一滴果汁就会飘走。没了重力，任何没有约束好的对象都可能不晓得飘到哪里去。

这正是发现号机上人员眼前所面对的状况。“这些黏糊糊的玩意儿，沾满了我们后头的数字自动驾驶程控台。”她听到基特里奇在无线电那头说，他跟格里格斯正在空对空频道上对话。“我们还在设法清理拨动式开关，但这玩意儿干掉之后就像很稠的黏液。我只希望没塞住任何资料埠。”

“查出是哪里渗漏吗？”格里格斯问。

“我们在蟾鱼箱发现了一个小裂缝。不过看起来不像漏出很多东西——还不足以飞满整个驾驶舱。”

“还有可能是哪里渗漏出来的？”

“现在正在检查厨房和便桶。我们一直忙着清理，还没有机会去找出来源。我只是想不出这玩意儿到底是什么，觉得有点像青蛙蛋。圆圆的一团，黏黏绿绿的。你应该看看我们这组人——他们就像在电影《魔鬼克星》里沾上了史莱姆。另外休伊特还有一只邪恶的红眼睛。老天，我们看起来真可怕。”

邪恶的红眼睛？爱玛转向格里格斯。“休伊特的眼睛出了什么事？”她说，“我之前都没听说。”

格里格斯转告了这个问题。

“只是眼白出血，”基特里奇回答，“欧黎瑞说没什么严重的。”

“让我跟基特里奇谈。”爱玛说。

“说吧。”

“鲍伯，我是爱玛，”她说，“吉尔是怎么会眼白出血的？”

“她昨天醒来的时候在咳嗽。我们认为是咳出来的。”

“她有没有肚子痛？头痛？”

“她刚刚抱怨过头痛，肌肉酸痛是每个人全都有。毕竟我们在这边忙得跟狗似的。”

“恶心？想吐？”

“梅塞尔有反胃的状况。怎么了？”

“健一也有过眼白出血。”

“可是欧黎瑞说，”基特里奇指出，“这没什么大不了的。”

“不，让我担心的是这一连串症状，”爱玛说，“健一的病是从呕吐和眼白出血开始的。还有腹痛，头痛。”

“你的意思是，这是某种传染病？那么为什么你没被传染？当初是你照顾他的啊。”

好问题。她回答不了。

“这是什么疾病？”基特里奇问。

“我不知道。我只知道健一在初步症状出现后，一天之内就病倒了。你们得赶紧脱离对接，马上回家。趁发现号上还没人病倒之前。”

“没办法。爱德华基地还是云层太厚。”

“那就去白沙。”

“眼前不是个好选择。他们的塔康系统有一个坏掉了。嘿，我们没事的。只要等到天气放晴就能回家了。应该不会超过二十四小时。”

爱玛望着格里格斯。“我想跟休斯敦通话。”

“他们不会只因为休伊特有一只红眼睛，就决定降落在白沙的。”

“那可能不只是眼白出血而已。”

“他们怎么会染上健一的病？他们从没接触到他啊。”

尸体，她心想。健一的尸体在轨道飞行器上。

“鲍伯，”她说，“又是我，爱玛。我要你去检查尸袋。”

“什么？”

“检查健一的尸袋，看有没有裂缝。”

“你自己也看到过，封得很紧啊。”

“你确定现在还是这样？”

“好吧，”他叹了口气。“我得承认，自从尸体运上来之后，就没人去检查过。我猜想大家都有点心里发毛。我们把睡铺的拉门关起来，免得还要看到他。”

“那个尸袋看起来怎么样？”

“我正在想办法把拉门打开。好像有点卡住了，可是……”沉默了一会儿，然后是喃喃低语。“天啊。”

“鲍伯？”

“是从尸袋渗漏出来的！”

“那是什么？血液？组织液？”

“塑料袋上有个裂口。我看得到它正在往外漏！”

什么正在往外漏？

她听到背景里的其他声音。厌恶地大声抱怨，还有人干呕的声音。

“封起来。赶快封起来！”爱玛说。但他们没回答。

吉尔·休伊特说：“他的身体摸起来像烂糊。好像他……融化了。我们该查清楚到底是怎么回事。”

“不！”爱玛喊道。“发现号，不要打开尸袋！”

让她松了一口气的是，基特里奇终于响应了，“收到，沃森。欧黎瑞，封起来。我们不会再让任何……那个玩意儿……漏出来。”

“或许我们该把尸体扔出去。”吉尔说。

“不，”基特里奇回答，“他们想要做验尸解剖。”

“那是什么样的液体？”爱玛问，“鲍伯，回答我！”

他沉默了好一会儿，才说：“我不晓得。但不管那是什么，我希望没有传染性。因为我们全都暴露了。”

二十八磅的松弛肌肉和毛皮。那是韩福瑞，它像个肥胖的古代大官般四肢张开，趴在杰克的胸口。这只猫想谋杀我。杰克心想。往上瞪着韩福瑞恶毒的绿色眼珠。之前他在沙发上睡着了，再度恢复意识时，就发现“一吨重”的猫脂肪压着他的肋骨，把他肺部的空气全都挤出来了。

韩福瑞打着呼噜，一只爪子紧扫着杰克的胸口。

随着一声痛喊，杰克把它推开，韩福瑞砰地四肢着地。

“去抓只老鼠吧。”杰克咕哝道，翻身侧躺想继续入睡，却毫无希望。韩福瑞哀号着要吃饭。又饿了。杰克打了个哈欠，拖着身躯离开沙发，踉跄走进厨房。他一打开放猫食的碗橱，韩福瑞就开始哀号得更大声。杰克在猫碗里倒满喜跃猫干粮，嫌恶地站在那里看着韩福瑞低头大吃。现在才下午三点，杰克还没补足睡眠。他昨天晚上熬了一整夜，在太空站控制室的飞航医师控制台值班。然后回家坐在沙发上温习太空站的环境控制与维生系统。他又回到航天总署的团队里了，感觉非常好。甚至在阅读一份枯燥而艰深的任务作业指挥官训练手册时，他都觉得感觉很好。但后来疲劳终于来袭，他在中午时睡着了，周围环绕着一叠叠飞航手册。

韩福瑞的碗已经半空了。真难以相信。

杰克转身要离开厨房时，电话响了。

是托德·卡特勒。“我们正在集合医疗人员，要去白沙基地等发现号降落。”他说，“飞机三十分钟后在艾林顿机场起飞。”

“为什么在白沙降落？发现号不是要等到爱德华基地放晴吗？”

“太空梭上有医疗状况，我们没办法等到天气放晴。他们再过一个小时就会脱离轨道。我们要准备好预防传染病的措施。”

“什么传染病？”

“还不晓得，我们只是想小心一点。你要一起去吗？”

“要，我跟你们一起去。”杰克说，一刻都没有犹豫。

“那你最好赶紧动身，免得赶不上飞机。”

“等一下。病人是哪一个？谁生病了？”

“全部。”卡特勒说，“所有的机上人员。”

13

预防传染病的措施。紧急脱离轨道。我们面对的是什么状况？

大风卷起沙尘，杰克大步穿过柏油路面，走向等待的喷射机。他在飞扬的沙砾中眯起眼睛，爬上了阶梯，钻进飞机里。这一架是湾流四型喷射机，结实而可靠，有十五个乘客座，航天总署拥有一整个机队，用来运载人员往来各处的作业中心。机上已经有一打人了，包括几个飞航医疗诊所的护士和医师。其中几个人朝杰克挥手招呼。

“我们得起飞了，”副驾驶员说，“麻烦你赶紧系上安全带吧。”

杰克挑了前排一个靠窗的位置。

洛伊·布洛姆菲尔德是最后一个登机的，他一头明亮的红发被风吹得竖起来。一等布洛姆菲尔德坐下，副驾驶员就关上机舱门。

“托德不来了吗？”杰克问。

“他要负责降落时的控制台。看起来我们要当突击部队了。”

飞机开始在跑道上滑行。他们没有时间可以浪费了，飞到白沙的航程要一个半小时。

“你知道发生了什么事吗？”杰克问，“因为我还一头雾水。”

“我听了简短的概要报告。你知道昨天在发现号上的渗漏物吗？就是他们一直想搞清楚是什么的？结果是从平井健一的尸袋里漏出来的液体。”

“那个袋子封得很紧，怎么会漏呢？”

“被扯破了。太空梭人员说里头的尸体好像受到压力，已经分解得很严重了。”

“基特里奇说那种液体是绿色的，只有一点鱼腥味。听起来不像腐烂尸体流出来的。”

“我们全都想不透。那个尸袋已经重新封好了，我们得等他们降落，才能看到里头是怎么回事。这是我们第一次碰到微重力之下的人类尸体。或许分解的过程会有些不同。或许厌氧菌死掉了，所以才会没臭味。”

“太空梭上的人员病得有多重？”

“休伊特和基特里奇都抱怨头痛得厉害。梅塞尔现在吐得像只狗似的，欧黎瑞则是肚子痛。我们不确定有多少是心理因素。如果你发现自己吸进了同事腐烂的尸体，情绪上难免会受到影响。”

心理因素一定会把状况弄得更复杂。每次只要有食物中毒爆发，就会有一部分的病人其实是没有受到感染的。暗示的力量太强大了，甚至能让人吐得跟真正生病的人一样严重。

“他们脱离太空站的时间不得不延后。白沙基地一直有问题——有一个塔康系统之前会传送错误的讯号。他们需要几个小时去调整，才能重新运作。”

塔康（TACAN）就是战术空中导航定位系统，是一连串位于地面的发射器，可以提供轨道飞行器最新的导航路线。塔康讯号错误的话，有可能导致太空梭完全降落在跑道之外。

“现在他们决定，不能再等下去了，”布洛姆菲尔德说，“过去一个小时，机上人员就已经病得更重了。基特里奇和休伊特两个人都眼白出血。当初平井健一就有这个症状。”

他们的飞机开始要升空了。引擎的隆隆声响彻在他们耳边，然后飞机离开地面。

杰克在噪声中喊道：“那太空站呢？上头有任何人病了吗？”

“没有。两边连接的舱门一直都关着，免得渗漏物蔓延。”

“所以生病的只限于发现号？”

“据我们所知，目前是这样。”

那么爱玛没事了，他心想，吐出一口大气。爱玛很平安。但如果这种接触传染原是从平井健一的尸体带到发现号上的，那为什么太空站的人员没有感染到？

“太空梭的估计抵达时间是什么时候？”他问。

“他们现在正在脱离太空站。再过四十五分钟就要进入大气层，降落地面的时间应该是下午五点左右。”

所以地面人员的准备时间并不多。他凝视着窗外，看着飞机穿过云层，进入一片金色阳光。所有状况都对我们不利，他心想。紧急降落。损坏的塔康系统。机上人员都生病了。

而这一切，都将发生在荒僻地带的一条跑道上。

吉尔·休伊特头好痛，而且眼球疼得要命，都快看不清脱离作业的检查表了。过去一个小时，疼痛入侵到她身上的每一块肌肉，现在感觉上好像有一道道闪电劈过她的背部和大腿。她两眼的眼白都变成红色了；基特里奇也是，看起来就像两包鲜血似的。他也全身都在痛；从他的动作可以看得出来——那种缓慢而警戒地转动头部的模样。他们饱受疼痛折磨，但两个人都不敢注射麻醉剂。脱离对接状态和降落都需要全神警戒，他们不能冒险失去任何一丝敏感度。

带我们回家吧。带我们回家吧。吉尔脑袋里重复念着这句话，同时努力坚守岗位，尽管身上的衬衫已经汗湿，疼痛啃噬着她的专注力。

他们迅速确认过起飞检查表。她把 IBM ThinkPad 笔记本电脑的传输线插进太空梭后端控制台的数据端口，开机，然后开启“会合与接近作业程序”。

“没有资料传输过来。”她说。

“什么？”

“数据端口一定是被那些渗漏物黏住了。我去中层甲板试试脉冲编码调节主单元。”她拔掉传输线，拿着那台 ThinkPad 经过甲板之间的通道，脸上的每块骨头都痛得不得了。她的双眼抽痛得好厉害，感觉好像要爆出眼眶了。到了中层甲板，她看到梅塞尔已经穿上橘色的发射与降落太空衣，系好安全带，准备要重返大气层。他已经失去意识——大概是因为打了麻醉剂。欧黎瑞也已经系好安全带，虽然还醒着，但看起来很恍惚。吉尔飘到中层甲板的资料端口，把笔记本电脑的传输线插进去。

还是没有数据传输。

“去你的！”

她努力保持专注，回到飞行甲板上。

“还是不行吗？”基特里奇问。

“我换一下传输线，再试试这个数据端口。”她的头痛得厉害，泪水盈满眼眶。她咬紧牙关，拔出传输线，换一条新的。重新启动。进入 Windows 画面，然后打开“会合与接近作业程式”。

会合与接近作业程序的标志出现在屏幕上。

她唇上冒出汗水，开始输入任务时程。日、时、分、秒。她的手指不太听使唤，迟钝又笨拙。她不得不退回去改正数字。最后她终于选了“接近作业”，然后点了“OK”。

“会合与接近作业程序开始，”她放松地说，“准备处理资料。”

基特里奇说：“通讯官，可以开始脱离了吗？”

“请稍待，发现号。”

这段等待真是酷刑。吉尔·休伊特低头看着手，看到指头开始抽搐，她前臂的肌肉也开始收缩，皮肤底下像是有十几条蠕虫似的。仿佛有个什么活物正在她的肉里面钻挖。她努力想让双手保持平稳，但手指却不断强烈痉挛。带我们回家吧。趁我们还有办法驾驶这只大鸟的时候。

“发现号，”通讯官说，“可以进行脱离了。”

“收到。数字自动驾驶程序设定在低Z模式。准备进行脱离。”基特里奇深感解脱地看了吉尔一眼。“现在让我们回家吧。”他喃喃道，抓住了操纵杆。

飞航主任兰迪·卡本特站在那里像个巨型雕像，双眼定定看着前面的大屏幕，在他工程师的脑袋里，冷静地监督着各个同时发生的视觉信息和通话频道。一如往常，卡本特的思考总是领先好几步。对接舱现在已经减压了。把轨道飞行器与太空站连接在一起的那些对接闩将会打开，对接系统上的预载弹簧会轻轻将两者推开，让它们飘离彼此。飘到相距两尺后，发现号的反作用力控制系统喷射引擎才会启动，好控制轨道飞行器离开。在这一系列精密的过程中，任何时候都可能出错，但针对每种可能的失败，卡本特都有因应的计划。如果对接闩没能打开，他们就会点燃烟火炸药，把对接闩炸断。要是这招还行不通，就会有两位太空站人员待命进行舱外活动，用手打开那些对接闩。他们有很多备用再备用的计划，好因应各种失败状况。

至少，是他们所能预测到的各种失败。卡本特担心的，是没人想得到的小毛病。眼前，他一如在每个新任务阶段一开始的老习惯，问自己同样那个老问题：要是我们没能预料到什么状况呢？

“轨道对接系统已经成功脱离了，”他听到基特里奇宣布。“对接闩已经打开。我们现在要飘走了。”

卡本特旁边的飞航控制员握起拳头，胜利地对空轻挥一下。

卡本特已经往前想到了降落。白沙基地的天气依然很稳定，逆风十五节。塔康系统会及时修好并运转，引导太空梭降落。地面人员此时正纷纷赶往跑道。眼前没有看得见的新问题，但他知道很快就会有了。

他心中想着这一切，但脸上表情丝毫不露痕迹。飞航控制室里面的人员完全看不出他的忧心像酸苦的胆汁一般，已经冒到了喉咙口。

在国际太空站，爱玛和其他人员也在观察与等待。所有的研究工作暂时停摆，他们都聚集在一号节点舱的穹顶，看着巨大的太空梭脱离。格里格斯同时还监看着一部IBM的ThinkPad笔记本电脑上的作业，上头显示的“会合与接近作业程序”画面，跟休斯敦的任务控制中心所看到的一样。

隔着穹顶的窗子，爱玛看到发现号逐渐远离，不禁放松地叹了一口气。太空梭的轨道飞行器现在随意飘浮着，就要回家了。

医疗官欧黎瑞在麻醉剂的昏茫中飘浮。他已经在自己的手臂上注射了五十毫克的配西汀，只够压低他剧烈的疼痛，让他可以帮梅塞尔系好安全带，让整个舱房准备好重返大气层。不过这点剂量的麻醉剂，仍然让他的思绪变得迟钝。

他坐在中层甲板的座位上，准备好要脱离轨道。整个舱房似乎时而清晰、时而模糊，仿佛他是在水里看着这一切。光线令他双眼发痛，于是他闭上。没多久前，他觉得他看到吉尔·休伊特拿着 ThinkPad 笔记本电脑飘过去；现在她离开了，但他听得到耳麦传来她紧张的声音，还有基特里奇和通讯官的声音。他们脱离太空站了。

即使脑袋变得迟钝，他还是感觉到一种无能，一种羞愧，因为自己像个病人般绑在座位上，但他的同僚却在上面的飞行甲板上辛苦工作，好让他们都能回家。他出于自尊，奋力从睡眠的舒适解脱感中挣扎出来，看到了中层甲板强烈的灯光。他摸索着解开自己的安全带，飘出座位。他感觉周围的景物开始旋转，不得不闭上眼睛，好压下那股突如其来的恶心感。战胜它，他心想。心灵胜过实质。我向来都有个铁胃的。但他没法睁开眼睛，去面对这个茫然旋转的房间。

直到他听到那声音。是个吱嘎声，好近，他还以为一定是梅塞尔在睡眠中翻动。欧黎瑞转向那个声音——发现那不是梅塞尔。而是平井健一的尸袋。

尸袋鼓起来，变大了。

我的眼睛，他心想。是我的眼睛产生错觉了。

他眨眨眼睛，重新集中焦点。那尸袋依然胀大，尸体腹部的塑料袋像吹气球般鼓起。几小时前，他们已经把裂缝贴起来；现在袋子里的压力一定又开始变大了。

他在如梦般的朦胧中移动，飘到那个睡铺前，一手放在膨大的尸袋上。

然后惊骇地猛缩回手。因为在那接触的短暂片刻间，他感觉到尸袋还在膨胀，收缩，然后又膨胀。

那尸体正在搏动。

吉尔·休伊特唇上迸出汗珠，隔着头顶上的窗子，看着发现号脱离国际太空站。他们和太空站之间的距离缓缓拉大，她看了计算机屏幕上跑个不停的数据。相距一尺。两尺。要回家了。疼痛忽然刺穿她的头部，痛得她难以忍受，觉得自己就要昏过去了。她努力挣扎，像一只顽强的斗牛犬般，设法保持清醒。

“脱离完成。”她咬着牙说。

基特里奇回答：“转到反作用力控制系统程序，低Z模式。”

基特里奇利用反作用力控制系统喷射推进器，小心翼翼引导轨道飞行器远离太空站，预定要移到太空站下方三千尺的位置。由于两者位于不同轨道，这样就会自动使得他们离太空站更远。

吉尔听到喷射推进器轰的一声点燃，感觉到轨道飞行器开始颤抖，同时位于机尾控制台的基特里奇缓缓地引导轨道飞行器往后，降到会合的轨道半径向量在线。他努力想控制那只颤抖的手，因而整张脸紧绷着。现在驾驶轨道飞行器的不是计算机，而是他，只要控制杆稍微乱扭一下，就可能害他们歪出既定的路线。

相距五尺、十尺。此时他们已度过了关键的分离阶段，离太空站愈来愈远了。

吉尔开始放松。

然后她听到中层甲板传来的尖叫。那是一种惊骇而不敢置信的喊声。欧黎瑞。

她回头，刚好看到一具阴森的人类遗骸喷上飞行甲板，朝她飞过来。

基特里奇离甲板间的通道最近，因此首当其冲，他被冲击力道撞得往后飞，离开那根旋转的手控制杆。吉尔也整个人往后跌，耳麦飞走了，发臭的肠子与皮肤碎片，以及一团团还黏在头皮上的黑色头发，纷纷击中她身上。健一的头发。她听到火箭推进器燃烧的轰响，轨道飞行器好像开始倾斜。飞行甲板上遍布着一大片碎裂的人类残骸，一道噩梦般的银河旋转着，里头飘浮着塑料尸袋的碎片和破烂的器官和那些奇怪的绿色团块。一片像葡萄的团块飘过来，溅在旁边的舱壁上。

在微重力状态下，水珠撞上平滑表面时，会黏在上头，短暂地颤抖一下，然后就静止不动。但眼前这些溅出物却没有静止下来。

她难以置信地望着那些溅出物颤抖得愈来愈厉害，仿佛水面上的涟漪。然后这才看见深埋在那片黏胶状的团块中，有个会动的黑色核心。像蚊子的幼虫般扭动着。

忽然间，一个新影像吸引了她的注意力，而且更令人惊骇。她往上看着飞行甲板上方的窗子外头，看到了太空站迅速变大，近得她几乎看得到太阳能板桁架上的铆钉。

在恐慌中，她朝舱壁一推，穿过那片碎裂尸骨的阴森乌云。她双手拼命往前伸，想去抓轨道飞行器的控制杆。

“即将相撞！”格里格斯朝着空对空无线电频道大喊，“发现号，你们就要撞上我们了！”

没有回应。

“发现号！赶快后退！”

爱玛惊骇地看着大灾难迎面而来。透过太空站的穹顶窗，她看到太空梭的轨道飞行器往上冲，同时朝右舷翻转。她看到发现号的三角翼朝他们切过来，那种动能足以穿透太空站的铝制舱壳。

她看到相撞即将发生，目睹着自己的死亡逼近。

轨道飞行器鼻翼处的向前喷射推进器上，突然冒出发动的白烟。发现号开始往下降，把动能减低。同时右舷的三角翼也往上转，但还不够快，没法完全躲过太空站的太阳能板主桁架。她觉得自己的心跳冻结。

又听到卢瑟低语：“我的老天啊。”

“人员返航载具！”格里格斯恐慌地大叫，“每个人赶紧撤离到载具上！”

大家七手八脚撤出节点舱，手臂和双腿在半空中滑动，两脚朝各个方向飞舞。尼可莱和卢瑟率先出了舱口，进入居住舱。爱玛才刚抓住舱口的扶手，忽然听到金属裂开的尖啸，轨道飞行器撞上了太空站，铝制舱壳发出扭弯、变形的呻吟。

太空站震动着，在紧随而来的摇晃中，爱玛看到节点舱的舱壁倾斜了，格里格斯的 ThinkPad 笔记本电脑在半空中旋转，还有黛安娜惊恐的脸，因为汗湿而光滑。

舱里的灯闪了几下，然后熄灭了。在黑暗中，一个红色的警示灯闪烁着。

刺耳的警笛响起。

14

太空梭飞航主任兰迪·卡本特看着前方大屏幕上的死亡。

轨道飞行器撞击的那一刻，他感同身受，仿佛有人一拳击中他的胸骨，他不禁举起一手，按住自己的胸口。

有好几秒钟，飞航控制室陷入一片死寂。一张张震惊的脸瞪着前方的墙上。中央的大屏幕是世界地图和太空梭的轨道线。右边屏幕是冻结的“会合与接近作业程序”，发现号和国际太空站各自以线框图形表示。轨道飞行器现在像个压烂的玩具般，嵌入国际太空站的轮廓里。卡本特觉得自己的肺部忽然膨胀，这才发现自己惊骇中都忘记呼吸了。

飞航控制室忽然乱成一团。

“飞航主任，没收到下传的音频，”他听到通讯官说，“发现号没有响应。”

“飞航主任，我们还继续收到热量控制系统传来的数据——”

“飞航主任，轨道飞行器的舱压没有下降。没有迹象显示氧气外泄——”

“那太空站呢？”卡本特厉声问，“有他们下传的信息吗？”

“太空站的飞航控制室正在设法跟他们联系。太空站的气压在下降——”

“降到多低？”

“降到七百一十……六百九十。该死，他们正在急速减压中！”

太空站舱壳破裂了！卡本特心想。但他不必负责补救这个问题，那是走廊上另一头的特殊载具作业中心要处理的。

推进系统工程师的声音忽然出现在通讯频道。“飞航主任，我看到反作用力控制系统的几个喷射推进器发动了，分别是向前的 F2U、F3U，还有 F1U。有人在操作轨道飞行器的控制台。”

卡本特猛地抬起头来。“会合与接近作业程序”的显示屏幕依然冻结，没有出现新的影像。但推进系统那边报告说，发现号上头操纵方向的喷射推进器刚刚点燃了。那一定不是碰巧而已；上头有一名人员正在设法让轨道飞行器远离国际太空站。但在通讯恢复之前，他们无法确定轨道飞行器上人员的状况，无法确定他们还活着。

这是最恐怖的情况，也是他最害怕的。那就是太空梭在轨道上，但机上人员全数死亡。尽管休斯敦可以透过地面指令，控制大部分的飞行操作，但如果要让太空梭回到地球降落，就一定要有机上人员的协助。他们必须有一个能操作的人类去拨动一些开关，好让太空梭脱离轨道，进入大气层。得有一只手去展开空气资料探管，放下起落架，以便降落。没有一个人在飞行器的控制台前执行这些工作的话，发现号就只能继续待在轨道上，成为一架静静绕着地球旋转的鬼船，直到几个月后轨道衰竭，然后化为一道火光坠入地球。随着一秒秒过去，这个噩梦就在卡本特的脑袋里上演，飞航控制室里也愈来愈恐慌。他没办法去考虑太空站了，尽管里头的人员现在可能正处在减压而死的剧烈痛苦中。他得把注意力继续放在发现号上。机上的人员由他负责，但随着每一秒沉默地过去，他们生还的机会似乎愈来愈渺茫了。

然后，忽然间，他们听到声音了。很软弱，很无力。

“控制中心，这里是发现号。休斯敦。休斯敦……”

“是休伊特！”通讯官说，“请说，发现号！”

“……重大异常……无法避免碰撞。轨道飞行器的结构损害看起来很小……”

“我们需要国际太空站的画面。”

“无法调动 Ku 波段天线——闭合线路故障了。”

“你知道他们损坏的程度吗？”

“撞击扯坏了他们的太阳能板桁架。我想我们在他们的舱壳上撞出一个洞……”

卡本特觉得反胃。他们还是没听到太空站人员传来的音讯。无法确定他们是否还活着。

“你们其他组员的状况呢？”通讯官问。

“基特里奇几乎没有反应。他的头撞到了后控制板。至于中层甲板的组员——我不晓得他们——”

“那你的状况呢，休伊特？”

“我在设法……啊，老天，我的头……”一声轻轻的呜咽。然后她说：“还活着。”

“继续说。”

“那东西四处飘浮着——从尸袋里面溢出来的东西。在我四周移动。进入我体内了。我可以看到它在我皮肤底下移动，它是活的。”

一股寒气沿着卡本特的脊椎往上爬。幻觉。头部受伤了。她快撑不下去了，而轨道飞行器完整回到地球的唯一希望，也快要失去了。

“飞航主任，正在靠近理想轨道，”飞航动力官警告道，“千万不能错过啊。”

“叫她准备脱离轨道。”卡本特下令。

“发现号，”通讯官说，“进行辅助动力系统启动前检查。”

没有回应。

“发现号？”通讯官重复，“你要错过你的理想轨道了！”

时间一秒秒过去，又超过了一分钟，卡本特的肌肉绷紧，觉得自己的神经像通了电的电线。最后休伊特终于响应时，他不禁吐了口大气。

“中层甲板人员都处于降落位置。他们两个人都失去意识了。我已经帮他们系好安全带。可是我没办法让基特里奇穿上橘色太空衣——”

“别管他的橘色太空衣了！”卡本特说，“别错过理想轨道。赶快让那只大鸟下来就是了！”

“发现号，建议你直接开始进行辅助动力系统启动前检查。坐在左舷的座位，系好安全带，然后进行脱离轨道。”

他们听到一个痛苦而粗哑的叹息。然后休伊特说：“我的头——没办法集中精神……”

“收到了，休伊特。”通讯官的声音变得更温柔，几乎是抚慰。“听我说，吉尔。我们知道你现在坐在指挥官的位置。我们知道你很痛。但我们可以引导你自动着陆，一路直到轮子停止。只要你保持清醒。”

她发出一声痛苦的呜咽。“辅助降落系统启动前检查完成，”她低声说，“加载程序三一〇一二。时间到了跟我说，休斯敦。”

“进行脱离轨道的喷射点火吧。”卡本特说。

通讯官转告这个命令，“进行脱离轨道的喷射点火，发现号。”然后轻声补了一句，“接下来，我们接你回家吧。”

在那片地狱般的黑暗中，爱玛准备好要迎接降压的冲击。她完全知道接下来会怎样，知道自己会怎么死。空气将会呼啸着泄出舱壳。她的耳膜将会忽然爆裂。她的肺脏将会胀大，肺泡胀破，同时带来剧增的疼痛。当气压降到接近真空时，液体的沸点也跟着下降，直到沸点与结冰点相同。这一刻，血液沸腾了；下一刻，又在血管里冻结了。

红色的警示灯，尖响的警笛声，全都确定了她最可怕的恐惧。这是第一级紧急状况。他们的舱壳破了，空气正泄入太空中。

她感觉自己的耳膜爆响。赶紧撤离！

她和黛安娜冲进居住舱，里头一片黑暗，只有警示板上闪烁的红灯发着光。警笛声大到每个人都得扯着嗓子，彼此大喊。在恐慌中，爱玛撞到卢瑟身上，卢瑟赶紧抓住她，免得她弹飞到另一个方向。

“尼可莱已经进入人员返航载具了。接下来是你和黛安娜！”卢瑟吼道。

“等一下。格里格斯人呢？”黛安娜说。

“进去就是了！”

爱玛转身，在红色警示灯的迷幻闪光中，他看到居住舱里没有其他人。格里格斯没跟着他们过来。昏暗中似乎有一片奇怪的细雾飘动着，但是没有猛烈的空气嘶嘶作响，把他们往裂缝吸。

而且没有疼痛，她忽然意识到。她感觉耳膜里啪啪响，但胸口没发痛，没有减压而造成肺泡爆裂的症状。

我们可以救回这个太空站。我们还有时间隔离那个漏洞。

她像游泳般迅速转身，双脚朝舱壁蹬开，往回飞向节点舱。

“嘿！搞什么屁啊，沃森？”卢瑟吼道。

“别放弃这条船！”

她飞得好快，撞上了舱口的边缘，手肘撞得好痛。这才真叫痛，不是因为减压，而是因为她自己的愚蠢和笨拙。手臂仍抽痛之际，她已经又蹬开，进入节点舱。

格里格斯不在里头，但她看到他的ThinkPad笔记本电脑在传输线的末端飘浮。屏幕闪着一道亮红色的“减压”警语。空气压力降到六百五十了，而且还在继续往下降。在他们的脑子停摆之前，只剩几分钟可以利用了。

他一定是去找漏洞了，她心想。他要去关闭受损的舱房。

她进入美国实验舱，穿过那层浓厚的白雾。那真的是雾吗？还是她的眼睛因为缺氧而看不清？表示她即将失去意识的警讯？她冲过黑暗，被那些闪个不停的警示灯搞得茫然不知方向。她撞上了另一头的舱口。她的协调性出状况了，身体也更加笨拙。她穿过了舱口，进入二号节点舱。

格里格斯在里头，正努力要解开连接着日本舱和欧洲舱之间那一堆缠结的电线。

“裂缝在日本舱！”他在警笛的尖啸声中喊道，“如果我们把这个舱口的电线都拔掉，关上这道舱门，就可以隔离掉那个实验舱。”

她上前去帮他拔开那些电线，没多久发现一条没法拔开的。“这怎么回事？”她说。所有通过舱口的电线都应该很容易拔开，以备万一有紧急状况发生。但她手上这条却是没有接口的——违反了安全规则。“这条没办法很快解开！”她喊道。

“帮我找把刀子，我来割断。”

她转身，回到美国实验舱。刀子，哪里能找到刀子？在闪烁的红光中，她看到了医药柜。解剖刀。她拉开柜子，手伸进工具盘，然后又飞回二号节点舱。

格里格斯拿了解剖刀，开始去割电线。

“我可以帮什么忙吗？”卢瑟的吼声传来。

爱玛转身看到他，还有尼可莱和黛安娜，全都紧张地停留在舱口。

“裂缝在日本舱！”爱玛说，“我们要关掉那个舱！”

一阵烟火般的火星忽然射出。格里格斯痛叫着甩掉那根电线。“狗屎！上头还通着电！”

“我们得把电线割断！”爱玛说。

“然后被电死？我可不认为。”

“那我们要怎么封锁这个舱口？”

卢瑟说：“往后退！往后退回美国实验舱！我们要关闭这整个节点舱。把这一头的太空站全部隔离。”

格里格斯看着那条发出火星的电线。他不想关掉二号节点舱，因为这意味着要牺牲掉日本舱和欧洲舱，从此这两个舱都会完全降压，无法进入。同时也意味着要牺牲掉连接在二号节点舱的太空梭对接埠。

“各位，气压在下降！”黛安娜喊道，看着一个手持气压计。“现在已经降到六百二十五毫米了！妈的大家后退就是了，赶紧关闭节点舱！”

爱玛已经可以感觉到自己呼吸更快，努力要喘过气来。缺氧。如果不赶快想办法，他们很快就都会昏过去。

她拉着格里格斯的手臂。“往后退！只有这样才能救太空站！”

他震惊地点了个头，然后跟着爱玛退入美国实验舱。

卢瑟拉着舱门想关上，门却一动也不动。现在他们在二号节点舱外头，不能用推的，而是得用拉的，才能关上舱门。但这么一来，他们就同时还要对抗往外渗漏的气流，而且是在急速下降的气压中。

“这个舱也得放弃了！”卢瑟喊道，“退到一号节点舱，去关下一个舱门！”

“不行！”格里格斯说，“我不要放弃这个舱！”

“格里格斯，没有别的办法了。我关不上这个舱门！”

“那就让我来关！”格里格斯抓住舱门把手，使尽力气要拉上，但那舱门只移动了几吋，接着他就力竭而不得不松手。

“你他妈为了救这个舱，会把我们全都害死！”卢瑟吼道。

这时尼可莱忽然喊出了解答。“和平号！补充漏气！补充漏气！”他冲出美国实验舱，移向俄罗斯那一头的太空站。

和平号。每个人都立刻明白他的意思。一九九七年，进步号宇宙飞船撞上了和平号太空站的光谱舱。舱壳上撞出了一道裂缝，和平号里面珍贵的空气开始漏到太空去。当时操纵太空站上有较多年经验的俄罗斯人，就准备好他们的紧急反应：补充漏气。他们把多余的氧气灌入光谱舱，以提高气压。这样不但能争取更多时间，也可能把气压梯度缩小一些，让他们可以把舱门拉起来关上。

尼可莱拿着两个氧气筒飞进来。他手忙脚乱地把气阀整个打开。即使在警笛的尖响中，他们还是听得到筒内的气体呼啸着泄出。尼可莱把两个氧气筒都扔进二号节点舱。补充漏气。他们正在提高舱门另一端的气压。

但他们努力补充氧气的那个舱里头，也有一根通电的电线，爱玛想起了那些火花。这样有可能引起爆炸。

“快点！”尼可莱喊道，“试试看关上舱门！”

卢瑟和格里格斯两个人一起抓住门把手开始拉。不晓得是因为他们两个人加起来的力气，还是因为那两个氧气筒成功地降低了舱门两端的气压梯度，舱门缓缓开始关上了。

格里格斯把门锁上。

有好一会儿，他和卢瑟只是无力地飘浮在空中，两个人都累得一个字也说不出来。然后格里格斯转身，在闪烁的红灯下，他汗湿的脸发着光。

“现在去把那个该死的警笛关掉吧。”他说。

那台 ThinkPad 笔记本电脑还飘浮在一号节点舱。格里格斯看着发光的屏幕，迅速输入一连串指令。然后警笛声停止，大家都松了一口气。闪烁的红灯也熄灭了，只剩警示操纵板上的黄色亮光。他们终于可以不必吼着讲话了。

“气压上升到六百九十，还在继续上升，”格里格斯说，放松地笑了一声。“看起来我们脱离险境了。”

“那为什么我们还在第三级警示状况？”爱玛问，指着屏幕上的黄灯。第三级警示状况有三种可能：一是他们的备用导航计算机坏了；二是他们的控制动作陀螺仪有一个失灵；三是他们失去了跟任务控制中心的 S 波段无线电联系。

格里格斯又敲了几个键。“是 S 波段，没有讯号了。发现号一定是撞到我们的左一桁架，把无线电给撞掉了。看起来他们也撞到我们左边的太阳能电池板。我们失去了一组光伏模板。所以现在电力不够。”

“休斯敦一定急疯了，不晓得我们发生了什么事。”爱玛说，“现在他们又没法跟我们联系。那发现号呢？他们怎么样了？”

黛安娜已经在测试空对空无线电，此时她说："发现号没回应。他们可能已经脱离超高频范围了。"

或者他们全死了，才会没反应。

"我们可以让这些灯恢复电力吗？"卢瑟说，"把主电源改道？"

格里格斯又开始敲起键盘。太空站设计上的一大优点，就是备援系统。每条电力管道的装配，都是要为特定的负载提供电力，但这些电力管道可以视需要而重新安排路线——也就是改道。虽然他们失去了一组光伏模板，但他们还有其他三组可以供电。

格里格斯说："我知道这很老套，但是'要有光。'"[1] 然后他按了一个键，舱里的灯微微亮起，不过已经足以让他们看清舱口。"我已经重新设定电力的路线。非必要的负载功能都排除在外。"他吐出一口大气，看着尼可莱。"接下来我们得联络休斯敦。换你表演了，尼可莱。"

尼可莱立刻明白自己该做什么。莫斯科任务中心一直有自己的独立通讯管道和太空站联系。刚刚的撞击，应该没影响到太空站的俄罗斯那一头。

尼可莱简短地点点头。"希望莫斯科那边有缴电费。"

ITEM 3-7-EXEC

ITEM 3-7-EXEC

OPS 3-0-4-PRO

吉尔·休伊特逐一按下控制板上的这些键，每按下一个，她

1. 圣经《创世纪》中，叙述太初之时，上帝于混沌黑暗中创造天地，命令："要有光。"于是光就出现。

就轻轻发出一声短促的呜咽。她觉得自己的头像个熟透了的甜瓜，快要爆开了。她的视野缩小到好像是往下看着一条长长的黑色隧道，控制台后退到几乎难以碰触。她得用尽自己的每一分专注力，才有办法看清自己必须拨动的每一个开关，按下每一个在她手指下摇晃的按钮。现在她挣扎着要看清飞行姿态仪，但她的视野好模糊，方向显示球似乎疯狂地旋转。我看不见。我读不到纵摇角或航偏角的偏差量……

“发现号，你已经位于入口界面了，”通讯官说，“机体襟翼转到自动模式。”

吉尔眯眼看着控制板，手伸向那个开关拨动，但感觉上却似乎好遥远。

“发现号？”

她颤抖的手指碰到开关，拨到“自动”模式。“确认。”她低声说，两边肩膀垮下来。现在由计算机接手驾驶这架轨道飞行器了。她信不过自己有能力驾驶，她甚至不晓得自己能保持清醒多久。她视野中的黑色隧道愈来愈缩小，吞没亮光。她第一次听得到掠过舱壳的空气呼啸声，感觉得到自己的身体被往后推，紧紧贴着座位。

通讯官没声音了。现在已经进入通讯中断期，因为宇宙飞船冲过大气层时的高热，使得电子从空气分子中脱离出来。这种电磁波会阻断所有的无线电波，切断一切通讯。接下来十二分钟就只有她、这艘轨道飞行器，还有轰响的空气。

她从没觉得这么孤单过。

她感觉到自动驾驶系统开始进行第一个大角度转弯，将轨道飞行器翻滚为侧边向下，然后减速。她想象着驾驶舱窗外的高热强光，感觉得到那种温暖，就像阳光照在她脸上。

她睁开眼睛。只看到一片黑暗。

那些光呢？她心想。窗外的强光呢？

她眨着眼睛，一遍又一遍。然后她揉揉双眼，好像要逼眼睛去看，强迫她的视网膜吸引光线。她朝控制板伸出手。除非她把那些开关都正确拨动了，除非她展开空气资料探管，把起落架放下，否则休斯敦没法让这架轨道飞行器降落。他们无法让她活着回家。她的手指拂过一堆令人心烦意乱的转盘和按键，不禁绝望地哀号起来。

她瞎了。

15

白沙导弹测试场位于海拔四千零九十三尺，空气干燥而稀薄。飞机降逃跑道划过了沙漠谷地中的古代干涸海床遗迹，谷地东边是圣礼山与瓜达洛普山，西边是圣安得烈山脉。此处地形荒凉不毛，只有最顽强的沙漠植物才能存活。

这个区域长期都是战斗机飞行员的训练基地。几十年来，也曾有过别的用途。在二次世界大战期间，这里有一个德国战俘营。另外三位一体核试验的基地也在这里，当初美国的第一枚原子弹在不远的新墨西哥州洛斯阿拉莫斯装配好之后，就运到这里来试爆。带刺的铁丝网和没有标识的政府大楼，在这片沙漠谷地中冒出来，其功能连住在附近阿拉莫戈多城的居民都不晓得。

杰克拿着双筒望远镜，可以看到降逃跑道在远处的热气下发着微光。这条一六／三四方向的跑道，比正南北向稍稍往东偏斜一点。跑道长度一万五千尺，宽度三百尺——大得足以容纳最大型的喷射机，即使在这种稀薄的空气中，飞机起降的滑行距离都会比较远，也不会有问题。

杰克和医疗团队在降落点的西边集合，连同一小队航天总署和联合航天联盟公司的车辆，等待着发现号的到来。他们有担架、氧气、电击器，还有高级心脏救命术的工具包——所有现代救护车上的设备都一应俱全，甚至还更多。要是降落在肯尼迪中心，会有超过一百五十人的地面人员准备迎接太空梭的轨道飞行器。但在此处，这条沙漠跑道上，他们才勉强凑齐三打人，其中八个是医疗人员。有些地面人员穿着自闭式耐环境保护服，以隔绝任何可能的燃料外漏。他们将会是第一批迎接轨道飞行器的人，带着大气感应仪，迅速评估是否有爆炸的可能性，接下来才能让医师和护士上前。

一个遥远的轰隆声让杰克放下望远镜，往东边看去。好多直升机出现，多得像是一群不祥的黑脚细腰蜂。

“这是什么状况？”布洛姆菲尔德说，也注意到那些直升机。现在其他地面人员纷纷望向天空，其中很多人迷惑地喃喃议论着。

“有可能是后援人员。”杰克说。

地面领队听着自己的通讯耳麦，摇摇头。“任务控制中心说不是我们的人。”

“这片领空应该要净空的。”布洛姆菲尔德说。

“我们正在设法跟那些直升机联络，但是他们没响应。”

隆隆声越来越大，现在连杰克的骨头都能感觉到了，低沉而持续地连续轻敲着他的胸骨。那些直升机即将侵入轨道飞行器的领空了。再过十五分钟，发现号就会从天而降，而这些直升机占领了飞航路线。杰克听得到领队急迫地朝他的通讯耳麦说话，感觉得到地面人员们开始恐慌起来。

“他们停下来了。”布洛姆菲尔德说。

杰克举起他的双筒望远镜。他数了一下，有将近一打直升机，此时的确停止前进了，像一群秃鹰似的纷纷降落，就在轨道飞行器预定着陆点的正东边。

“你想这是怎么回事？”布洛姆菲尔德问。

通讯中断期还有两分钟才会结束。离着陆还有十五分钟。

兰迪·卡本特正感受到第一波乐观的情绪。他知道他们可以带领发现号平安降落。除非发生一场灾难性的计算机人宕机，否则他们将可以引导那只大鸟飞下来了。关键在于休伊特。她必须保持清醒，必须在正确的时间拨动两个开关。很小的任务，但很关键。上次无线电通话是十分钟前，当时休伊特听起来很警觉，但是很痛苦。她是个优秀的飞行员，由美国海军精心熔炼出来，拥有钢铁般的斗志。她唯一要做的，就是保持清醒。

“飞航主任，我们有航天总署通讯网传来的好消息，”地面控制官说，“莫斯科任务控制中心刚刚透过俄罗斯S波段无线电系统，跟太空站联络上了。”

太空站上的俄罗斯S波段无线电系统是独立的，完全跟美国系统分开，通过俄罗斯的地面站和他们的射线号卫星网运作。

“通话很短。他们位于射线号卫星通讯网的末端，”地面控制官说，“不过人员没有伤亡，全都很平安。”

卡本特这下子更乐观了，他紧握起肥胖的手指，朝空中胜利地挥了一拳。“损害报告呢？”

“日本舱有一处破裂，必须关闭二号节点舱和连接的其他舱。另外他们也损失了至少两组太阳能板和几段桁架。不过没有人受伤。”

“飞航主任，我们快要脱离通讯中断期了。”通讯官说。

卡本特的注意力立刻转回发现号。国际太空站的消息令他很开心，但他首要的责任还是太空梭。

“发现号，听到了吗？”通讯官说，“发现号？”

时间缓缓过去，太久了。忽然间卡本特又回到了恐慌边缘。

导航官说：“第二次S形转弯完成。所有系统看起来都很正常。”

那为什么休伊特没有回应？

“发现号，”通讯官重复，声音现在变得很急迫，“听到了吗？”

“开始第三次S形转弯。”导航官说。

休伊特失去意识了，卡本特心想。

然后他听到她的声音。虚弱而不稳。“这里是发现号。”

通讯官放松地叹了口大气。“发现号，欢迎回来！真高兴听到你的声音！现在你得展开你的空气资料探管了。”

“我——我正在努力找开关。”

“你的空气资料探管。”通讯官重复道。

“我知道，我知道！我看不见控制板！”

卡本特觉得自己的血液仿佛在血管里冻结了。老天在上，她瞎了。而且她现在坐在指挥官的位置，而不是她习惯的驾驶员位置。

“发现号，你得赶快展开！”通讯官说，“控制板C3——”

“我知道哪个控制板！”她喊道。接下来沉默了一会儿，然后是她痛得嘶嘶吐气的声音。

“探管展开了，”机械工程师说，“她办到了。她找到开关了！”

卡本特终于又可以呼吸，又可以怀抱希望了。

“第四次S形转弯，”导航官说，“现在进入末端能量管理程序界面。”

“发现号，你现在怎么样？”通讯官说。

离着陆一分钟，三十秒。发现号现在的飞行速度是时速六百英里，高度是八千尺，正在急速下降。太空梭驾驶员们称之为“飞行的砖块”——沉重，没有引擎，只靠三角翼滑翔。没有第二次机会，没有办法中断，或绕回头再试一次。无论如何，一定要降落了。

“发现号？”通讯官说。

杰克看得到它在天空中发亮，从偏摆喷射推进器喷出来的烟雾拖曳在后面。它最后一次转弯，对准跑道时，看起来像一枚发亮的银片。

“加油，宝贝。你看起来真棒！”布洛姆菲尔德高喊。

三十来个地面人员也全都跟他一样热情。每次太空梭降落都是一件喜事、一次胜利，地面人员常会感动得热泪盈眶。现在每只眼睛都望着天空，每颗心都怦怦直跳，大家看着那枚银片，他们的宝贝，滑翔着飞向跑道。

“太棒了。老天，它好美！”

“哟！”

“完全对齐了！一点也没错！”

地面领队听着耳麦里跟休斯敦控制中心的频道，忽然整个人挺立起来，脊椎警戒地打直了。“啊，狗屎，”他说，“起落架没放下！”

杰克转向他。“什么？”

“机上的人员没有把起落架放下！”

杰克忙转过头去，瞪着飞近的太空梭。现在离地面只有一百尺了，以时速三百英里以上的速度飞行。他看不见轮子。

人群忽然陷入一片死寂。他们的庆祝心情转为不敢置信，惊骇极了。

放下来。把那些轮子放下来！杰克想大喊。

太空梭现在位于跑道上方七十五尺，完全对齐。离着陆还剩十秒钟。

只有机上人员才有办法放下起落架，这个工作得由人类的手完成，地面计算机无法控制。计算机救不了他们。

离地面只剩五十尺，时速依然超过两百英里。

杰克不想看最后一幕，但没有办法，他无法别开视线。他看到发现号的机尾先撞地，喷出一片火星和破碎的防热陶瓷瓦。接着发现号的鼻翼摔下地，人群发出尖叫和啜泣。太空梭开始歪向一边滑行，拖着一大片混乱的残骸。一边的三角翼断掉了，像一把黑色的长柄大镰刀般飞过空中。太空梭仍刮着地面，继续歪着滑行，带着震耳欲聋的刺耳声音。

另一边的三角翼也断了，滚动着，化为碎片。

发现号滑出柏油跑道，来到沙漠的沙地上。一阵旋风般的风沙飞起来，让杰克看不清最后几秒的景象。耳边传来人群的尖叫声，但他却完全无法发出声音。他也动不了，震惊让他全身麻痹，他感觉自己仿佛在某种梦魇的状况下，灵魂脱离了肉身，幽灵般地在上空盘旋。

然后那阵烟尘开始平息，他看到太空梭了，像一只破碎的大鸟躺在地上，四周散布着残骸。

忽然间，地面车队人员动了起来。车辆引擎轰响着发动，杰克和布洛姆菲尔德跳上了医疗车的后座，开始颠簸着驶过沙漠的地面，朝向坠机点驶去。但在车队引擎的隆隆声中，杰克还听到了另一个有节奏而不祥的声音。

那些直升机也朝坠机点接近了。

他们的车子忽然煞车停下。杰克和布洛姆菲尔德都抓着急救医疗箱，在飞扬的尘沙中跳下车。发现号还在一百码外。那些直升机已经着陆，围着太空梭形成一圈，挡住了车队。

杰克开始跑向发现号，准备要钻过那些呼呼作响的螺旋桨。但还没到达那圈直升机前，他就被挡了下来。

“这是怎么回事？”布洛姆菲尔德喊道，看着一个个穿制服的军人忽然涌出直升机，形成一道武装人墙，挡住了地面人员。

“后退！后退！”一名军人吼道。

地面领队挤到前面去。“我的人员必须赶到轨道飞行器那边！”

“你们往后退！”

“这里不归你们管！这是航天总署的行动！”

“每个人他妈的马上给我后退！”

那些军人忽然举起步枪，枪管指着面前没有武器的地面人员。航天总署的人开始后退，所有人都瞪着那些枪，其中隐含着大屠杀的威胁。

杰克的视线掠过那些军人，看着发现号舱门外迅速罩上一座白色的塑料帐篷，和外头隔离开来。两架直升机上走出十来个全身穿着亮橘色防护衣、头戴兜帽的人，走向轨道飞行器。

“那是拉凯尔公司的生物太空衣。”布洛姆菲尔德说。

轨道飞行器的舱门现在完全被那个塑料帐篷封住了。他们看不见打开的舱门，看不见那些穿着太空衣的人走进中层甲板。

里头是我们的飞航人员，杰克心想。我们的人在那架轨道飞行器上可能快死了。但我们却没办法赶过去。我们有医师和护士站在这里，还有一卡车的医疗器材，但他们却不让我们去尽忠职守。

他挤向那排军人，走到那位看起来是领头的陆军军官面前。“我的医疗人员要过去。”他说。

那名军官只是冷笑。“我看是不行，先生。”

“我们是航天总署的人。我们是医生，要为那些飞航人员的健康和福祉负责。你想要的话，可以朝我们开枪。但这么一来，你就得把这里其他人也全部杀掉，因为他们都是目击证人。我不认为你们会这么做。”

军官举起步枪，枪管正对着杰克的胸部。杰克喉咙发干，心脏猛跳，但他绕过那名军官，从直升机的螺旋桨底下钻过去，继续往前走。那名军人下令时，他甚至没有回头看。

“站住，不然我就要开枪了！”

他继续走，眼睛盯着前方鼓起的帐篷。他看到那些穿着拉凯尔太空衣的人回头，惊讶地瞪着他。他看到风吹起一阵沙尘，卷过他前方。他快走到帐篷时，听到布洛姆菲尔德大喊。

“杰克，小心！”

他头骨底部挨了一记重击。他跪下，脑袋爆痛。第二记击中他的腰窝，他往前扑倒，热得像灰烬的沙子扑到他脸上，进了他嘴里。他翻身脸朝上，看到那名军人在他上方，步枪的枪托举起来，打算再敲一记。

“够了，”一个被蒙住的奇怪声音说，“别打了。”

那名军人后退。现在另一张脸映入眼帘，隔着拉凯尔的透明兜帽，往下看着杰克。

“你是谁？”那名男子说。

“杰克·麦卡勒姆医师。”他开口，冒出来的只是气音。他坐起身，视线突然模糊了，眼前发黑。他抓住头，逼着自己保持清醒，努力跟那片要吞没他的黑暗奋战。“那架轨道飞行器上有我的病人，”杰克说，“我要求去看他们。”

“不可能。”

“他们需要医疗——”

“他们死了，麦卡勒姆先生。全都死了。”

杰克僵住了。他缓缓抬起头，迎上那个人在透明面罩后的双眼。里头毫无表情，对失去四条人命的悲剧毫无反应。

“很遗憾你们失去了宇航员同事。”那人说，然后转身要离开。

杰克挣扎着站起身。尽管摇摇晃晃又晕眩，但他还是设法撑着站好。“你他妈的是谁？”他问道。

那人暂停一下，转过身来。“我是陆军传染院（USAMRIID）的艾札克·罗蒙医师，”他说，“那架轨道飞行器现在是热区。由陆军接管。”

USAMRIID。罗蒙医师当成一个词汇念，但杰克知道这几个字母代表什么。美国陆军传染病医学研究院（United States Army Medical Research Institute of Infectious Diseases）。为什么陆军会跑来这里？这件事什么时候变成军事行动了？

杰克眯着眼睛望向飞扬沙尘，脑袋因为刚刚那一记重击仍在耳鸣，同时努力消化这个令人困惑的信息。仿佛过了好久，眼前像是慢动作播放着一连串超现实的画面。穿着拉凯尔防护衣的人大步走向轨道飞行器。那些军人面无表情瞪着他。隔离帐篷在风中鼓起来，像个活的、会呼吸的生物。他看着那一圈军人，还是把地面人员挡在外面。他看着轨道飞行器，看到那些穿太空衣的人从帐篷里抬出第一个担架。尸体封在塑料袋子里。上头重复印着鲜红色的生物性危害标志，就像一朵朵花撒在尸体上。

看到那个担架，让杰克重新集中注意力。他说：“你们要把尸体带去哪里？”

罗蒙医师连回头看他都懒得，只是指挥着士兵把担架搬上一架等待的直升机。杰克开始朝轨道飞行器举步，再度碰到一名军人站在他面前，步枪的枪托举起来要再打他。

“嘿！”地面人员中传来一个叫声。“你敢再打他，我们这里可有三十个证人！”

那军人回头，瞪着那些愤怒的航天总署与联合航天联盟公司职员，他们现在正涌上前，愤怒地拉开嗓门。

“你们以为这里是纳粹德国吗？”

“你们以为可以随便乱打人吗？”

“你们究竟是什么人啊？”

那些紧张的军人彼此靠得更紧，看着地面人员继续往前逼近，吼叫着，脚下搅动起沙尘。

一把步枪对空开火。人群站着不动了。

这里出了很严重的事情，杰克心想。我们不了解的事情。这些军人完全准备好要开枪，要杀人。

地面人员的领队也明白这一点了，因为他恐慌地冲口而出：“我正在跟休斯敦通话！现在就有一百个人在那边的任务控制中心听着！”

那些军人缓缓垂下步枪，看向他们的军官。接下来是一段很长的沉默，只有风声，以及沙石偶尔撞上直升机的叮当声。

罗蒙医师来到杰克旁边。“你们不了解状况。”他说。

“那就请你跟我们解释啊。”

“我们正在处理一个很严重的生物性危害。白宫安全委员会依照一项国会法案，成立了陆军的生物紧急应变小组，麦卡勒姆医师。我们是奉白宫的命令来这里的。”

“什么生物性危害？”

罗蒙犹豫了。他朝航天总署的地面人员看了一眼，那些人仍紧紧聚在军人的封锁线外头。

“危害的生物是什么？”杰克又问了一次。

最后罗蒙的双眼终于隔着塑料面罩看向杰克。“这项信息是机密。”

“我们是医疗人员，对机上人员的健康有责任。为什么没人告诉我们这件事？”

“航天总署不知道他们要处理的是什么。”

“那你怎么会知道？”这个问题很关键，但罗蒙没有回答。

又一个担架从帐篷里抬出来。那是谁的尸体？杰克很想知道。四名机上人员的脸闪过他的心头。现在他们全死了。他很难接受这个事实，无法想象那些活生生、健康的人，现在只剩一堆破碎的骨头和内脏。

“你们要把尸体送去哪里？”他问。

“送到一个第四级生物安全机构去验尸解剖。”

“谁负责解剖？”

“我。”

“我是机上人员的飞航医师，我应该在场。”

“为什么？你是病理学家吗？”

“不是。”

“那么我看不出来你能有什么贡献。”

“你帮多少死亡的飞行员验尸过？”杰克反击，“你调查过几桩空难？太空飞行器创伤是我的专业领域，我有这方面的训练。你可能会需要我。”

“我不认为。”罗蒙说，然后转身离去。

杰克气得全身僵硬，缓缓走回航天总署地面人员那边，对布洛姆菲尔德说：“陆军接管这个地方了，他们要带走尸体。”

“谁授权给他们的？”

“他说是白宫直接下令。他们已经成立了一个叫做生物紧急应变小组的单位。”

“那是反恐小组，”布洛姆菲尔德说，“我听说过。那是要对付恐怖分子活动的。”

他们看着一架直升机升空，载着两具尸体。到底发生了什么事？杰克心想。他们瞒着我们什么？

他转向领队。“能不能帮我联络约翰逊太空中心？”

“有特定要找谁吗？”

杰克想着自己可以信任的人，而且在航天总署的职位要够高，可以往上直达署长。

“找戈登·欧比吧。”他说，“飞航人员事务处。”

THE AUTOPSY

验 尸

16

戈登·欧比走进视频会议中心，准备要打一场血腥的战役，但坐在桌边的人没有一个察觉到他有多愤怒。这也难怪；欧比还是寻常的扑克脸，在桌边坐下时也没说一个字，他隔壁的公关主任格雷琴·刘哭得眼睛都肿了。每个人看起来都仍处于震惊之中，连戈登进来都没留意到。

在场的还有航天总署署长勒罗伊·科奈尔、约翰逊太空中心的主任肯恩·布兰肯希普，以及六名航天总署的高阶官员。所有人都面色凝重地盯着两个视讯显示屏幕。第一个屏幕上的人，是一位陆军的罗伦斯·哈里森上校，人在马里兰州的戴崔克堡。第二个屏幕上的，则是一位面容严肃、深色头发、身穿着平民服装的男子，自称是“白宫安全委员会的贾里德·普拉菲”。他看起来不像个官僚，哀伤的双眼和那张憔悴的、近乎苦修者的面容，还比较像个中世纪的隐修士，被送到现代社会来，不情愿地穿上了西装和领带。

布兰肯希普正在说话，直接对着哈里森上校。“你们的军人不光是阻止我们的人尽责，还拿着枪威胁他们。我们一位飞行医师被攻击了——被步枪的枪托打得倒在地上。我们有三打目击证人——”

“麦卡勒姆医师闯进了我们的封锁线。我们命令他停下，但是他拒绝，”哈里森上校反击，“我们要保护热区。”

“所以现在美国陆军是准备好要攻击，甚至射杀平民了？”

“肯恩，我们试着站在陆军的观点来看吧，”科奈尔说，一手安抚地放在布兰肯希普的臂膀上。外交官的手腕，戈登厌恶地想着。科奈尔可能是航天总署在白宫的发言人，也是他们说服国会给更多预算的最佳人才，但航天总署很多人从未真心信赖过他。他们可能永远不会信任一个想法比较像政客、而非工程师的人。“保护热区是一个很充分的理由。”科奈尔说，“麦卡勒姆医师的确侵入了封锁线。”

“而且可能引起灾难性的后果，”哈里森在屏幕上说，“我们的情报显示，这个马堡病毒可能是刻意被安排上到太空站的。马堡病毒跟伊波拉是同科的病毒。”

“它怎么会上到太空站？”布兰肯希普问，“每个实验计划都审查过，确定是安全的。每个实验的动物也都检查过，保证是健康的。我们不会把生物性危害送上去的。”

“贵署检查过，那是当然。但你们收到的实验酬载来自全国各地的科学家。你们可能筛选过他们的计划，但是在太空梭发射之前，你们不可能逐一检查每一种细菌或组织培养。为了让生物性物质存活，酬载物品都是直接送上太空梭。如果其中一个实验遭到污染呢？要把一个无害的细菌培养跟一个像马堡病毒这么危险的生物掉包，其实是很容易的。”

“你的意思是，这是精心策划的活动，想要破坏太空站？”

布兰肯希普说，“是个生物恐怖主义行动？”

“就是这个意思没错。我来描述一下感染这种病毒的状况。首先，你的肌肉会开始疼痛，而且会发烧。那种疼痛很严重，很痛苦，连别人碰你一下都会痛得受不了。肌肉注射会让你痛得尖叫。然后你的双眼会变成红色，腹部会开始发痛，还会不断呕吐。接下来你会开始吐血，一开始是黑色的，因为有消化过程。然后呕吐愈来愈急，吐出来的血变成红色的，而且就像抽水机喷出来似的。你的肺脏会肿大，破裂。你的肾脏会衰竭。你的内脏都被摧毁了，变成发臭的黑色烂糊。然后忽然间，完了，你的血压骤降。接着你就死掉了。”哈里森暂停一下。“这就是我们可能要对付的状况，各位。”

“这是狗屎！”戈登·欧比冲口而出。

会议桌上的每个人都惊讶地瞪着他。“狮身人面像”开口了。欧比在会议上很少发言，偶尔讲点话，通常也是没有抑扬顿挫，只是传达数据和讯息，而非情绪。因此这样的情绪爆发，让所有人都吓到了。

“可以请教刚刚说话的是谁吗？”哈里森上校问。

“我是戈登·欧比，飞行人员事务处主任。”

“啊。宇航员的大头目。”

“可以这么说。”

“为什么你刚刚说这是狗屎？”

“我不相信这是马堡病毒。我不晓得是什么，但我知道你没告诉我们实情。”

哈里森上校的脸冻结成一个僵硬的面具，他什么话都没说。

接着开口的是普拉菲。他的声音完全就是戈登所预期的，又细又尖。哈里森很霸道，但普拉菲则是宁可以知识和理性说服他人。“我了解你的挫折感，欧比先生，”普拉菲说，“因为保密的考虑，有很多事情我们不能告诉你。但对于马堡病毒这种东西，我们可不能掉以轻心。”

“如果你们已经知道那是马堡病毒，那为什么不让我们的飞航医师参与验尸？怕我们知道真相吗？”

“戈登，”科奈尔平静地说，“我们私下再讨论这件事吧？”

戈登不理他，照样对着屏幕说话。“这到底是什么疾病？传染病吗？毒素吗？或许是跟着军事酬载登上太空梭的？”

众人沉默了片刻。然后哈里森咆哮道：“那是航天总署的疯狂偏执！任何事情出了错，你们都喜欢怪罪给军方。”

“那不然，为什么你们拒绝让我们的飞航医师参与验尸？”

“你们指的是麦卡勒姆医师吗？”普拉菲问。

“没错。麦卡勒姆有飞航创伤和病理学方面的训练。他是飞航医师，而且也曾经是宇航员小组的成员。你拒绝让他或任何我们的医师看验尸过程，这个事实让我们不禁怀疑，你们不想让航天总署看到什么。”

哈里森上校往旁边看了一下，好像是在看房间里的某个人。等到他的目光重新对着摄影机时，他的脸色涨红，非常愤怒。“这真是太荒谬了。你们这些人才刚摔坏了一架太空梭！你们搞砸了降落，害死你们的机上人员，居然还来指控我们陆军？”

“宇航员小组里的所有成员都对这件事很愤怒，”戈登说，“我们想知道自己的同事到底发生了什么事。我们坚持，该让我们派一个医师去看那些尸体。”

勒罗伊·科奈尔再度试着当和事佬。“戈登，你不能提出这种不合理的要求，”他低声说，“他们知道自己在做什么。”

“我也知道自己在做什么。”

“我得要求你别再说下去了。”

戈登看着科奈尔的双眼。科奈尔是航天总署跟白宫交涉的代表，是航天总署在国会的代言人。违抗他就是自毁前程。

但他还是违抗了。“我是代表宇航员说话的，”他说，“他们是我的人。”他转向视讯荧幕，双眼看着哈里森上校冷酷的脸。“我们不反对把自己的顾虑告诉媒体。这种事我们不会随便做的——暴露航天总署的机密信息。宇航员小组向来很谨慎，但如果逼不得已，我们会要求进行公开调查。”

格雷琴·刘张大嘴巴。“戈登，”她低声说，“你到底在搞什么啊？”

“做我必须做的事情。”

全场整整有一分钟都没人讲话。

然后，令所有人惊讶的是，肯恩·布兰肯希普说：“我站在我们的宇航员这边。”

“我也是。”另一个人说。

“还有我——”

“——跟我。”

戈登看着围绕着会议桌的同事。大部分都是工程师和太空计划管理人员，他们的名字很少出现在媒体上，偶尔还会跟宇航员起冲突，他们向来认为这些飞行员都太自我中心了。宇航员得到了所有的荣耀，但这些执行幕后不起眼工作、让太空飞行得以实现的人，才是航天总署的心脏与灵魂。而现在他们一致支持戈登。

勒罗伊·科奈尔脸色很难看，这位领导人被他自己的军队抛弃了。他的自尊很强，眼前对他是一种公然的羞辱。他清了清嗓子，缓缓挺直双肩。然后他面对着屏幕上的哈里森上校。“我别无选择，只能支持我的宇航员了，”他说，“我坚持验尸时，必须有我们的飞航医师在场。”

哈里森上校没吭声。最后下结论的是贾里德·普拉菲，他显然才是真正负责的人。他转头跟一个屏幕外的人商谈，然后转回来对着摄影机点点头。

两个屏幕同时变黑。视频会议结束了。

“唔，这下子你可真的是让陆军很难看了。”格雷琴说，“你看到哈里森的表情有多火大吗？”

没有，戈登心想，脑中浮现起屏幕变黑前哈里森上校的表情。我在他脸上看到的不是愤怒，而是恐惧。

杰克原先以为，那些尸体会送到马里兰州戴崔克堡，也就是陆军传染院的总部所在。但结果没有，而是送到白沙基地北边才六十英里外，一栋没有窗子的水泥砖建筑物里——很像这个干燥的沙漠谷地里其他几十栋毫无特色的政府建筑物。但这一栋有个与众不同的特点：屋顶伸出了一连串通风管。外头的围墙上装了带刺的铁丝网。他们开车经过军事检查哨时，杰克听到那些高压电线所发出的嗡响。

在一名武装警卫的陪同下，杰克走向建筑物的前门——这是唯一的入口。门上有个令人胆寒的熟悉标志：鲜红色花朵状的生物性危害徽记。这个机构位于这么荒僻的地方，是在做什么？他纳闷着。然后他的目光掠过远处毫无特色的地平线，明白了答案。这座建筑物之所以位于这里，正是因为很荒僻。

那位警卫带着他进门，经过一连串毫无装饰的走廊，深入这栋建筑物的中心。他看到有些人穿着陆军制服，有些人穿着实验袍。所有的光线都是人工灯光，照得每张脸都带着泛青的病容。

警卫停在一扇标示着“男性更衣室”的门外。

“进去吧，”警卫告诉他，“完全按照手写的指示做。然后走进下一扇门。他们在等你。”

杰克进了门。里头有衣物柜，洗衣推车里装着各种尺寸的绿色外科刷手服，架子上放着纸帽，还有一个水槽，一面镜子。墙上贴着一张指示事项，第一条是“脱去身上所有原来的衣服，包括内衣裤”。

他脱掉衣服，放在没锁的橱柜里，接着穿上一套刷手服。然后他推开下一扇门，门上同样贴着全球通用的生物性危害标志，里头亮着紫外线灯。他进去后暂停等着，不晓得接下来该做什么。

对讲机传来一个声音，“你旁边有一个袜子架。穿上一双，走过那扇门。”

他照做了。

下一个房间有个穿着刷手服的女人在等他。她脸上毫无笑容，很不客气地叫他戴上无菌手套。接着她气呼呼地撕下一段段胶带，封住他的袖口和裤管口。陆军虽然接受了杰克的来访，但他们可不打算友善接待他。她又把一个头戴式耳麦套到他头上，然后给了他一顶像泳帽的遮耳帽，好固定他的耳机。

“接下来要着装了。”她凶巴巴地说。

该穿上太空衣了。这一套是蓝色的，上头已经接着手套。那个带有敌意的女人把头盔罩在他身上时，杰克忽然一时焦虑起来。她的愤怒有可能危及这个着装的过程，要是没确实帮他完全封住，就无法防止污染了。

她封上他胸部的开口，把他接在墙上的一条软管上，他感觉到空气灌入他的太空衣。现在担心有什么可能出错，也已经太迟了。他已经准备好要进入热区了。

那女人拔掉管子，指着下一扇门。

杰克走进那个气密式房间。门在他身后轰然关上。一名穿着太空衣的男子正在等着他。他没讲话，只是打手势示意杰克跟着他走进另一边的门。

他们穿过这扇门，经过一道走廊，来到解剖室。

里头是一张不锈钢解剖台，上头放着一具尸体，还封在尸袋里。两名穿着太空衣的男子已经站在尸体的两侧。其中一个是罗蒙医师。他转过身来看着杰克。

“什么都别碰。不要插手。你只是来观察的，麦卡勒姆医师，所以不要碍事。”

好热情的欢迎啊。

那名穿着太空衣带杰克进来的男子，把墙上的一根软管插入杰克的太空衣，空气再度冲进他的头盔里。要不是有耳麦，他根本就听不到其他人在说什么。

罗蒙医师和他的两位同事打开尸袋。

杰克觉得自己屏住呼吸，喉咙发紧。尸袋里的人是吉尔·休伊特。她的头盔已经拿掉了，但还是穿着橘色的压力太空衣，上面印着她的名字。但即使没有那个名字，杰克还是认得出那是吉尔，因为她的头发。柔软光滑的栗子色，剪成短短的鲍伯头，里头夹杂着灰丝。她的脸奇异地未受损伤，双眼半睁，两边的眼白都是可怕的鲜红色。

罗蒙和同事拉开压力太空衣的拉链，开始脱掉。那太空衣的材质是防火的，坚韧得无法割开，所以只能设法剥下来。他们的动作很有效率，评论就事论事，不带一丝情绪。把衣服脱掉后，吉尔看起来就像个摔坏的玩偶。两只手都因为骨折而变形，变成两团压碎的骨头。她的双腿也是，骨折而歪扭，小腿弯成怪异的角度。两根断掉的肋骨尖端刺穿了她的胸廓，原先系着安全带的地方留下了一条条带状的黑色瘀血痕。

杰克感觉到自己的呼吸太快了，必须努力压下高涨的惊骇。他亲眼看过很多次解剖，某些尸体状况比眼前糟得多。有的驾驶员尸体跟烧焦的树枝所差无几，还有的头骨因为脑部高热的压力而爆开。他还见过一具尸体的脸被直升机的尾桨削掉。也见过一名海军飞行员因为被弹出座位时，座舱盖没有打开，因而脊椎断成一半且往后折叠。

但眼前的解剖更远远可怕得多，因为他认识死者。他记忆中的吉尔·休伊特是个活生生的、会呼吸的女人。他的惊骇中夹杂了愤怒，因为这三个男人这么冷酷而客观地对待吉尔赤裸的身体。她只是一块放在解剖台上的肉，如此而已。他们忽视她身上的损伤，她骨折的怪异四肢。对他们来说，致死原因是摆在第二位的。他们更有兴趣的，是躲在她尸体上搭便车的微生物。

罗蒙开始进行 Y 字形切口。他一手握着解剖刀；另一手安全地套在钢丝手套里。第一刀从右肩开始，斜划过胸部，来到胸骨下端的剑突。另一刀从左肩斜划过胸部，同样划到剑突，跟前面那条切口相接。然后切口往下到腹部，在肚脐处绕个小弯，最后停在接近耻骨处。他切断肋骨，取出胸骨，露出了整个胸腔。

于是死因就一望即知了。

飞机坠毁时，或是汽车撞墙时，或是为情所困的人从十楼往下跳时，都会碰上同样的减速力量。高速前进的人体忽然停下，这种冲击本身就可能使得肋骨碎掉，进而让骨头碎片像子弹般冲入重要器官。这种力道可以让身体撞上仪表板，造成肋骨、脊髓、头骨的破裂。就算驾驶员系好安全带，完全固定在座位上，而且戴着头盔；即使他们的身体完全没有撞到飞机的机体，光是减速的力量，就可能致命。因为尽管躯体用安全带拴住了，体内的器官却没有。心脏和肺脏和大血管都只靠连接的组织悬吊在胸腔内。当躯体忽然停下，心脏还继续像个钟摆般往前晃，力道之大足以切开组织，扯断主动脉。爆开的血液就会充满纵膈和胸膜腔。

吉尔·休伊特的胸部就是泡在一片血泊中。

罗蒙把血抽吸掉，皱眉望着心脏和肺脏。“我看不到出血点在哪里。”他说。

“我们干脆把这一整块都取出来吧，”他的一个助手说，“这样可以看得更清楚。”

“血管撕裂的地方，最可能是在上行主动脉，”杰克说，“有百分之六十五的概率。就位于主动脉瓣的上方。”

罗蒙不耐烦地看了他一眼。在此之前，他都设法不理会杰克；现在他很不高兴他插嘴说话。他一声不吭，拿起解剖刀要割断大血管。

“我建议在切割之前，”杰克说，“先在原来的位置检查心脏。”

“她出血的位置和方式，并不是我最关心的。”罗蒙反驳道。

他们其实并不在乎她的死因，杰克心想。他们只想知道她体内可能有什么生物在成长、繁殖。

罗蒙割开气管、食道、大血管，然后把心脏和肺脏一整块取出来。肺脏上头满布着出血。是创伤还是感染造成的？杰克不知道。接下来罗蒙检查了腹部的器官。小肠就跟肺脏一样，上头满布着黏膜出血。他取出那一圈圈发着光泽的小肠，放在一个碗里。他切除了胃脏、胰脏、肝脏。所有器官都会切片并以显微镜检查。所有的组织都会做细菌和病毒培养。

尸体中的所有内脏几乎全部取出了。吉尔·休伊特，海军飞行员，三项运动好手，喜欢 J&B 苏格兰威士忌、高赌注的扑克和金·凯瑞的电影，现在只剩一副空荡的躯壳了。

罗蒙直起身子，看起来似乎稍微轻松了些。到目前为止，这次的解剖没有出现什么预期之外的东西。杰克没看到马堡病毒的明显证据。

罗蒙绕着尸体，来到头部旁。

这部分是杰克害怕的。他硬逼自己看着罗蒙割开头皮，从一边耳朵上方横割到另一边耳朵。他把头皮往前翻，叠在脸部，一排栗子色的刘海往下罩在她的下巴。他们用一把骨钳剪开头骨。第四级生物性危害的解剖不能用骨锯，免得骨尘四处乱飞。他们撬开了头骨的顶部。

一个拳头大小的血块掉出来，落在不锈钢解剖台上。

“好大的硬脑膜下血肿，”罗蒙的一个助手说，“是创伤引起的吗？”

“我想不是，”罗蒙说，“你也看到了主动脉——她几乎是在撞击的瞬间就当场死亡的。我想她的心脏没跳得那么久，能造成这么大的颅内出血。”他戴着手套的手指轻轻滑进颅腔，摸索着灰色物质的表面。

一团凝胶状的东西滑出来，掉在解剖台上。

罗蒙吓得往后一缩。

“那是什么玩意儿？”他的助手说。

罗蒙没回答。他只是瞪着那一团组织，其表面蒙着一层蓝绿色的薄膜。隔着那层发亮的膜，那个团块呈不规则状，像一堆没有形状的肉。他正要把那层膜割开，然后又停下来，朝杰克看了一眼。“那是肿瘤，”他说，“或者是囊肿。这可以解释她报告过的头痛。”

“才不是。”杰克大声说，“她的头痛是忽然出现的——几个小时内。肿瘤要好几个月才会长大。”

“你怎么知道她没在过去这几个月隐瞒症状？”罗蒙反驳，“说不定她一直在保密，免得从发射名单上被刷掉。”

杰克不得不承认，是有这个可能性。宇航员往往太想参加飞行任务，很可能隐瞒任何会害他们被刷下来的症状。

罗蒙望着解剖台对面的那个同事，对方点点头，把那团东西拨进一个特制容器中，然后拿出房间。

“你们不打算做切片吗？”杰克问。

“要先帮它定形和染色。如果我现在就做切片，有可能破坏细胞组成的结构。”

“你们还不晓得那是不是肿瘤。”

“不然还会是什么？”

杰克没办法回答。他从没见过这样的东西。

罗蒙继续检查吉尔·休伊特的颅腔。显然刚刚那团东西——不管那是什么——增加了她脑部的压力，使得她的脑部变形。它在里头多久了？几个月？几年？吉尔怎么可能有办法正常工作，而且要驾驶太空梭这么复杂的飞行器？杰克脑中想着这些，一面看着罗蒙取出脑部，放进一个不锈钢盆内。

“她的脑组织嵌进天幕，快要形成脑疝脱了。”罗蒙说。

难怪吉尔的眼睛看不见。难怪她没放下起落架。她那时已经失去意识，她的脑部已经像是牙膏一样，快要被挤出颅底了。

吉尔的尸体——剩下的部分——被装进一个新的尸袋中，连同装着她器官的生物性危害容器，一起放在轮床上，推出房间。

第二具尸体送进来，是安迪·梅塞尔的。

罗蒙在太空衣的手套外戴上了新手套，换了把干净的解剖刀，开始做 Y 字形切口。他这回动作比较快，仿佛刚刚的吉尔只是暖身，现在他才真正上了轨道。

杰克看着罗蒙的解剖刀划过皮肤和皮下脂肪，想起梅塞尔曾呕吐，还抱怨肚子痛。他不像吉尔那样抱怨头痛，不过他有发烧，还咳了一点血。他的肺脏会有马堡病毒感染的迹象吗？

再一次，罗蒙两道斜切线在剑突下方会合，接着往下沿着腹部划到耻骨。他再度切断了肋骨，拿出遮住心脏的三角形护盾，又取出了胸骨。

他倒抽一口气，踉跄后退，解剖刀落下。刀子哗啦砸在解剖台上，他的两个助手不敢置信地僵立在那儿。

梅塞尔的胸腔内有一串蓝绿色囊肿，跟吉尔·休伊特脑部的那些一模一样。那些囊包集中在他的心脏周围，像是一颗颗半透明的小卵。

罗蒙动也不动站在那儿，双眼瞪着打开的躯体。然后他的目光移到发亮的腹膜上。腹膜膨胀着，充满了血，朝腹部切口鼓出来。

罗蒙走近尸体，瞪着外翻的腹膜。刚刚他下刀切穿腹腔壁时，解剖刀也割破了腹膜表面。一滴滴带着血色的液体渗出来。一开始只是几滴，然后，就在他们看着的同时，点滴流淌的液体变得源源不绝。那个小切口忽然爆开，变成一个大破洞，血不断涌出来，夹带着滑溜溜的蓝绿色囊包。

随着罗蒙发出一个惊骇的叫声，那些囊包啪地落在地上，形成一片片血迹和黏液。

其中一个囊包滚过水泥地，击中杰克的橡皮靴。他弯腰，用戴着手套的手去碰触。忽然间他被往后猛地一拉，罗蒙的两个同事把他从解剖台旁拉开。

“把他带出去！”罗蒙下令，“带出这个房间！”

那两名男子把杰克推向门。他挣扎着，推开抓着他肩膀那只戴手套的手。那个人踉跄后退，撞翻了一盘手术器具，整个人跌在地上，身上沾了滑溜溜的囊包和血。

另一名男子扯开杰克太空衣上的空气管，举起管口。“麦卡勒姆先生，我建议你跟我们一起出去，”他说，“趁你还有一点空气的时候。”

“我的太空衣！耶稣啊，上头有一道裂缝！”刚刚撞翻手术器具盘的男子说。这会儿他惊骇地瞪着他袖子上一道两英寸长的裂口——那只袖子上沾满了梅塞尔的体液。

“湿掉了。我感觉得到。我里面的袖子湿掉了——”

“出去！”罗蒙吼道，“马上去清除污染！”

那人解开自己太空衣上的空气管，恐慌地跑出房间。杰克跟着他走过气闸门，两个人都进入清除污染淋浴间。头上的管口喷出水来，像大雨打在他们肩头。然后消毒剂开始冲下来，滔滔的绿色水流打在他们的塑料头盔上。

等到水终于停下来，他们走过下一道门，脱掉身上的太空衣。那个人立刻脱下他已经湿掉的刷手服，把一只手臂伸到打开的水龙头下，冲走刚刚渗进袖子里的体液。

“你身上有任何破皮吗？”杰克问，“割伤？指甲的肉刺？”

“我女儿的猫昨天晚上抓伤我了。”

杰克低头看着那人的手臂，看到了抓伤的痕迹，手臂内侧有三道结痂的线。刚刚太空衣破裂的地方，就在那只手臂上。他看着那人的双眼，看到了恐惧。

“接下来怎么办？”杰克问。

“隔离吧。我要被关起来了。狗屎……”

“我已经知道那不是马堡病毒了。”杰克说。

那人吐出一口长气。“没错，不是马堡病毒。”

“那到底是什么？告诉我，我们在对付的这是什么东西？”

杰克说。

那人双手抓住水槽边缘，往下瞪着水咕噜咕噜流进排水管。他轻声说：“我们也不晓得。”

17

苏利文·欧比在火星上骑着他的哈雷机车。

半夜十二点，在满月的照耀下，坑坑洼洼的沙漠在他前方开展，他可以想象火星的风扑打着他的头发，红色的火星尘土在他轮胎下翻搅。这个幻想始自他的孩提时代，当时早慧的欧比兄弟曾对天发射他们自制的火箭，用硬纸板制作他们的登月小艇，穿上锡箔纸制造的太空衣。当时他和戈登就晓得，他们的未来将会是在天上。

那些伟大的梦想就是这样的下场，他心想。喝龙舌兰酒喝得烂醉，跑到沙漠来飙车。他不可能去火星了，连月球都去不了。而且他搞不好连该死的发射台都还没离开，就被当场炸得粉碎。痛快的、壮观的死法。管他去死，总比七十五岁死于癌症要好。

他减速停下，车轮下喷起尘土。隔着月光照耀下的起伏沙地，他望向远处的“远地点二号”，像一道银色闪电般发出光芒，鼻锥指着天上的群星。他们昨天把“远地点二号”搬到发射台上了。那是个缓慢而兴高采烈的队伍，远地点公司的一打员工开车按着喇叭、敲打着车顶，一路跟在平板拖车后面穿越沙漠。等到这架飞行器终于吊上发射台就位，每个人都抬起头来，在炫目的阳光下眯起眼睛望着它，全场忽然陷入一片沉默。他们全都知道，这是赌最后一把了。三个星期后，当“远地点二号”发射时，将会载着他们所有的希望和梦想。

还有我可怜的尸体，苏利文心想。

当他明白他可能正看着自己的棺材时，不禁感到一阵寒意。

他骑着哈雷回转，回头朝道路驶去，冲过沙丘，飞下斜坡。他放纵地骑着，龙舌兰酒的酒力让他更为鲁莽。而且他忽然不可动摇地相信自己已经是个死人，相信三星期后他就会乘着那个火箭冲向永别。而在那之前，没有什么能碰触他，没有什么能伤害他。

必死的保证让他所向无敌。

他加速，飞过他童年幻梦中荒凉的月球表面。如今我驾着月球车，高速驶过宁静海。冲上月球上的山丘。飞到天上，轻柔地降落……

他感觉地面变得好遥远，感觉到自己往上飞进黑夜，哈雷机车在两膝之间怒吼着，月球在他眼中发亮。他还在飞。要飞多远？多高？

他撞上地面，力道大得他失去控制，往旁边翻倒，哈雷机车压在他身上。一时之间他目瞪口呆躺在那里，身子底下一片平坦的岩石，身上压着机车。唔，这个姿势还真他妈的蠢。

然后疼痛袭来。痛得难以忍受，仿佛他的臀部都摔碎了。

他大叫一声往后倒，脸转向天空。明亮的月光照下来，嘲弄着他。

“他的骨盆有三处断裂，”布里奇特说，“医生昨天夜里帮他固定好了。他们说他至少得在床上躺六个星期。”

卡斯珀·穆赫兰几乎听得到他种种梦想破灭的声音，就像一颗气球破掉那么响亮。“六个……星期？”

“然后他还要花三四个月做复健。”

“四个月？”

“老天在上，卡斯珀。别老学我讲话，自己想一点来讲吧。”

“我们完了。”卡斯珀一掌拍在前额上，好像要惩罚自己竟敢梦想他们能成功。那个古老的远地点诅咒又来了，正当他们要抵达终点线时，又活生生砍断他们的脚踝。那个诅咒曾炸掉他们的火箭。烧掉他们的第一个办公室。而现在，又把他们唯一的飞行员搞得不能上飞机。他在等待室里面踱步，思考。从来没有一件事对我们有利。他们投入了所有的存款、所有的声誉，还有过去十三年的青春。这是上帝在告诉他们要放弃。趁着更大的祸患发生之前，赶紧认赔杀出。

“他当时喝醉了。”布里奇特说。

卡斯珀停下脚步，转身看着她。她双臂坚定地交抱，一头红发像复仇天使头上燃烧的火焰光环。

“医生告诉我的，”她说，“血液酒精浓度 0.19。醉得像条死鱼。这不是我们照例运气背而已，而是我们亲爱的苏利文又搞砸了。唯一让我觉得安慰的是，接下来六个星期，会有一根大管子套在他下身上。”

卡斯珀一言不发走出访客等待室，经过走廊，进入苏利文的病房。“你这智障。”他说。

苏利文抬起头看着他，双眼被吗啡弄得晕乎乎的。“谢谢你的同情。”

“你不配得到任何同情。离发射还剩三个星期，你竟然跑去沙漠里面要什么该死的特技？你为什么不干脆做到底？干脆把脑袋给摔烂算了？要命，反正根本就没差！”

苏利文闭上眼睛。“对不起。”

“你老是对不起。”

“我搞砸了。我知道……”

“你跟他们保证会有飞行员驾驶，进行试飞。这不是我的主意，是你提出来的。现在他们很期待，还兴奋得要命。上回有投资人为我们兴奋是什么时候的事情了？这回有可能改变一切。只要你别去碰酒瓶——”

“我很害怕。”

苏利文声音好轻，卡斯珀甚至不确定自己是不是真听到了。“什么？”

“有关发射。我有种……不好的感觉。”

不好的感觉。卡斯珀缓缓跌坐在床边的椅子上，所有的愤怒瞬间消失。一般男人不会轻易承认害怕的。而行径向来有自我毁灭倾向的苏利文，现在居然会承认害怕，这个事实让卡斯珀觉得很震撼。

而且，总算有点同情了。

“你们不需要我也可以发射。”苏利文说。

“他们期望能看到有个驾驶员爬进驾驶舱。”

“你们可以把一只猴子放在我的座位上，他们也不会晓得有什么差别。它不需要驾驶员，卡斯珀。你可以从地面上控制一切行动。”

卡斯珀叹了口气。眼前他们也没别的办法；这次发射一定得无人驾驶了。显然他们有充分的理由，但投资人会接受吗？或者他们会因此认为远地点公司没有自信，不敢冒险让驾驶员坐在上头？

“我想我就是失去了勇气，”苏利文轻声说，“所以昨天晚上喝多了。就是停不下来……”

卡斯珀了解他的恐惧——就像他了解一次失败会无可避免地导致另一次、再一次，直到最后你确定这辈子做什么都只会失败。难怪苏利文会害怕，他已经失去对梦想的信心，也失去对公司的信心了。

或许他们全都失去信心了。

卡斯珀说：“我们还是可以发射。即使驾驶舱里没有猴子也行。”

“是啊。你可以改派布里奇特上去。”

“那谁来接电话？”

“那只猴子啊。”

两个人都笑了起来。他们就像两个老兵，在确定战败的前夕挤出最后一丝喜悦。

“所以我们还是要照常进行？”苏利文问，“还是要发射？”

“做了火箭，就是为了要发射啊。”

“好吧，”苏利文深吸一口气，脸上又出现了以往那种逞能的表情。“既然要做，就认真做好。发消息给所有通讯社。弄个大型帐篷派对，提供香槟。唉，就去邀请我那圣人老哥和他的航天总署哥儿们吧。如果那架飞行器要在发射台上爆炸，害我们倒闭，那至少也要搞得轰轰烈烈。”

“是啊，我们向来都太轰轰烈烈了。”

两个人都咧嘴笑了。

卡斯珀站起来要离开。“好好养伤，苏利文，”他说，“我们的‘远地点三号’会需要你的。”

卡斯珀出去，发现布里奇特还坐在访客的等待室。“所以现在怎么办？”她问。

“我们照常发射。”

“无人驾驶？”

他点点头。“由我们在控制室指挥。”

让他惊讶的是，布里奇特吐了一口大气，如释重负。“哈利路亚！”

“你怎么这么高兴？我们的驾驶员现在躺在医院的病床上呢。”

“一点也没错。”她把包包背上肩，转身离去。“这表示发射时他不会在上面，就不会把事情搞砸了。”

八月十一日

尼可莱·鲁坚科夫在气密舱里飘浮，看着卢瑟扭动臀部，努力要把自己塞进太空衣的下半身。对于个子小的尼可莱而言，卢瑟是个奇特的异国巨人，肩膀好宽，双腿像两根活塞。还有他那身皮肤！在国际太空站里待了几个月，尼可莱的皮肤已经变得灰白，但卢瑟还是发亮的深褐色，跟其他人苍白的脸形成强烈的对比。尼可莱已经着装完毕，现在他飘浮在卢瑟旁边，准备要帮他塞进舱外活动太空衣的上半身。他们彼此没说什么话，两个人都没有闲聊的心情。

他们两个人已经在气密舱里面睡了一夜，好让身体适应较低的气压，现在气压是10.2psi，为太空站里的三分之二。他们太空衣里面的气压还更低，只有4.3psi。太空衣里面的气压没法再高了，否则他们的四肢就会太僵硬且笨拙，关节难以弯曲。从完全加压的宇宙飞船内，忽然转换到舱外活动太空衣这样的低压环境里面，就像是从深海里急速浮上水面一样。宇航员很可能因此得到减压症。此时血液内会出现氮气的气泡，阻塞住微血管，使得珍贵的氧气无法传送到脑部和脊髓，引发毁灭性的后果：瘫痪或中风。就像深海潜水一样，宇航员必须给他们身体一些时间，去适应压力的改变。太空漫步的前一夜，舱外活动人员会以百分之百的纯氧清洗肺部，然后关进气密舱里“露营”。接下来好几个小时，他们将会困在一个已经塞满各种设备的小室内。这可不是有幽闭恐惧症的人能待的地方。

太空衣硬壳式的上半身固定在气密舱的墙上，卢瑟双手举到头的上方，扭动着把自己塞进去。这个过程令人精疲力竭，就像是扭动着钻进一个超小的隧道里。最后他的脑袋终于从颈部的圆洞冒出来，尼可莱帮他关上腰环，上下半身于是接合起来。

他们戴上头盔。尼可莱把头盔固定在太空衣的躯体部分时，往下看到颈环边缘有个发亮的东西。只是唾沫，他心想，把头盔锁紧，接着戴上手套。着装完毕、完全封闭在太空衣内之后，他们打开设备室的舱门，飘进邻接的人员室，然后再关上后头的舱门。人员室更小了，几乎只能容纳两个人和他们笨重的维生背包。

接下来是三十分钟的“预备呼吸”。他们吸进纯氧，涤净血液里任何残留的氮，此时尼可莱闭着眼睛飘浮，为即将来临的太空漫步做心理准备。如果他们没法松开贝塔转轴头，把太阳能板的角度重新调整到正对着太阳，他们就会严重缺电，形同残废了。尼可莱和卢瑟接下来六个小时的工作成果，很可能决定太空站未来的命运。

尽管这份重责大任压在他疲倦的肩膀上，但尼可莱还是急着想打开舱门，飘出气密舱。进行舱外活动就像是重生，当你游入广阔的太空时，就像胎儿摇晃着身上连着的安全绳，从那个小小的开口冒出来。要不是眼前的情势这么严峻，他会很期待，想到能自由飘浮在一片没有墙的宇宙中，耀眼的蓝色地球在他下方旋转，他会兴奋得昏头。

但闭上眼睛等着三十分钟过去时，他心中浮现的画面，却不是太空漫步，而是一张张死者的脸。他想象发现号从天空往下冲。他看到机上人员身上绑着安全带，身体摇晃得像玩偶，脊椎折断，心脏爆裂。尽管任务控制中心没告诉他们这场大灾难的细节，但他脑中仍充满种种噩梦的画面，让他心脏猛跳，嘴里发干。

“两位，三十分钟到了，”耳麦中传来爱玛的声音。“该降压了。”

尼可莱冒汗的双手湿黏，他睁开眼睛，看到卢瑟打开降压泵浦。空气被吸掉，人员室的气压缓缓下降。如果他们的太空衣有任何裂缝，现在就可以察觉到了。

“一切正常吗？”卢瑟问，检查两人安全绳上面的拴扣。

“我准备好了。”

卢瑟让人员室的气压降到跟太空一样，然后打开门闩，推开舱门。

最后一些空气嘶嘶流出去。

他们暂停片刻，抓着舱口边缘，敬畏地看着外头。然后尼可莱游出去，进入黑暗的太空。

“他们出来了，”爱玛看着闭路电视说，画面上那两个人从人员室冒出来，安全绳拖在后头。他们从气密舱外的储存箱拿出工具。然后抓住一个接着一个的扶手，把自己往前拉，逐渐接近主桁架。他们经过装在桁架底下的那架摄影机时，卢瑟挥了挥手。

“在收看我们的节目吗？”他的声音透过超高频系统传来。

“外头的摄影机可以清楚拍到你，”格里格斯说，“不过你太空衣的摄影机没有讯号传过来。”

“尼可莱的也没有吗？”

“两个都没有。以后再想办法查清原因吧。”

“好吧，我们正接近桁架，要去检查损坏状况。”

两个人离开第一架摄影机的拍摄范围了。有好一会儿都看不到他们。然后格里格斯说：“看到了。”指着另一个屏幕，两个穿着太空衣的男子正朝第二架摄影机接近，他们沿着桁架上方，两手轮流抓着一个个扶手，把自己逐步往前拉。接着他们进入那架损坏摄影机的拍摄范围，看不到了。

“两位，快到了吗？”爱玛问。

“快到了——就快到了。”卢瑟说，听起来喘不过气。慢慢来，她心想。调整一下步调。

接下来的等待仿佛漫长得没有尽头，两个舱外活动的人员一直保持沉默。爱玛觉得自己的脉搏加快了，心里也愈来愈焦虑。太空站已经严重损坏，急需电力。这回的修理工作绝对不能出任何差错。要是杰克在这里就好了，她心想。杰克是个很厉害的修补匠，有办法修好任何帆船引擎，或是从废品堆积场捡来零件，组装出一台短波收音机。在太空的轨道上，最宝贵的工具就是一双灵巧的手。

“卢瑟？”格里格斯说。

没有回应。

“尼可莱？卢瑟？请回答。”

“狗屎，”卢瑟的声音传来。

“怎么了？你看到什么了？”格里格斯问。

“我现在正看着出毛病的地方，惨了，一塌糊涂。主桁架最尾端的左舷六号那段歪七扭八的。发现号一定是撞断了 2-B 那一列太阳能板，扯弯了主桁架尾端。然后转过来，打掉了 S 波段天线。”

“你觉得怎么样？有办法修吗？”

“S 波段天线没问题。我们有一套天线的替换组件，只要换掉就行了。可是左舷的那列太阳能板——别想了。我们需要一整段全新的桁架。”

“好吧。”格里格斯疲倦地搓搓脸。“好吧，所以我们有一组太阳能板确定不能用了，我想应该还可以忍受。不过左舷四号翼列的角度必须转正，不然我们就惨了。”

接下来有短暂的沉默，卢瑟和尼可莱沿着主桁架回头。忽然间，他们又回到摄影机的拍摄范围内；爱玛看到他们缓缓经过，穿着笨重的太空衣，背着庞大的背包，像是深海的潜水员在水中移动。他们停在左舷四号翼列旁。其中一个人往下飘到桁架下方，盯着庞大的太阳能板翼列连接到主桁架的接头。

“转轴头弯了，”尼可莱说，“没办法旋转。”

“能不能修好？”格里格斯问。

他们听到卢瑟和尼可莱迅速商量了一下。然后卢瑟说：“你们希望修得多精密？”

“修好就行。我们急着需要电力，不然就麻烦了。”

“我想我们可以试试汽车修理厂的方法。”

爱玛看着格里格斯。“会是我想的那个意思吗？”

卢瑟回答了这个问题。“我们要拿出锤子，把这混账玩意儿敲回原形。”

他还活着。

艾札克·罗蒙医师望着观察窗里，那位不幸的同事现在正坐在一张病床上看电视。信不信由你，居然是卡通，尼克罗顿儿童频道。那男子极其专注地盯着电视屏幕。一名穿着太空衣的护士进去，把没动过的午餐盘收走，那男子看都没看她一眼。

罗蒙按了对讲机按钮。“奈森，你今天觉得怎么样？”

奈森·贺辛格医师惊讶地转过头来，望着观察窗，这才发现罗蒙站在玻璃窗的另一头。“我很好，完全健康。”

“没有任何症状吗？”

“刚刚说过了，我好得很。”

罗蒙审视了他一会儿。他看起来颇健康，但那张脸苍白而紧绷。很害怕。

“我什么时候可以结束隔离？”贺辛格问。

“现在才刚满三十个小时。”

“那些宇航员十八个小时就出现症状了。”

“那是在微重力状态。我们不晓得在这里会是什么样，也不能冒险。你很清楚的。”

贺辛格忽然把头一转，又回去盯着电视看了，但在他别开脸之前，罗蒙看到他眼中泛出的泪光。“今天是我女儿的生日。”

“我们已经用你的名义送了一个礼物给她，也通知你太太说你没法回去了。说你上了飞机要赶去肯尼亚。”

贺辛格苦笑起来。“你们还真是遮掩得天衣无缝，是吧？那如果我死了呢？你们会怎么告诉她？”

“说你死在肯尼亚了。”

“死在那里，也没什么不好吧。”他叹了口气。“你们送了什么给她？”

“你女儿吗？我想是一个医生芭比娃娃。”

“正好就是她想要的。你们怎么会知道？”

罗蒙的手机响了。“我会再来看你。”他说，然后转身去讲电话。

“罗蒙医师，我是卡洛斯。我们得到一些 DNA 结果了。你最好过来看看。”

“我马上过去。”

他发现卡洛斯·密克斯陶坐在实验室计算机前。屏幕上是一连串连续的数据：

GTGATTAAAGTGGTTAAAGTTGCTCATGTTCAATTATGCAGTTGTTGCGGTTGCTTAGTGTCTTTAGCAGACACATATGAAAAGCTTTTAGATGTTTTGAATTCAATTGAGTTGGTTTATTGTCAAACTTTAGCAGATGCAAGAGAAATTCCTGAATGCGATATTGCTTTAGTTGAAGGCTCTGT……

数据由四个字母组成，G、T、A、C。那是一个核苷酸序列，每个字母各自代表一种构成 DNA 的单位，而 DNA 是所有生物的基因蓝图。

听到罗蒙的脚步声，卡洛斯转过身来，他脸上的表情清楚无误。那是害怕。就跟贺辛格一样，罗蒙心想。每个人都很害怕。

罗蒙在他旁边坐下。“就是这个吗？”他问，指着屏幕。

“这是来自感染平井健一的那种生物。从我们有办法采到的残余物……发现号的舱壁上刮下来的。”

用“残余物”来描述平井健一剩下的尸体，的确很贴切。整个飞行器的舱壁上，都泼溅着破烂的组织团块。“大部分 DNA 残余物都无法辨识。我们不晓得那些基因码代表什么生物。但这段序列，就是屏幕上的这个，我们可以辨识。这是辅酶 F420 的基因。”

“那是什么？”

“一种古生菌域特有的酶。”

罗蒙往后靠，觉得有点想吐。“所以确定了。”他喃喃道。

“对。这种生物体绝对有古生菌的 DNA。”卡洛斯暂停一下。“我恐怕要告诉你一个坏消息。”

“什么意思，‘坏消息’？这个消息还不够坏吗？”

卡洛斯敲了键盘，屏幕上的核苷酸序列换成另外一段。“这是我们找到的另一个基因丛集。一开始我以为一定是搞错了，但后来我确认过。这个基因码跟 Rana pipiens 一样，也就是北美豹蛙。”

“什么？”

“没错。天晓得它是怎么取得蛙类的基因。接下来是真正可怕的。”卡洛斯叫出基因组里的另一个片段。“另一个可辨识的基因丛集。”他说。

罗蒙感觉到一股寒气沿着他的脊椎往上爬。“这些基因是什么？”

“这个 DNA 是 Mus musculus 特有的。也就是小家鼠。”

罗蒙瞪着他。“不可能啊。”

“我确认过了。这个生命形态不晓得怎么搞的，把哺乳动物的 DNA 纳入了它的基因组里。它加上了新的酶性能。它正在改变，在演化。”

演化成什么？罗蒙很想知道。

“还没完呢。”卡洛斯又敲了敲键盘，一组新的核苷酸碱基序列出现在屏幕上。“这个丛集也不是古生菌。”

“那是什么？老鼠的另一段 DNA ？”

“不。这部分是人类。”

寒气沿着罗蒙的脊椎往上冲到顶。他颈背上的寒毛竖起。他愣愣地伸手去拿电话。

“帮我接白宫，”他说，“我得跟贾里德·普拉菲谈。”

电话响到第二声就有人接了。“我是普拉菲。”

“我们分析出 DNA 了。”罗蒙说。

“结果呢？”

“情况比我们原先想的还糟。”

18

尼可莱暂停下来休息，双手累得直发抖。在太空里生活了几个月，他的身体已经变得虚弱，不习惯体力劳动了。在微重力状态下，没有任何重量需要举起，肌肉也很少会用到。过去五个小时，他和卢瑟不停工作，修理了S波段天线，把太阳能板的转轴头拆开并重新组合。现在他累坏了。身上穿着臃肿的舱外活动太空衣，连弯一下手臂都要额外使劲，因而让简单的工作都变得困难。

穿着太空衣工作本身就是个折磨了。为了要让人体隔离在负一五七到正一二一摄氏度的极端温度之外，同时还要在太空的真空环境中维持气压，他们身上的太空衣有很多层材质，包括多层镀铝Mylar绝缘薄膜、多层抗撕裂尼龙，最外层是一种Orth-fabric布料，外加一层压力气囊。在太空衣里面，宇航员穿着装了水冷式细管的内衣。另外他还要背着一个维生背包，里面装了水、氧气、自我援救的喷射推进器，以及无线电设备。本质上，舱外活动太空衣就是一艘个人太空船，笨重而难以操纵，光是要锁紧一颗螺丝，都很费力又劳心。

这趟差事把尼可莱累得精疲力尽。他的双手在笨拙的太空衣手套里面抽筋了，同时一身大汗。

而且还好饿。

他从太空衣里面的吸管口喝了点水，重重吐了一口气。虽然水的滋味有点怪，简直有鱼腥味，但他也没多想。在微重力之下，任何东西尝起来都很奇怪。他又喝了一口，觉得下巴有点湿湿的。他不能伸手到头盔里面擦掉，所以就没理会，往下看着地球。一开始忽然瞥见，看到壮丽动人的地球在他下方出现，他觉得有点头晕，有点想吐。他闭上眼睛，等着那种晕眩感过去。那是晕船之类的晕动病，如此而已；通常不小心看到地球时，就会这样。等到恶心感消失，他又感觉到新的东西：刚刚漏出来的那滴水现在沿着他的脸颊往上流。他抽动脸部肌肉，想甩掉那滴水，但那个水滴继续流淌过他的皮肤。

可是我是在微重力环境，没有上下之分。水应该根本不会流动啊。

他开始甩头，又用戴着手套的手敲敲头盔。

但他还是觉得那滴水往上移动，在他下颚留下一道湿湿的痕迹，流向耳朵。现在流到他罩住通讯耳麦的软帽下端了。帽子的布料一定会吸掉那滴水，防止它再往前流……

忽然间，他的身体僵住了。它滑进帽子下缘，现在正蠕动着滑向他的耳朵。那不是一滴水，不是喝水漏出来的，而是很坚定地在移动着。那是个活物。

他扭向左，然后向右，想把它甩掉。他用力敲击头盔，但还是感觉它在动，在他的耳麦底下滑行。

他看到令人晕眩的地球，又看到黑暗的太空，接着又是地球，同时整个人疯狂地又甩又扭。

那湿湿的玩意儿流进他耳朵里了。

“尼可莱？尼可莱，拜托回答我！”爱玛说，看着电视监视器上的他。他不断转圈，戴了手套的手疯狂敲着头盔。“卢瑟，他看起来好像是癫痫发作了！”

卢瑟出现在画面里，迅速过去帮忙。尼可莱还在不断扭动，前后甩着头。爱玛听得到他们的声音，卢瑟拼命问他，“怎么回事？怎么回事？”

“我的耳朵——在我的耳朵里——”

“痛吗？你耳朵痛吗？看着我！”

尼可莱又拍着他的头盔。“更里面了！”他尖叫，“把它弄出来，把它弄出来！”

“他是怎么回事？”爱玛喊道。

“我不晓得！老天啊，他好恐慌——”

“他太接近工具柱了。赶快把他弄走，免得他扯破太空衣！”

在电视监视器上，卢瑟抓住尼可莱一只手臂。“走吧，尼可莱！我们回气密舱去。”

尼可莱忽然抓住自己的头盔，好像要拔下来。

“不！不要！”卢瑟大叫，抓住他两只手臂，拼命想阻止他。两个人扭在一起，安全绳围着他们缠绕。

格里格斯和黛安娜也来到电视监视器前，三个人惊骇地看着这场戏在太空站外上演。

“卢瑟，工具柱！”格里格斯说，“小心你的太空衣！”

就在他说的这一刻，被卢瑟抓住的尼可莱忽然猛烈扭动，头盔撞上了工具柱。一道看似白雾的细流从他的面罩喷出来。

“卢瑟！”爱玛喊道，“检查他的头盔！检查他的头盔！”

卢瑟瞪着尼可莱的面罩。“狗屎，上头有裂缝！”他大叫，“我看得到空气外泄！他在减压中！”

“打开他的紧急氧气，马上把他弄进来！”

卢瑟伸手到尼可莱的太空衣上，拨开紧急氧气供应的开关。额外增加的氧气可以让太空衣内保持压力，或许足以撑到尼可莱回太空站。卢瑟还在努力制伏尼可莱，开始把他拖向气密舱。

“快点，”格里格斯喃喃道，“耶稣啊，快点。”

卢瑟花了好几分钟，才把尼可莱拖进人员室，关上舱门，开始增加气压。他们没先进行平常的气密舱完整性检查程序，而是直接把气压加到一个标准大气压。

舱门打开，爱玛飘进了设备室。

卢瑟已经拿下尼可莱的头盔，又手忙脚乱地想把他拉出上半身的硬壳。他们联手合作，设法把尼可莱身上的太空衣脱掉。爱玛和格里格斯把他拖到太空站另一头的俄国服务舱，那边的电力和灯光都还保持正常。一路上尼可莱还在不断尖叫，抓着头上保护通讯设备的软帽左侧。他肿起的双眼闭上，眼皮往外鼓起。爱玛摸摸他的双颊，感觉到有碾轧声——这表示他因为急速减压，而造成皮下组织里面出现气泡。他的下巴有一条发亮的唾液。

“尼可莱，冷静！”爱玛说，“你没事了，听到了吗？你没事了！”

他尖叫着摘掉软帽，帽子飞走了。

“帮我把他绑在板子上！”爱玛说。

所有人联手把医疗约束板安置好，脱掉尼可莱身上的水冷式长袖内衣裤，系上约束带，把他完全固定在板子上。就连爱玛检查他的心脏、肺脏、腹部时，他还继续呜咽着，脑袋左右转着。

“是他的耳朵。”卢瑟说。他已经脱掉笨重的太空衣，睁大眼睛看着痛苦的尼可莱。“他说过他耳朵里有东西。”

爱玛更仔细察看尼可莱的脸。那条唾液线源自他的下巴，往上经过左下颌，到他的左耳。一滴液体抹过他的耳廓。

她打开装了电池的耳镜，插进尼可莱的耳朵。

她第一个看到的是血，很鲜亮的一滴，在耳镜的光线下发亮。然后她的注意力转到鼓膜。

上头穿孔了。不是发着微光的健康鼓膜，而是一个裂开的黑洞。她的第一个想法是气压创伤。是刚刚急速降压，害他的鼓膜破裂吗？她检查了另一边耳朵，发现完全没事。

她困惑地关掉耳镜的灯，看着卢瑟。“刚刚在外头发生了什么事？”

“我也不晓得。当时我们两个正停下来稍微喘口气。然后就要带着工具回来。前一分钟他还好好的，下一分钟他就恐慌起来。”

“我得看看他的头盔。”

她离开俄国服务舱，返回设备室。她打开舱门往里看，看到两件舱外活动太空衣，刚刚卢瑟又重新固定在墙上了。

“你在做什么，沃森？”跟在她后面的格里格斯说。

“我想看看那道裂缝有多大，刚刚降压的速度有多快。”

她走到那件比较小的、标示着“鲁坚科夫”的太空衣前，取下头盔。她看着里面，看到裂开的面罩上有一小块湿气。她从口袋里拿出一根棉花棒，碰触那滴液体的顶端。那液体很浓稠，像凝胶。是蓝绿色的。

一股寒气窜上她的脊椎。

健一来过这里，她忽然想起来了。就在他死掉的那一夜，我们在这个气密舱里发现了他。他当时就污染了这里。

她立刻慌张地后退，撞到舱口的格里格斯。“出去！”她叫道，

“马上出去！”

“怎么了？”

“我想我们有生物性危害！关上舱门！关上！”

他们手忙脚乱地退出气密舱，进入节点舱。接着两人一起关上舱门，紧紧封住。然后两人紧张地彼此互看一眼。

“你觉得什么外泄了吗？”葛瑞格说。

爱玛扫视着节点舱，寻找着任何盘旋在空中的水滴。乍看没看到什么，然后有个泄密的亮光一闪而过，似乎在她眼角的视野最边缘飞舞。

她转过去瞪着看。结果不见了。

特殊载具作业中心内，杰克坐在飞航医师的控制台前，看着前方屏幕上的时钟，随着每过去一分钟，他也愈来愈紧张。耳麦里传来地面控制人员和负责太空站的飞航主任伍迪·埃利斯互相报告目前状况的对话，迅速而断续，带着新的急迫性。这个房间跟太空梭的飞航控制室位于同一栋大楼，格局也类似，只是更小、更专门化，而且有一组专门监控太空站活动的工作人员负责。自从发现号撞上国际太空站之后，过去三个小时以来，这个房间就愈来愈焦虑，不时还有一阵恐慌。房间里有这么多人，又历经那么久未曾缓解的压力，因而整个空气都闻得出危机——汗臭混合了走味咖啡的气味。

尼可莱·鲁坚科夫正饱受减压伤害之苦，显然必须赶紧撤离。因为太空站只有一艘救生艇——人员返航载具——所以太空站上的所有驻站人员都要回家了。这将会是精心安排下的撤离行动。不能抄快捷方式，不能犯错，不能慌张。航天总署过去曾模拟过这个状况很多回，但从来没真正执行过，更别说上面还载着五个活生生、会呼吸的人。

载具脱离的时间愈来愈逼近。他们将会花二十五分钟逐渐远离太空站，并取得全球卫星定位导航数据，然后花十五分钟准备反向点火脱离轨道。接下来花一个小时降落。

不到两个小时后，爱玛就会回到地球上了。无论以什么形式。这个想法忽然猝不及防袭来，他不禁想起吉尔·休伊特开膛的尸体躺在解剖台上的可怕情景。

他双手握拳，逼自己专心监视尼可莱·鲁坚科夫的遥测显示数据。心率很快，但是很规律；血压也一直保持稳定。拜托，加油。赶快带他们回家吧。

他听到格里格斯在太空站上报告，“通讯官，我们全都登上人员返航载具，舱门也关上了。这里有点挤，不过我们准备好要上路了。”

“准备启动。”通讯官说。

“准备启动。”

“病人状况怎么样？”

听到爱玛的声音从耳机中传来，杰克的心脏猛地跳了一下。“他的生命征象维持稳定，但定向感混乱，无法说出现在的时间、日期、地点。碾轧声已经转移到颈部和上躯干，也造成了他的一些不舒服。我已经又给了他一剂吗啡。”

突然的降压造成尼可莱的软组织内出现气泡。这个情况很痛苦，但对人体无害。杰克真正担心的是神经系统里出现了气泡。这会是造成尼可莱意识混淆的原因吗？

伍迪·埃利斯说：“进行启动吧。开始脱离太空站。”

“国际太空站，”通讯官说，“现在你们要——”

“停止行动！”一个声音插入。

杰克抬起头，困惑地看着飞航主任埃利斯。埃利斯同样一脸困惑。他转过头去，看着刚走进控制室的约翰逊太空中心主任肯恩·布兰肯希普，旁边还跟着一名穿西装的深色头发男子和六名空军军官。

“对不起,伍迪,”布兰肯希普说,“相信我,这不是我决定的。”

“什么决定？”埃利斯问。

“撤离行动取消了。”

“我们上头有个人生病了！人员返航载具已经准备要出发——”

“他不能回来。”

“这是谁的决定？”

那个深色头发的男子往前站。他开口，带着几乎是无言的歉意口气说:“是我的决定。我是白宫安全委员会的贾里德·普拉菲。请告诉你们上面的人员，重新打开舱门，离开人员返航载具。”

“我们上面有人生病了。”埃利斯说，“我要带他们回家。”

轨道官插话，“飞航主任，我们现在得马上进行脱离，否则就没法降落在目标地点了。”

埃利斯对通讯官点点头。“进行人员返航载具启动作业，开始脱离太空站吧。”

通讯官还没来得及说任何一个字，他的耳麦就被拉掉，整个人也被从椅子上拖走，推到一边。一名空军军官占住了他在控制面板前的位置。

“嘿！”埃利斯大喊，“嘿！”

其他空军军官立刻在控制室内呈扇形散开，所有飞航控制人员都当场僵住了。没有人掏出枪，但那种威胁意味很明显。

“国际太空站，不要启动，”新的通讯官说，“撤离行动取消了。重新打开舱门，退出人员返航载具。”

困惑的格里格斯回应，“我没听懂，休斯敦。”

“撤离行动取消了。退出人员返航载具。太空站轨道控制员和导航控制员的计算机都出了问题。飞航主任决定最好暂缓撤离。”

“要延后多久？”

“不确定。”

杰克猛地站起来，准备要去扯走那个新通讯官的耳麦。

贾里德·普拉菲忽然走到他面前，挡住他的去路。“你不明白情况有多严重。”

“我太太在太空站上。我们要带她回来。”

“不行，他们可能全部感染了。”

“感染什么？”

普拉菲没回答。

杰克愤怒地冲向他，但被两个空军军官拉住了。

“感染什么？”杰克喊道。

“一种新的生物，”普拉菲，“一种喀迈拉。”

杰克望着布兰肯希普苦闷的脸，又看看那几个摆出接管控制台姿态的空军军官。然后他发现另一张熟悉的脸：勒罗伊·科奈尔，才刚走进房间来。科奈尔看起来苍白而震惊。这时杰克才明白，这件事是最高层的人决定的。他或布兰肯希普或伍迪·埃利斯说什么，都不可能改变。

现在航天总署不再由他们做主了。

THE CHIMERA

喀迈拉

19

八月十三日

他们聚集在杰克的屋子里，所有的窗帘都拉上了。他们不敢在约翰逊太空中心碰面，因为一定会被注意到。航天总署的太空计划行动忽然被接管，把他们全都吓呆了，一时之间不知该如何反应。无论是他们的内部作业手册或应急计划，都没教过他们如何处理这种危机。杰克只邀了五个人，全都是航天总署太空计划的核心人物：托德·卡特勒、戈登·欧比、飞航主任伍迪·埃利斯和兰迪·卡本特，以及酬载处的丽兹·吉昂尼。

门铃响了，每个人都紧张起来。

“他到了。”杰克说，然后打开门。

航天总署生命科学处的伊莱·佩绰维奇博士走进来，手里抓着一个装笔记本电脑的公文包。消瘦而虚弱的他，过去两年来一直与淋巴瘤奋战。现在看起来，他显然已经输了。他大部分的头发掉光了，只剩少数几撮白发。他的皮肤看起来像是发黄的羊皮纸，绷在突出的脸部骨头上。但身为科学家永不懈怠的好奇心，让他双眼发出兴奋的光芒。

“弄到了吗？”杰克问。

佩绰维奇点点头，拍拍他的公文包。他瘦骨嶙峋的脸上露出微笑，看起来像个食尸鬼。“陆军同意给我们一些数据。”

“一些？”

“不是全部。大部分基因组都还是机密。他们只给我们一部分序列，中间还有很多空缺。他们给的只够证明这个情况的确很严重。”他把笔记本电脑放到餐桌上，打开来，每个人都围过去看。佩绰维奇开机，然后插入一张磁盘片。

计算机屏幕上开始跑出一堆数据，一行行看似随机排列的字母以惊人的速度掠过屏幕。那不是文章，那些字母没有拼出字汇，只是一组编码。同样的四个字母一再出现，只是顺序不同：A、T、G、C，分别代表腺嘌呤（adenine）、胸腺嘧啶(thymine）、鸟嘌呤（guanine）、胞嘧啶（cytosine）这四种核苷酸，为构成DNA的基本要素。这串字母是一套基因组，也是某一种生物的化学蓝图。

“这个，”佩绰维奇说，“就是他们的喀迈拉。也就是害死平井健一的生物。”

“我一直听到‘喀迈拉’，这是什么玩意儿？”兰迪·卡本特问，“我们这些工程师很无知，你或许可以帮我们解释一下？”

“没问题，”佩绰维奇说，“而且不必觉得无知。这是分子生物学的专有名词，其他地方很少用到。这个词汇源自古希腊。喀迈拉（Chimera）是神话中的一种怪兽，据说是不可能击败的。这只喷火怪兽有狮子的头、山羊的身体，还有大蛇的尾巴。最后这只怪兽被一个名叫柏勒洛丰的英雄杀死。但这位英雄赢得并不光明正大，因为他作弊。他骑在一只飞马佩格索斯上面，从上方朝下面的喀迈拉射箭。”

“这个神话很有趣，”卡本特不耐地插嘴道，“但是有什么关联吗？”

“古希腊的喀迈拉是一种怪异的生物，由三种不同的动物所构成。狮子、山羊、大蛇结合为一。而我们现在所看到的这条染色体中，恰恰就是如此。这种生物跟柏勒洛丰所杀死的那只怪兽一样怪异。这是一种生物性的喀迈拉，它的DNA来自至少三种不相关的物种。”

“你能鉴别出这些物种吗？”卡本特问。

佩绰维奇点点头。“过去多年来，世界各地的科学家已经累积起一个基因定序的数据库，里面有各式各样的物种，从病毒到大象。但收集这些资料的过程缓慢而冗长。光是分析人类基因组，就要花上几十年时间。所以各位可以想象，有很多物种还没定序。这种喀迈拉的基因组有很大的部分无法鉴别，因为数据库里面还不存在。不过这里是我们到目前为止有办法鉴别的。”他点了“符合物种”那个标志。

屏幕上出现了以下字样：

小家鼠（Mus musculus）

北美豹蛙（Rana pipiens）

人类（Homo sapiens）

“这种生物一部分是老鼠，一部分是两栖类，还有一部分是人类。”他暂停一下。“就某种意义来说，”他说，“敌人就是我们自己。”

全场陷入一片沉默。

“我们的基因有哪部分在那条染色体内？”杰克轻声问，“喀迈拉有哪部分是人类？”

“这个问题很有趣，”佩绰维奇说，赞许地点着头。“应该要给你一个有趣的答案。你和卡特勒医师一定看得出这份清单的意义。”他敲了敲键盘。

屏幕上出现了：

淀粉酶

脂酶

磷脂酶

胰蛋白酶

胰凝乳蛋白酶

弹性蛋白酶

肠激酶

“老天，”托德·卡特勒喃喃道，“这些全是消化酶。”

这种生物准备好要吃光它的宿主，杰克心想。它会利用这些酶从内部开始消化掉我们，把我们的肌肉和器官、连接的组织化为一摊臭泥。

“吉尔·休伊特——她说过平井健一的尸体分解了，”兰迪·卡本特说，“我本来还以为那是她的幻觉。”

杰克忽然说：“这一定是一种生物工程有机体！有人在实验室里面培育出来的。找一种细菌或病毒，再把其他物种的基因移植到这上头，把它变成一种更厉害的杀人武器。”

“但是哪种细菌？哪种病毒？”佩绰维奇说，“这是最大的谜团。如果没能检视更多的基因组数据，我们就无法鉴别他们一开始用的物种是什么。陆军那边不肯分享这个生物染色体最重要的部分。也就是能鉴别这个杀手生物的部分。”他看着杰克。“你是我们在场这些人里头，唯一去看过验尸的人。”

“只看了一眼。他们太快就把我推出验尸间，我根本没仔细看到什么。我只看到外形像是某种包囊的东西。大小跟珍珠一样，嵌在一片蓝绿色的基质上。它们出现在梅塞尔的胸部和腹部，还有休伊特的颅腔。我从没见过这样的东西。”

“有可能是包虫病吗？”佩绰维奇问。

“那是什么？”伍迪问。

“是指感染了一种棘球属寄生性绦虫的幼虫。会造成包囊出现在肝脏和肺脏。说起来，其实任何器官都有可能出现。”

“你认为这可能是一种寄生虫？”

杰克摇摇头。“包虫病要好几个月，甚至几年的时间，才会长出包囊。几天之内是不可能的。我不认为这是包虫病。”

“或许那根本就不是包囊，”托德说，“或许那是孢子，霉菌球。是曲霉属或隐球菌属的。”

酬载处的丽兹·吉昂尼插话了，“太空站人员报告过有霉菌感染。有个实验因为霉菌增生而必须销毁。”

“哪个实验？”托德问。

“我得去查。我记得是某个细胞培养。”

“但是一般的霉菌感染不可能造成这些死亡，”佩绰维奇说，“别忘了，和平号上始终都有霉菌飘浮，也没有人因此死掉。”他看着计算机屏幕。“这个基因组让我们知道，我们所面对的是一种全新的生命形态。我赞成杰克的说法，这一定是某种生物工程制造出来的。”

“所以这就是生物恐怖行动了，”伍迪·埃利斯说，“有人破坏我们的太空站。一定是放在某个酬载里面送上去的。”

丽兹·吉昂尼用力摇头。她向来好斗又急切，参加任何会议都是个令人生畏的角色，这会儿她满怀信心地开了口。“每个酬载都经过安全审核。包括危险性报告、所有阻绝设备的三阶段分析。相信我，这么危险的东西，我们一定会打回票的。”

“那也要你们知道东西是危险的啊。”埃利斯说。

“我们当然知道！”

“如果保全有漏洞呢？”杰克说，“很多实验酬载是直接从科学计划的主持人那边送来的。我们不晓得他们的保全怎么样。我们不晓得是不是有个恐怖分子在他们实验室里面工作。如果他们最后一刻把一份细菌培养调包，我们一定会知道吗？”

丽兹首度出现了不确定的神色。“这……这不太可能。”

“但是有这个可能。”

尽管她不肯承认这个可能性，眼中却流露出丧气。“我们会去盘问每个计划主持人，”她说，“每个送实验酬载过来的科学家。如果他们的保全上有漏洞，我他妈的一定会查出来。”

大概真的会，杰克心想。跟其他在场的人一样，他也有点怕丽兹·吉昂尼。

“有个问题我们还没问，”戈登·欧比首度开口。在此之前，他还是往常那个狮身人面像，只听不说，静静吸收信息。“那就是为什么？为什么有人要破坏太空站？是谁对我们有积怨吗？还是狂热反对科技的极端分子？”

“生物版的大学炸弹客。”托德·卡特勒说。

“那为什么不把这个生物放在约翰逊太空中心，杀光我们所有人呢？这样比较容易，也合逻辑得多。”

“逻辑不能套用在那种极端分子身上。”卡特勒指出。

“逻辑可以套用在任何人身上，包括极端分子在内。”戈登回答，“只要你了解他们思考的架构就行。让我想不透的就是这一点。所以我很想知道，这真的是个破坏行动吗？”

“如果不是破坏行动，”杰克说，“那还会是什么？”

“还有另一个可能性。不过也同样令人恐惧。”戈登说，忧虑的目光抬起来迎上杰克的视线。“那是个错误。”

艾札克·罗蒙医师在走廊上奔跑，皮带上的呼叫器猛叫，他很担心自己即将看到的场面。他关掉呼叫器的铃声，打开通往第四级隔离区的门。他没进入病房，而是安全地站在外头，看着观察窗另一头恐怖的那一幕。奈森·贺辛格医师癫痫发作，躺在汪着血的地板上，墙上也溅了血。两个护士和一名医师穿着太空衣，正试图要阻止他伤害自己，但他发作得太剧烈又太有力气，他们抓不住他。他一腿踢出去，一名护士被踢倒在地，滑过满是鲜血的水泥地板。

罗蒙按了对讲机按钮。“该死！衣服破了吗？”

那护士缓缓站起身时，罗蒙看得到她惊骇的表情。她低头看看自己的手套、衣袖，然后看着输气管与太空衣的连接处。“没有，”她说，几乎是放心得呜咽起来。“没有破。”

鲜血溅到窗子上。罗蒙赶紧往后一退，看着鲜亮的血淌下玻璃。贺辛格现在脑袋敲着地板，他的脊椎放松，然后又过度伸直。角弓反张。这种怪异的姿势雷蒙以前只见过一次，是一个番木鳖碱中毒的病人，身体像拉紧的弓弦般往后弯。贺辛格又发作了，头骨往后敲着水泥地。鲜血喷到两个护士的面罩上。

“后退！”罗蒙通过对讲机下令。

“他在伤害自己！”那个医师说。

“我不希望再有其他人暴露了。”

“只要我们可以控制他的癫痫——”

“你们做什么都救不了他。我要你们全部马上退开。免得受到伤害。”

两个护士不情愿地后退。那个医师则顿了一下，也退开了。他们沉默不动，望着恐怖的一幕在他们眼前发生。

新的一波抽搐让贺辛格的头往后猛甩。头皮绽开了，就像沿着接缝撕开的布。那一摊血更加扩大。

“啊，老天，看看他的眼睛！”一个护士喊道。

他的双眼外凸，像两个大弹珠竭力要冲出眼眶。外伤性眼球凸出，罗蒙心想。他的颅内压力大增，把两颗眼珠往外挤，眼皮被撑开，双眼睁得大大的。

癫痫仍持续着，未曾减缓，他的头猛砸地板。骨头碎片飞起，纷纷击中窗户。他好像想把自己的头骨砸开，好释放出里面困住的东西。

又砸一下，又飞溅出一波鲜血和碎骨。

他应该已经死了。为什么还在癫痫发作？

但就连砍掉头的鸡都还会继续抽搐而扭动，贺辛格的垂死挣扎也还没结束。他的头抬离地板，脊椎向前弯曲，像个绷太紧而即将断掉的弹簧。他的脖子往后猛甩。喀啦一声，头盖骨像颗蛋似的砸破了。碎片飞散。一堆灰质飞溅在窗子上。

罗蒙倒抽一口气，踉跄后退，一股反胃感涌上喉咙。他低下头，奋力挣扎着不要崩溃，不要让逼近的黑暗遮蔽他的视野。

他浑身是汗颤抖着，设法抬起头，再度看向玻璃窗内。

奈森·贺辛格终于躺着不动了。他残余的头部歇在一片血泊里。血实在太多了，因而罗蒙一时无法集中焦点，只看到那一摊鲜红色。然后他的视线定在死者的脸上。看着黏在他前额那一片颤抖的包囊。

喀迈拉。

八月十四日

“尼可莱？尼可莱，拜托回答我！”

“我的耳朵——在我的耳朵里——”

“痛吗？你耳朵痛吗？看着我！”

“更里面了！”他尖叫。“把它弄出来，把它弄出来……”

白宫安全委员会的科学顾问贾里德·普拉菲按下放影机的停止按钮，看着围坐在桌旁的众人。所有人都一脸惊骇的表情。“尼可莱·鲁坚科夫碰到的事情，不光是减压的意外而已。”他说。“这就是为什么我们会采取之前的行动，而且强烈要求你们所有人配合到底。这个风险太大了。在我们弄清这种生物如何繁殖、如何传染之前，我们不能让那些宇航员回家。”

全场一片震惊的沉默。就连航天总署的署长勒罗伊·科奈尔，都只是一声不吭坐在那儿——本来会议刚开始前，他还曾强烈抗议航天总署被接管的事。

头一个提问的是总统。“我们对这种生物知道些什么？”

“陆军的艾札克·罗蒙博士比我更能回答这个问题。”普拉菲说，然后朝罗蒙点点头。罗蒙没坐在桌旁，而是在外围，房间里大部分的人都没注意到他。这会儿他站起来，免得大家看不见。

他个子很高，满头灰发，双眼带着精疲力竭的神色。

“我恐怕没办法给各位好消息，”他说，“我们把喀迈拉注射到一些不同的哺乳类生物身上，包括狗和蜘蛛猴。结果九十六个小时之内，所有动物都死了。死亡率百分之百。”

“没有办法治疗吗？试过什么都没用吗？”国防部长问。

“都没用。这点就已经够可怕了。但还有更坏的消息。”

整个房间一片死寂，恐惧扩散到每张脸上。还能更坏吗？

“我们帮最新繁衍的几代做了 DNA 分析，从蜘蛛猴身上采集来的。喀迈拉已经取得的新基因，已经确定是学名‘Ateles geoffroyi’的这种生物，也就是蜘蛛猴。”

总统满脸苍白，他看着普拉菲。“这是我想的那个意思吗？”

“这是毁灭性的情况，”普拉菲说，“每回这个生命形态在新宿主身上历经一次生命循环，制造出新的一代，似乎就会得到新的 DNA。而借着取得前所未有的新基因、新能力，它就有办法领先我们几步。”

“它怎么有办法做到？”参谋长联席会议的摩瑞将军问。“会取得新基因的生物？不断翻新自己？好像不太可能。”

罗蒙说：“不是不可能。事实上，类似的过程也发生在自然界。细菌常常彼此共享基因，利用病毒当载体，把基因传来传去。这就是为什么细菌可以这么快发展出对抗生素的抗药性。它们会散播抗药性的基因，把新的 DNA 加入它们的染色体。就像大自然的其他万物，为了要活下去，为了物种的存续，它们会利用各种必要的武器。而这种生物所做的也是一样。”他走到桌首，那里展示着一张电子显微照相术的放大照片。“你们可以看到，在这张细胞照片里面，看起来像小颗粒的东西，就是一团团辅助病毒。这些病毒担任载体的角色，进入宿主的细胞，突袭其中的 DNA，再把零碎的基因物质带回喀迈拉。把新的基因、新的武器加入自己的兵工厂里。”罗蒙看着总统。“这个生物变得有能力适应任何环境状况。它唯一要做的，就是袭击身边动物的 DNA。”

总统一脸病容。“所以它还在改变，还在演化。”

会议桌的周围传来惶恐不安的低语声。还有惊恐的眼神、椅子的吱呀声。

“那位感染的医师怎么样了？”一名来自五角大厦的女人问。“就是陆军放在第四级隔离区的那位？他还活着吗？”

罗蒙暂停一下，眼中露出痛苦的神色。“贺辛格医师昨天深夜死了。我亲眼看到了临终事故，他死得非常……可怕。他开始抽搐，剧烈得我们都不敢制止他，因为怕有人的太空衣会被扯破，又多一个人暴露。我从来没见过像他这样的发作。那就像是他脑子里每个神经元都忽然着火，形成一个巨大的电风暴。他撞断了床栏，整个完全折断掉。他滚下床垫，开始——开始把他的头往地板上砸。砸得好用力，我们都可以……”他吞咽着。“我们都可以听到头骨破裂的声音。这时候鲜血已经飞得到处都是。他的头继续往地板上砸，简直就像是要把头骨给砸开，好释放出里面累积的压力。但他的外伤只让状况更恶化，因为他的血开始流进脑中。到最后，颅内压力实在太大了，逼得他双眼都凸出眼眶。像个卡通角色。也像是路上被碾毙的动物。”他深吸一口气。“他的临终事故，”他静静地说，“就是这样。”

“我们所面对的这个可能的传染病，现在你们都有所了解了，”普拉菲说，“这就是为什么我们不能软弱或轻忽，或是感情用事。”

接下来又是一段漫长的沉默。每个人都看着总统。大家都在等待——或是希望——一个明确的决定。

但他却只是旋转椅子，看着窗外。“有一度，我也想成为宇航员。”他哀伤地说。

我们不都是这样吗？普拉菲心想。在这个国家，有哪个小孩没梦想过乘着火箭上太空呢？

“约翰·格伦搭乘的太空梭发射时，我也在场，”总统说，“当时我哭了。跟其他人一样。该死，但是我哭得像个小婴儿。因为我好以他为荣，以这个国家为荣，以同样身为人类为荣……”他暂停一下，深深吸了口气，一只手揉过双眼。“我怎么能宣判这些人死刑？”

普拉菲和罗蒙彼此互看一眼，神色凝重。

“我们没有办法，”普拉菲说，“这是拿五条人命跟全地球不晓得多少条人命做比较。”

“他们是英雄啊，货真价实的英雄。而我们却要把他们丢在那边等死。”

“问题是，总统先生，我们很可能根本救不了他们。”罗蒙说，“他们大概都已经感染了。或者很快也会感染。”

“所以有些人可能没有感染？”

“我们不晓得，现在只知道鲁坚科夫确定感染了。我们相信他是在穿着舱外活动太空衣的时候暴露的。如果各位还记得，十天前平井健一就去过舱外活动的设备室里，还在那里发生癫痫。这可以解释那件太空衣为什么会遭到污染。”

“那为什么其他人还没发病？为什么只有鲁坚科夫？”

“我们的研究指出，这种生物需要一段潜伏期，才会达到传染的阶段。我们认为它传染力最强的时间，是在宿主快要死亡时，或者之后，此时它会从尸体上释放出来。但我们不确定。我们不能冒着犯错的危险。我们必须假设他们全都是带原者。”

“那么在你们确定之前，就把他们关在第四级隔离室。至少让他们回地球吧。”

“总统先生，风险就是在这里产生的，”普拉菲说，“在于把他们带回地球时。人员返航载具不像太空梭，可以引导他们降落到一条特定的跑道。他们回到地球的这个载具，要难以控制得多——基本上只是个有降落伞的分离舱。要是出了什么错呢？要是人员返航载具在大气层解体了，或在降落时坠毁呢？这种生物就会散布到空气中。风会把它吹得到处都是！到那时候，它的基因组里已经有太多人类的DNA了，我们根本无法击败它，因为它太像我们了。任何用来对付它的药物，也会同时杀死人类。”普拉菲暂停一下，让大家消化一下他所说的这些话。“我们不能让情感影响我们的决定。因为这个风险太大了。”

“总统先生，”勒罗伊·科奈尔插话，“恕我冒昧，请容我指出，这么做会造成政治上的大灾难。让五个英雄死在太空，一般大众不会接受这种事情的。”

“眼前，政治是我们最不该考虑的！”普拉菲说，“我们的第一优先是大众的健康！”

“那为什么要保密？为什么你们不让航天总署参与？那个生物的基因组，你们只给我们一部分而已。我们的生命科学家们已经准备好，也愿意贡献他们的专业知识。我们跟你们一样想找到治愈的方法，甚至更想。只要陆军传染院愿意跟我们共享所有信息，我们就可以一起合作了。”

“我们是基于安全考虑，”摩瑞将军说，“要是落到一个有敌意的国家手中，就会把这个变成一种毁灭性的生物武器。公布喀迈拉的基因码，就像是交出这种武器的制造蓝图。”

“你的意思是，你信不过航天总署能保密了？”

摩瑞将军正眼对上科奈尔的目光。“航天总署的新哲学是跟所有小国家分享信息。这可不会让贵署成为一个守密的好伙伴。”

科奈尔气得满脸涨红，但是没说话。

普拉菲看着总统。“总统先生，五个宇航员不得不被留在那边等死，的确是个悲剧。但我们得把眼光放大，想想有可能发生规模远远更大的悲剧。一个我们才刚开始了解的生物，造成了一场遍及世界的流行病。陆军传染院现在正不眠不休，二十四小时在研究这种生物的关键性质。在研究出来之前，我建议各位坚守命令到底。航天总署没有能力应付生物性的大灾难。他们有一个行星环保官，只有一个。陆军的生物紧急应变小组，正可以应付这类危机。至于航天总署的运作，就交给美国太空司令部指挥吧，由美国第十四空军支持。航天总署跟这五位宇航员有太多个人情感和情绪的牵扯。我们需要一只坚定的手来掌舵。我们需要保持最高的纪律。”普拉菲缓缓看着长桌周围的人一圈。其中他真正尊敬的没有几个。有些人只对名望和权力有兴趣而已，有些人能有今天的职位只是因为政治关系好，还有些人老是轻易被大众的意见牵着鼻子走。很少人的动机像他这么单纯。

很少人会饱受他那些噩梦的折磨，在黑暗中满身汗湿地醒来，被他们可能要面对的恐怖景象而吓得浑身颤抖。

“所以你的意思是，那些宇航员永远不能回来了。”科奈尔说。

普拉菲看着科奈尔苍白的脸，真心觉得同情。“等我们找到治愈的方法，等我们知道可以杀死这种生物，才能考虑把你的人接回来。”

“如果他们还活着的话。”总统喃喃说。

普拉菲和罗蒙彼此看了一眼，但没有人答腔。事实已经很明显了，他们将无法及时找出治愈方法。那些宇航员无法活着回家了。

贾里德·普拉菲在酷热难耐的大白天还穿外套、打领带走在户外，但他几乎没感觉到天气的炎热。其他人可能会抱怨华府的夏天有多难受，但他并不在乎高温。真正令他害怕的是冬天，因为他特别怕冷，碰到严寒的天气，他的嘴唇会发紫，穿戴着一层层厚围巾和毛衣还是会发抖。即使在夏天，他办公室里也还是放着一件毛衣以抵御冷气。今天的天气有三十几度，他走在街上，看到的每张脸上都闪着汗水，但他没脱掉外套或松开领带。

刚刚的会议，让他从身体寒到心底。

他手里拿着一个棕色纸袋，里面是他早晨上班前在家里装好的午餐，内容每天都一样。他走的路线也是老样子，往西到波多马克河，左边是倒映池。这些日常惯例的熟悉事物，令他觉得安心。这些年他的生活中少有令他觉得太安心的事情。年纪愈老，他就发现自己愈坚守某些老习惯，很像教会里的隐修士，坚守每天固定的工作、祈祷和冥想时段。在很多方面，他就像那些古代的苦修者，吃东西只为了维持体力，穿衣服只为了保暖。财富对他毫无意义。

即使姓普拉菲（Profitt）[1]，也不能改变他这个人的实质。

他沿着起伏的草地经过越战纪念碑时，放慢了速度，望着一排肃穆的游客拖着步伐经过那片镌刻着死者姓名的墙。他知道当他们面对着那些黑色花岗岩石板，思索着战争的恐怖时，心里都在想什么：这么多名字。这么多死者。

而他心想，你们不晓得，这还不算多呢。

他在树荫下找到一张空的长椅，坐下来吃饭。他从褐色纸袋里面拿出一个苹果、一块切达乳酪，还有一瓶水。不是依云或沛绿雅那些时髦的矿泉水，而是一般自来水。他缓缓吃着，观看那

1. 近似 profit，利润、盈余。

些观光客从这个纪念碑走到那个纪念碑。我们用这些来荣耀我们的战争英雄，他心想。这个社会树立雕像、镌刻石板、升起旗帜。想到战争双方所失去的人命有多少，就令人惊惧颤抖。越战时死了两百万军民。二次世界大战死亡人数达到五千万。一次大战则是两千一百万。这些数字太惊人了。大家可能会问：还有比人类自己更致命的敌人吗？

答案是有。

尽管人类看不见这个敌人，但敌人就在你的周围，你的体内。在你呼吸的空气中，在你吃的食物里。综观人类历史，这个敌人始终是人类无法打败的对手，而且等到人类从地表上消失，这个敌人照样还会存活下去。这个敌人就是微生物世界，多个世纪以来，它所害死的人，比所有战争加起来的还多。

公元五四二到七六七年，四千万人死于查士丁尼大瘟疫中的鼠疫。

一三〇〇年代，黑死病再度流行，死了两千五百万人。

一九一八年和一九一九年，三千万人死于流行性感冒。

然后在一九九七年，艾美·索伦森·普拉菲，四十三岁，死于链球菌引起的肺炎。

他吃完苹果，把剩下的核放回纸袋里，然后仔细地把垃圾卷成紧紧的一捆。尽管午餐的份量很少，但他觉得很满足，他又继续在长椅上待了一会儿，喝着最后一点水。

有个观光客经过，是个淡褐色头发的女人。她转身到一个特定的角度，光线斜照过脸上，看起来就像艾美。她感觉到他的目光，朝他看过来。他们彼此打量了一会儿，她很提防，他带着无声的歉意。然后她走开了，而他则判定她其实长得不像他的亡妻。没有人像，没有人可以。

他站起来，把垃圾扔进垃圾桶，然后开始循原路往回走。经过越战纪念碑。经过那些穿制服守夜的老兵，现在已经一头蓬乱的白发了。荣耀死者的记忆。

但就连记忆也会褪色，他心想。餐桌对面她微笑的影像，她回荡的笑声——这一切都随着时光久远而变得模糊。只有痛苦的记忆仍坚持不去。一个旧金山的饭店房间。一通深夜的电话。一幕幕狂乱的画面，机场、出租车、电话亭，他忙着横越整个国家，终于及时赶到西岸的毕士大医院。

坏死性的链球菌有自己杀人的时间表。就像喀迈拉。

他吸了口气，很好奇刚刚有多少病毒、多少细菌、多少霉菌才进入他的肺，而其中又有哪些可能杀了他。

20

“依我看，管他们去死，”卢瑟说。对地面的频道已经关掉，所以任务控制中心听不到他们的对话。“我们回人员返航载具，拨动开关，出发。他们就没办法要我们掉头回去了。”

一旦他们离开太空站，就没办法回头了。基本上，人员返航载具是一架有减速拖曳伞的滑翔机。跟太空站分离之后，就会绕着地球转，顶多转四圈后，就不得不脱离轨道降落。

“控制中心要我们耐心等，”格里格斯说，“所以我们会照做。”

“遵守那些愚蠢的狗屎命令？如果我们不把尼可莱弄回家，他就要死在我们手上了！”

格里格斯看着爱玛。“沃森，你的意见呢？”

过去二十四小时，爱玛都守在病人旁边，监视着尼可莱的状况。他们全都看得出来，他的情况很危险了。他被绑在医疗约束板上，抽搐又发抖，四肢有时挥动得好猛烈，爱玛都担心他要骨折了。他看起来像个拳击手，在绳圈里被对手无情地痛击。皮下气肿让他脸部的软组织鼓胀，挤得他的眼睛只剩两道细缝，里头的眼白是恶魔般的鲜红色。

她不晓得尼可莱能听到多少、了解多少，也不敢冒险说出心里的想法。所以她比画着，示意其他人员离开俄国服务舱。

他们在居住舱会合，这样尼可莱就听不到了，而且他们可以安全地取下护目镜和口罩。

“休斯敦得赶紧让我们撤离，”她说，“不然他就撑不下去了。”

“他们知道状况，”格里格斯说，“但是要等白宫点头，他们才能准许我们撤离。”

“所以我们就只能待在这里，看着彼此一个个生病？”卢瑟说，“如果我们直接上了人员返航载具离开呢？他们能怎么办？把我们打下来吗？”

黛安娜静静地说：“有可能。”

这是实话，大家听了都沉默不语。每个上过太空梭、熬过倒数时间的宇航员都知道，肯尼迪太空中心的一个地下碉堡里，坐着一群空军军官，他们唯一的任务就是炸掉太空梭，把上头的人员全部化为灰烬。万一驾驶系统在发射时方向出了错，万一太空梭转向人口密集的区域，这些发射场安全官的职责就是按下摧毁钮。他们认识太空梭里的每一个飞行人员，大概还看过那些宇航员家人的照片。他们很清楚自己要杀掉的是什么人。这个责任很可怕，但没有人怀疑，这些空军军官会执行他们的任务。

同样的道理，如果他们接获命令要摧毁人员返航载具，几乎可以确定，他们也会照做。在面对一种新的、致命的传染病威胁时，五个宇航员的性命似乎是微不足道的。

卢瑟说：“我很愿意打赌，他们会让我们安全降落。为什么不呢？我们有四个人还很健康，没有染上什么病啊。”

“但我们已经暴露了，”黛安娜说，“我们呼吸同样的空气，生活在同样的空间。卢瑟，你和尼可莱还一起睡在气密舱里头过。”

“我觉得一点毛病也没有。”

“我也是。还有格里格斯和沃森也是。但如果这是传染病，我们可能已经处于潜伏期了。”

“所以我们要遵守命令，”格里格斯说，“还是乖乖留在太空站吧。”

卢瑟转向爱玛。“你也赞成这种当烈士的鬼想法吗？”

“不，”她说，“我不赞成。”

格里格斯惊讶地看着她。“沃森？”

“我考虑的不是自己，”爱玛说，“而是我的病人。尼可莱没办法说话，所以我得帮他发言。我希望他能住进医院，格里格斯。”

“你也听到休斯敦那边说什么了。”

“我听到的状况是一团混乱。他们先是命令我们撤离，然后又取消。首先他们跟我们说那是马堡病毒，然后又说那根本不是病毒，而是某种由生物恐怖分子培育出来的新生物。我不晓得他们下头到底发生了什么事。我只知道，我的病人……”她忽然压低声音。“他快死了，”她轻声说。“我首要的责任，就是设法保住他的命。”

“而我的责任，则是要有个太空站指挥官的样子，”格里格斯说，“我必须相信休斯敦尽力做出最好的指令。除非情况真的很重大，否则他们不会让我们冒这种险的。”

爱玛无法反驳。任务控制中心的那些控制人员她都认识，也很信任。而且杰克也在那里，她心想。在这世上，她最信任的人就是他。

“刚刚有数据传上来了，”黛安娜说，看了计算机一眼。“是给沃森的。”

爱玛飞到舱里另一头，去看屏幕上发亮的讯息。是航天总署生命科学中心发过来的。

沃森医师：

我们觉得应该让你知道你所对付的是什么——我们所有人在对付的是什么。这是感染平井健一那种生物的 DNA 分析。

爱玛打开附加档案。

她花了好一会儿，才有办法看懂掠过屏幕上的那些核苷酸序列。又花了几分钟，才有办法相信随之而来的结论。

同一个染色体上，有来自不同物种的基因。豹蛙、老鼠，还有人类。

“这是什么生物？”黛安娜问。

爱玛轻声说：“一种新的生命形态。”

这是个科学怪人式的怪物。令人憎恶的生物。她的注意力忽然集中在“老鼠”这个词上，心想，老鼠。它们是最早生病的。过去一个半星期，那些白老鼠持续死亡。上一回她去检查笼子时，只剩一只母鼠还活着。

她离开居住舱，更深入那半边电力不足的太空站深处。

美国实验舱一片昏暗。她飘过黑暗，来到放动物的架子旁。那些白老鼠是这种生物的原始带原者，把喀迈拉带到太空站上来的吗？或者它们只是意外的受害者，因为暴露在太空站上别的东西前，而受到感染的？

另外，最后那只老鼠还活着吗?

她拉出抽屉式架子，看着笼子里剩下的那只老鼠。

她的心往下一沉。那只老鼠死了。

这只一边耳朵被咬烂的母鼠，爱玛已经逐渐把它当成斗士了。纯粹凭着一股顽强，这个好斗的幸存者比其他笼友都活得更久。此刻爱玛望着那个死沉沉的身体飘浮在笼子另一头，感觉到一股突如其来的深切哀痛。它的腹部已经肿起。得赶紧把这个尸体拿走，和其他被污染的垃圾一起丢掉。

她把笼子跟手套箱接合，双手伸进手套里，去抓那只老鼠。她的手指才刚握住它，那尸体就忽然开始乱扒着复活了。爱玛惊讶得尖叫，松开了手。

那老鼠翻过身来，瞪着她，胡须不耐地抽动着。

爱玛吃惊地大笑一声。“原来你没死。”她喃喃道。

“沃森！”

她转向刚刚传出声音的对讲机。“我在实验舱。”

“快来这里！俄国服务舱这边。尼可莱在发作！”

她飞出实验舱，在舱壁间反弹着，冲向俄国那一头。进入俄国服务舱后，她第一个看到的是其他同事的脸，即使在护目镜后头，他们的惊骇还是很明显。然后他们让到一旁，她看到了尼可莱。

他的左手臂正在痉挛地抽搐着，力气大得整个约束板都在颤抖。癫痫在他身躯左半边往下蔓延，左腿也开始猛踢。随着癫痫势不可挡地蔓延到全身，他的臀部歪了，往上推离约束板。他扭动得愈来愈严重，手腕的约束皮带把他的皮肤刮出血来。爱玛听到一个可怕的喀啦声，他的左前臂骨折了。右手腕的约束带被挣开，他不受拘束的手臂拍击着。手背的骨头和肉猛拍着板子边缘。

“把他按住！我要帮他打烦宁镇静剂！”爱玛喊道，手忙脚乱地在医药箱内翻找。

格里格斯和卢瑟一人抓住一边手臂，但就连卢瑟也按不住尼可莱。他那只没绑住的手臂像根鞭子似的扬起，把卢瑟挥到一旁。卢瑟翻滚着，一脚扫到黛安娜的脸颊，把她的护目镜撞歪了。

尼可莱的头忽然猛往后头的板子撞。他咕噜噜吸了口气，上涨的胸部充满空气，然后从喉咙里咳出来。

一口痰喷洒而出，飞到黛安娜脸上。她厌恶地哀叫一声，松开了手往后飘，擦拭暴露在外的眼睛。

一团蓝绿色的黏液飞过爱玛身边。在那一团凝胶状里头，有个梨子状的核仁。直到它飘过灯光系统的照明器，爱玛才明白那是什么。如果把一颗鸡蛋对着烛火，就可以看到蛋壳里面的内容。现在照明器就像是蜡烛，它的光亮穿透了核仁外不透明的薄膜。

在里头，有个活生生的东西在移动。

心脏监视器发出尖锐的长鸣。爱玛转头看着尼可莱，发现他已经停止呼吸。监视器上只有一条水平的直线。

八月十六日

杰克把通讯耳麦戴到头上。现在控制中心后方的小房间里只剩他一个人，这段谈话应该是保密的，但他知道他和爱玛今天所谈的，还会有其他人听到。他猜想，现在所有对太空站的通讯，都有空军和美国太空司令部在监听。

他说：“通讯官，我是飞航医师。我准备好要进行私人家庭会议了。”

“收到，飞航医师，”通讯官说，“地面控制官，地对空频道进入保密状态。”暂停一下，然后：“飞航医师，可以进行私人家庭会议了。”

杰克的心脏怦怦跳。他深吸一口气说：“爱玛，是我。”

“如果我们把他带回去的话，他可能还活着，”她说，“他可能还有机会。”

“取消撤离的人不是我们！航天总署的决定一再被推翻。我们一直在争取要让你们尽快回来。只要你们撑下去——”

“来不及了，杰克。”她静静地说，一副实际的口吻。那些话让他冷入骨髓。“黛安娜感染了。”她说。

“你确定吗？”

“我刚刚检查过她的淀粉酶，指数在上升。我们正在观察她，等着第一批症状出现。那玩意儿之前飞得舱房里到处都是。我们清理过了，但不确定还有谁暴露了。”她暂停一下，他听得到她颤抖的吸气。“你知道吗，那些你在安迪和吉尔体内看到的东西、你原先以为是囊肿的？我在显微镜底下切开一个，刚刚把照片传回生命科学中心了。那不是囊肿，杰克。也不是孢子。”

“那是什么？”

“是卵。里头有东西，正在生长。”

“生长？你是说，那是多细胞生物？”

“没错，我的意思就是这样。”

他愣住了。他本来假设他们在对付的是一种微生物，顶多就是单细胞的细菌。人类最致命的死敌向来就是微生物——细菌、病毒和单细胞原生动物，小到人类的肉眼看不见。如果喀迈拉是多细胞生物，那就远比单纯的细菌要高太多等级了。

“我看到的那个还没成形，”她说，“比较像是一群细胞，但是有血管。还有可收缩的动作。好像整个东西在搏动，就像心肌细胞的培养。”

“或许那真的是培养。一群单细胞粘在一堆而已。”

“不。不是的，我想那是同一个生物。而且还很幼小，还在成长中。”

“长大会变成什么？”

“陆军传染院知道，”她说，“这些东西是在平井健一的尸体里长大的。分解了他的器官。他的尸体爆裂时，这些东西一定溅得整个轨道飞行器里到处都是。”

当初军方立刻把轨道飞行器隔离了，杰克心想，回忆起那些直升机，还有那些穿着太空衣的人。

“它们也在尼可莱的尸体里生长。”

他说：“丢弃他的尸体，爱玛！千万别耽误时间。”

“我们正要丢。卢瑟在准备要把尸体从气密舱丢出去。我们只能希望太空的真空状态能杀死这个玩意儿。这是个历史事件，杰克。第一个埋葬在太空的人类。”她发出怪异的笑声，但很快就恢复沉默。

“听我说，”他说，“我会带你回家的。就算要我自己搭上一艘火箭上去接你都行。”

“他们不会让我们回地球的。现在我明白了。”

他从没听过她的口气如此丧气，因而觉得愤怒又绝望。“别在我面前这么懦弱，爱玛！”

“我只是务实罢了。我看过敌人，杰克。喀迈拉是一种复杂的多细胞生物。它会动，会繁殖。它利用我们的DNA、我们的基因，来对抗我们。如果这是利用生物工程制造出来的生物，那么那些恐怖分子刚刚制造出最完美的武器了。”

“那他们一定也设计出了一种防御的办法。没有人会释出一种新武器，却不晓得如何保护自己抵挡这种武器的。”

“说不定是个狂热分子做出来的。这个恐怖分子唯一感兴趣的就是杀人——很多很多人。而这个喀迈拉就可以做到。它不光会杀人，还会繁殖、扩散。”她暂停一下，声音里有深深的倦意。“在这样的情况下，很明显，我们没法回地球了。”

杰克拔掉通讯耳麦，脸埋在双手里。他独自坐在那个小房间里好久，爱玛的声音依然回荡在他心中。我不知道该怎么救你，他心想。连从哪里开始着手都不知道。

他没听到门打开，直到酬载处的丽兹·吉昂尼喊他的名字，他才终于抬起头。

“我们查到一个名字。”她说。

他困惑地摇摇头。“什么？”

“我跟你们说过，我要查出哪个实验因为霉菌过度繁殖而被销毁了。结果是一个细胞培养。研究主持人是海伦·柯尼格，一位加州的海洋生物学家。”

“她怎么样？”

“她失踪了。两个星期前，她从她任职的海洋科学公司实验室辞职。从此没有人晓得她的下落。另外，杰克，精彩的在这里。我刚刚跟海洋科学公司的一个人谈过。她说联邦调查员在八月九号突袭柯尼格的实验室，带走她所有的档案。”

杰克坐直了身子。“柯尼格的实验是什么？她送上去的是哪种细胞培养？”

“一种单细胞海洋生物。叫做古生菌。”

21

“原先预定的实验期间应该是三个月，”丽兹说，“要研究古生菌在微重力状态下如何繁殖。但是那些培养开始出现一些怪异的结果。生长迅速，成团块状结构。繁殖速度快得吓人。”

他们沿着约翰逊太空中心园区里一条迂回的小径往前走，经过了一个喷水池，里头的水花喷洒到沉滞无风的空气中。这一天闷热得令人难受，可是他们觉得在外面谈话比较安全；至少可以私下谈话。

“在太空里，细胞的表现会不一样。”杰克说。这一点正是把细胞实验送上太空站的原因。在地球上，组织会长成平的，像床单一样，盖住培养皿的表面。但在太空，由于缺乏重力，让组织可以朝三度空间生长，呈现出地球上不可能的形状。

“这些发展很令人兴奋，”丽兹说，“没想到实验在六个半星期前就忽然叫停。”

“是谁叫停的？”杰克问。

“海伦・柯尼格直接下令的。那些古生菌样本后来交由亚特兰提斯号带回地球，她分析之后显然发现，这个实验被霉菌污染了，于是下令把太空站上的培养给销毁。”

“结果销毁了吗？”

“销毁了。但诡异的是销毁的方式。通常碰到非危害性的生物时，都只是把东西装袋、扔到受污染的湿垃圾里。但柯尼格要求他们把培养放在坩埚里焚毁，然后再把灰烬扔掉。”

杰克停下来瞪着她。“如果海伦·柯尼格是生物恐怖分子，那为什么要摧毁自己的武器？”

“你的猜测跟我一样。”

他想了一会儿，试图找出合理的解释，却一个都想不出来。

“有关她的实验，再多告诉我一些吧，”杰克说，“古生菌到底是什么？”

“佩绰维奇和我查阅了科学文献。古生菌是一种怪异的单细胞生物，被称之为‘嗜极生物’，意思是喜欢极端的环境。这种生物在二十年前才被发现，它们生存并繁衍的地方，是在海底靠近滚烫的火山口。另外在南北极冰帽底下和地壳深处的岩石里面，也发现了这种生物。都是你以为生命不可能存在的地方。”

“所以它们有点像是耐寒的细菌？”

“不，两者是完全不同的生物分支。从名称上，古生菌的意思就是古代的生物。非常古老，起源年代可以追溯到全世界所有生命的祖先。当时连细菌都还没出现。古生菌是地球的第一批居民，大概也是最后能存活下来的。无论发生了什么事——核子大战、彗星撞地球——在我们灭绝之后许久，它们还是会存在。”她暂停一下。“就某种意义来说，它们是地球最终极的征服者。”

“它们有传染性吗？”

“没有。对人类无害。”

“那么，这就不是我们要找的杀手生物。”

“但如果那份培养里面，其实是其他别的东西呢？如果她把酬载运给我们之前，拿别的生物掉包了呢？我觉得很有趣的是，这个危机正愈演愈烈时，海伦·柯尼格也碰巧消失了。”

杰克好一会儿都没说话，专心思索海伦·柯尼格为什么会忽然下令，把自己的实验品焚毁。他回想起戈登·欧比开会时说过的话。或许这根本不是破坏行动，而是同样可怕的——是个错误。

“这还没完呢,”丽兹说,“这个实验还有别的引起我的注意。”

“是什么？”

“得到资金的方式。凡是来自航天总署以外的实验，就得互相竞争，争取太空站的空间。科学家要填申请书，解释这个实验可能的商业用途。我们会审核这些申请，然后请各个委员会讨论，最后挑出优先可以上去的。这个过程要很久——至少一年，或更久。”

“那个古生菌的申请花了多久？”

“六个月。”

杰克皱起眉头。“这么快？”

丽兹点点头。“走快速管道。不必像大部分实验那样，争取航天总署的资助。商业上可以报销，有人付费把这个实验送上去。”

这其实是航天总署筹措国际太空站经费的方式之一——把太空站的酬载空间卖给商业用户。

“那为什么一个公司会花大钱——真的是很多钱——去培养一个基本上是没有价值的生物呢？科学上的好奇？”她怀疑地冷哼一声。“我可不认为。”

“付钱的是哪家公司？”

“柯尼格博士工作的那家。加州拉荷亚的海洋科学公司。他们的业务是开发来自海洋的商业产品。”

原本绝望中的杰克，忽然感觉到一丝曙光。现在他有信息可以着手，有个可以行动的计划了。至少他可以做点事情。

他说：“我需要海洋科学公司的地址和电话，还有你谈过那个职员的名字。”

丽兹轻快地点了个头。“没问题，杰克。”

八月十七日

黛安娜从不得安宁的睡眠中醒来，她的头好痛，刚刚的那些梦依然笼罩在她心头。她梦到英格兰，她童年在康瓦尔郡的家。梦到了通往前门那条整齐的砖彻小径，门上方的蔓性玫瑰悬垂下来。在她的梦里，她推开了那扇小小的栅门，门就像往常一样发出吱呀声，铰链该上油了。她沿着小径走向石砌小屋。再走六步就到前门廊，可以推门进屋了。然后她可以喊着我到家了，终于到家了。她想要母亲的拥抱，母亲的原谅。但那六步变成十二步。又变成二十四步。她始终到不了那栋石砌小屋，脚下的小径延伸得愈来愈长，直到屋子后退得像个玩具屋那么小。

黛安娜两只手臂往前伸，然后醒来，喉咙冒出一声绝望的呼喊。

她睁开眼睛，看到迈克尔·格里格斯盯着她。尽管他的脸有部分被防护口罩和护目镜遮住而看不清，但她看得出他的表情很震惊。

她拉开睡袋拉链，飘到俄国服务舱的另一头。但在看到镜中的自己之前，她就晓得会看到什么了。

一片鲜红色溅满了她左眼的眼白。

爱玛和卢瑟一起飘浮在灯光黯淡的实验舱，两人压低了嗓子讲话。太空站里大部分的地方依然电力不足；只有俄国那半边因为有独立的电力供应系统，所以仍然处于电力正常模式。美国这半边褪成了一片幽暗隧道所组成的诡异迷宫，在昏暗的实验舱里，最亮的光源就是计算机屏幕，上头现在显示着环境控制与维生系统的图表。爱玛和卢瑟已经很熟悉这套系统了，在地球受训时，他们就已经熟记其中的各个组成部分和子系统。现在他们有个急迫的原因要检视整个系统。太空站有某种接触性传染病，而他们无法确定整个太空站是否都受到污染了。之前尼可莱咳嗽时，把那种生物的卵喷得整个俄国服务舱到处都是，当时的舱门是开着的。几秒钟之内，太空站里原本设计来防止空气滞留的循环系统，就会把那些空中的小水滴传送到太空站的其他地方。但环境控制系统会一如设计，把那些空中的微粒过滤掉吗？或者现在这种传染病已经遍及各处，每个舱都有了？

计算机屏幕上是太空站气流进出的图表。氧气由几个独立的来源提供，主要来源是俄罗斯的电子生成器，可以把水电解为氢气和氧气。备用来源则是一个使用化学性药筒的固体燃料生成器，还有太空梭所补充的氧气储存槽。一套管线系统会把氧气和氮气混合，输送到太空站各处，另外各舱之间有风扇，以保持空气循环。抽风风扇里面装了刷子和滤网，可以去除掉二氧化碳、水，以及空气中的微粒。

“这些高效能微粒空气滤净器，应该会在十五分钟内就收集到每个经过的卵或幼体。”卢瑟说，指着计算机图表中的高效能微粒空气滤净器。“这个系统发挥了 99.9% 的效率。任何大于三分之一微米的东西，都应该会被过滤下来。”

“如果那些卵是在空中的话，”爱玛说。“问题是，它们会依附在各种表面上。而且我一直看到它们在移动。它们可以爬进缝隙，躲在镶板后面我们看不到的地方。”

“要拆开每一片镶板去找，得花上好几个月时间。就算全部拆开来看过后，我们可能还是会漏掉几个。”

“别去想拆掉镶板了吧，没希望的。我会换掉其他空气滤净器的滤网，明天再检查一次微生物空气样本。我们必须假设这样就够了。但如果那些幼体爬进了电路管线，我们绝对找不到它们。”她叹了口气，疲倦得连思考都很吃力。“无论我们怎么做，可能都没有差别。一切说不定都太迟了。”

“对黛安娜来说，肯定太迟了。”卢瑟轻声说。

今天，黛安娜的双眼已经出现眼白出血了。她现在被安置在俄国服务舱。舱口挂着一面塑料布，每个人都要戴着过滤式口罩和护目镜才能进去。根本没有用，爱玛心想。他们所有人都呼吸着同样的空气，也都碰触过尼可莱。或许他们全都已经感染了。

“我们必须假设，俄国服务舱现在被污染的状况，是完全没药救了。”爱玛说。

“在所有可以居住的舱房里，那是唯一电力供应正常的。我们不能把那边完全关闭。”

“那么我想，你知道我们必须怎么做了。”

卢瑟疲倦地叹了口气。“再来一次太空漫步。”

“我们得让这半边的太空站恢复正常电力供应。”她说，“你得把那个贝塔转轴头的修理工作完成，否则我们就会面临大灾难了。要是我们现在的电力供应再出什么错，接下来就会失去环境控制系统，或者导航计算机组。”俄国人以前都把这种情形称之为“棺材状况”。太空站没有电力以确定方位，就会开始失控地旋转。

“就算我们能恢复正常电力，”卢瑟说，“也还是解决不了真正的问题——就是生物污染。”

“如果我们可以把污染限制在俄国那半边——”

“可是幼体现在正在她身上孵化！她就像个炸弹，等着要爆炸。”

“等到她一死，我们就立刻把她的尸体丢出去，”爱玛说，“在她释放出任何卵或幼体之前。”

“这样可能还不够快。尼可莱还活着的时候，就咳出那些卵了。如果我们等到黛安娜死掉……”

“那你的建议是什么，卢瑟？”格里格斯的声音把他们两个都吓了一跳，他们转过身来看着他。他在门口瞪着他们两人，黑暗中的那张脸闪着微光。“你是说，要把她活活推出去吗？”

卢瑟飘进黑暗更深处，好像要避开攻击。“天啊，我不是那个意思。”

“那你是什么意思？”

“我只是说，那些幼体——我们知道在她体内。我们知道只是迟早的问题。”

“或许我们体内全都有了那些幼体。或许它们就在你体内。现在正在生长、壮大。那我们应该把你丢出去吗？”

“如果这样能防止它们扩散的话，那就丢啊。听我说，我们都知道她快死了，没有办法救得了她。我们得预先想好——”

“闭嘴！”格里格斯扑过来，抓住卢瑟的衬衫。两个男人撞到舱壁上，又弹出来。他们在半空中转了又转，卢瑟想撬开格里格斯的双手，但格里格斯就是不肯放。

“别闹了！”爱玛喊道，“格里格斯，放开他！”

格里格斯松手，两个男人飘浮着分开，还是喘得很厉害。爱玛飘到他们两个中间，像裁判似的。

“卢瑟说得没错，”她对格里格斯说，“我们得预先想好。有些事我们可能不想做，但是也没办法。”

“如果换作是你呢，沃森？”格里格斯吼回去，“如果我们在讨论要怎么处理你的尸体，你会作何感想？你希望我们多快把你装进尸袋丢掉？”

“我会希望你们拟定这些计划！现在还有其他三条人命遭受到威胁，这点黛安娜也知道的。我正在尽力保住她的命，但眼前，我根本不晓得什么办法有用。我只能给她打满抗生素，等待休斯敦给我们一些答案。在我看来，我们现在只能靠自己。我们得做好计划，为最坏的状况做准备。”

格里格斯摇摇头。他的眼圈发红，憔悴的脸充满哀伤。他轻声说：“还能更坏了吗？”

爱玛没回答。他看着卢瑟，在他眼中看到了跟自己同样的思绪。最坏的状况还没到呢。

“国际太空站，飞航医生正在待命，”通讯官说，“请说，太空站。”

“杰克？”爱玛说。

结果响应的是托德·卡特勒，令她很失望。“是我，爱玛。杰克已经离开约翰逊太空中心，今天不会再进来。他和戈登去加州了。”

该死，杰克。她心想。我需要你啊。

“我们这里都赞成你们进行舱外活动，”托德说，“非进行不可，而且要快。我的第一个问题是，卢瑟·埃姆斯状况怎么样？身体和心理上，都能胜任吗？”

“他很累。我们全都很累。过去二十四小时我们几乎都没睡觉，忙着清理舱房。”

“如果让你们休息一天，他有办法进行舱外活动吗？”

“眼前，休息一天好像是个不可能的梦。”

“可是这样的时间够吗？”

她想了一会儿。“我想应该够。他只是得补充睡眠而已。”

“好。那么接下来我要问第二个问题。你可以胜任舱外活动吗？”

爱玛惊讶地停顿了一下。“你要我去当他的同伴？”

“我们不认为格里格斯能胜任。他已经取消跟地面所有的通讯。我们的心理学家认为他眼前的状况太不稳定了。”

“他很难过，托德。而且很怨你们不让我们回地球。你们可能不晓得，但他和黛安娜……”她暂停下来。

“我们知道。而且这些情绪也严重破坏了他的能力，会提高舱外活动的危险性。所以你得当卢瑟的同伴。”

“那太空衣呢？其他舱外活动太空衣对我都太大了。”

“联合号上还有一件俄国制的海鹰太空衣。那是以前艾莲娜·莎维茨卡雅穿过的，几次任务前留在那儿。艾莲娜的身高和体重跟你差不多，你穿应该会合身。”

“这是我第一次舱外活动。”

“你受过无重力环境的整套训练，不会有问题的。卢瑟只需要你在旁边协助而已。”

“那我的病人怎么办。如果我在外头进行舱外活动，谁来照顾她？”

“格里格斯可以帮她换静脉注射液，做一些基本的照顾。”

“如果有医疗危机呢？如果她开始抽搐呢？”

托德平静地说：“她快死了，爱玛。不管你做什么，都改变不了这个事实。”

“那是因为你们不给我任何有用的信息去想办法！你们比较有兴趣的是让这个太空站继续运作！你们好像比较关心那些该死的太阳能板，而不是我们这些人。我们得找出治愈的方法，托德，不然我们全都会死在这里。”

“我们没有治愈的方法。还没有——”

“那就让我们回家啊！”

“你以为我们想把你们留在上头吗？你以为我们有办法吗？这里就像纳粹党的高压统治！他们派了一堆空军的混蛋在任务控制中心到处站岗，而且——”

他忽然没声音了。

“医师？”爱玛说，“托德？”

还是没回答。

“通讯官，我没有医师的讯号了。”爱玛说，“我得跟他恢复通讯。”

暂停了一下，然后，“请稍等，太空站。”

感觉上好像等了好久。托德的声音终于又传来时，变得比较小声，似乎很胆怯，爱玛心想。

“他们在听，对吧？”她问。

“这点是可以确定的。”

“这次通话应该是私下的医药会谈！是保密的！”

“再也没有什么保密了。记住这点。”

她艰难地吞咽着，压抑自己的愤怒。“好吧，我就不抱怨了。告诉我，你们对这个生物有什么了解。看我可以利用什么来对付它。”

“恐怕能告诉你的不多。我刚刚才跟陆军传染院谈过，跟一位艾札克·罗蒙医师，他负责这个喀迈拉专案。他没有什么好消息。他们所有的抗菌和抗蠕虫试验都失败了。他说喀迈拉有太多外来的DNA，现在整个基因组其实最接近哺乳动物，而不是其他的生物。这表示任何我们用来对付它的药物，也会摧毁我们自己的身体组织。”

“他们试过抗癌药物吗？这个生物繁殖得好快，就像肿瘤一样。我们可以用抗癌药物来试试看吗？”

“陆军传染院试过抗有丝分裂药物，希望能在细胞分裂的阶段杀掉它。很不幸，需要的剂量太高了，到最后也会害死宿主。整个胃肠黏膜会脱落，宿主动物会大量出血。”

你所能想象最可怕的死法，爱玛心想。肠子和胃部会大量出血，从嘴巴和直肠排出。她在地球上看过病人这样死掉。在太空，状况还会更恐怖，巨大的血球会充满舱房，像一颗颗鲜红的气球，溅在每个表面、每个人员身上。

“所以什么都没用了。”她说。

托德没吭声。

“有什么治愈方法吗？不会害死宿主的？”

“他们只提到一个。但罗蒙认为那只有短期效果，无法治愈。”

“是什么样的疗法？”

“高压舱。需要至少十个大气压力。等于是潜水到超过三百多尺深。受感染的动物持续待在这样的高压下，暴露六天以后还活着。”

“至少要十个大气压力吗？”

“要是再少，传染病就会继续发病，宿主会死掉。”

她挫败地喊了一声。“就算我们能把压力打到那么高，十个大气压力也超过太空站的承受极限了。”

“只要两个大气压力，就会造成舱壳变形，”托德说，“更何况，你们需要的是氢氧混合的空气，但在太空站无法复制。所以我刚刚才不想提。以你们现在的状况，这个信息根本没用。我们已经在想办法，看能不能运个高压舱到太空站去，但这么笨重的设备——要有办法制造出这么大的气压——只有奋进号的货舱才有办法运。问题是，现在奋进号不是水平状态，要花至少两个星期，才能把压力舱装上去发射。这表示轨道飞行器要对接在太空站。发现号和上面的人员会暴露在你们的污染之下。”他暂停。“陆军传染院说这个办法不行。”

爱玛沉默了，她的挫败转为愤怒。他们唯一的希望就是高压舱；但要使用高压舱，他们就得回到地球。这个办法也不行。

“这个信息一定能加以利用的，”她说，“解释给我听。为什么高压治疗有用？为什么陆军传染院会想到要用这个来测试？”

“我问过罗蒙医师同样的问题。”

“结果他怎么说？”

“他说这是一种新的怪异生物，所以我们得考虑非传统疗法。”

“他没有回答你的问题。”

“他只能跟我说这么多。”

十个大气压力已经接近人类所能承受的上限了。爱玛很喜欢水肺潜水，但她也从来不敢潜到一百二十尺以下。若是潜到三百尺的深度就太不知死活了。陆军传染院为什么要测试这么极端的压力呢?

他们一定有个原因，她心想。他们掌握了这种生物的某些信息，才会认为这个方法可能有用。

但他们不肯告诉我们这个信息。

22

难怪大家说戈登·欧比是狮身人面像，在他们飞到圣迭戈的这一路上，这个绰号的原因再明显不过了。他们从艾林顿机场开着一架 T–38 喷射教练机离开，欧比担任驾驶员，杰克则挤在后头唯一的乘客座。他们在空中几乎没交谈，这点并不意外。T–38 喷射教练机上头并不适合交谈，因为乘客和驾驶员的座位是一前一后，就像两颗豆子挤在一个豆荚里。但就连中间在艾尔帕索暂停加油时，两人爬出飞机，伸展一下在狭窄飞机上挤了一个半小时的四肢，杰克还是没法逗欧比讲话。只有一次，他们站在柏油跑道上，喝着机棚贩卖机买来的胡椒博士汽水时，他自动说了句感想。当时他眯起眼睛看着过午的太阳，然后说："如果她是我太太，我也会吓得半死。"

然后他把空罐扔进垃圾桶，走回飞机。

降落在圣迭戈国际机场后，由杰克驾驶租来的车子，往北沿着五号洲际高速公路开到拉荷亚。一路上戈登几乎都没说话，只是看着窗外。杰克向来觉得戈登比较像个机器，而不是人类，于是他想象着戈登计算机般的脑子里，把沿途风景当成点滴数据般处理：山丘。高架桥。住宅开发区。虽然戈登也是宇航员出身，但宇航员小组里没有人真正了解他。所有社交活动他都会尽责出席，但只是独自站在一边，独自安静地喝着他最喜欢的胡椒博士汽水，不会喝任何酒精类饮料。他似乎对自己的沉默怡然自得，接受了这是自己个性的一部分，就像他接受自己滑稽的招风耳和烂发型。如果没人真正了解戈登·欧比，那也是因为他看不出有什么理由要显露真正的自己。

这也是为什么他在艾尔帕索的那句感想，让杰克很惊讶。如果她是我太太，我也会吓得半死。

杰克无法想象狮身人面像会有害怕的时候，也无法想象他结婚。据他所知，戈登一直是单身。

等到他们沿着拉荷亚的海岸线迂回北上时，午后的雾气已经从海上飘来。他们差点错过了海洋科学公司的入口；那条岔路前只有一个小标示牌，往下的路似乎通到一片尤加利树林。他们开了半英里，才看到那栋建筑物，是一栋超现实、几乎像堡垒的白色水泥复合式建筑，俯瞰着底下的海面。

一个穿着白色实验袍的女人来接待柜台迎接他们。“我是丽贝卡·古尔德，”她说，跟他们握手。“我跟海伦的办公室在同一条走廊。我早上才跟你通过电话。”丽贝卡一头短发和矮胖的身材，看起来很中性，就连低沉的嗓音都很男性化。

他们搭电梯到地下室。“我还是不太明白你们为什么坚持要来这里，”丽贝卡说，“我在电话里也跟你说过了，陆军传染院已经把海伦的研究室清过了。”她指着一扇门。“你们可以自己进去看看，里头没剩什么了。”

杰克和戈登走进实验室，沮丧地看了一圈。空的档案柜抽屉没关上。架子和长桌上的所有设备都被清空了，连一个试管架都没留下。只有墙上的装饰品没拿走，大部分都是裱框的旅游海报，里头是诱人的热带海滩和棕榈树，还有褐色皮肤的女人在阳光下发亮。

“他们来的那天，我就在走廊前面我的实验室里。听到这边吵吵闹闹的，还有玻璃碎掉的声音。我走到我门口往外看，看到几个男人用推车运走档案和计算机。他们搬走了所有东西。装着细胞培养的培养器，海水样本架，就连她养在那个玻璃箱里的几只青蛙都拿走了。我的助理想阻止他们，还被拖到旁边问话。于是我当然就打电话到楼上加布里埃尔博士的办公室。”

“加布里埃尔？”

“帕尔默·加布里埃尔。我们公司的董事长。他亲自下来，带着一位海洋科学公司的律师。他们也阻止不了，那些军人就是带着他们的纸箱进来，把所有东西搬走。他们还连我们员工的午餐都拿走了！”她打开冰箱，指着里头空荡的架子。“我不晓得他们以为能查出什么。”她转过身来面对他们。“也不晓得为什么你们会来这里。”

“我想我们都在找海伦·柯尼格。”

“我说过，她辞职了。”

“你知道为什么吗？”

丽贝卡耸耸肩。“陆军传染院的人也一直在问。问她是不是很气海洋科学公司，是不是精神不稳定，但我完全看不出来。我觉得她只是累了。在这里一周工作七天，天晓得这样持续了有多久，我想她就是精疲力尽了。”

“现在没人找得到她。”

丽贝卡愤怒地昂起头。“离家出门几天又不犯法，这并不表示她就是生物恐怖分子。但陆军传染院把这里当成了犯罪现场，好像她在这里培养埃博拉病毒或什么的。海伦是研究古生菌的，这种海洋微生物根本对人类无害。"

"你确定这个研究室只研究古生菌？"

"我又没在监视海伦，怎么会晓得？我忙我自己的工作都来不及了。可是海伦还能做别的什么？她花了很多年在古生菌的研究上。送上国际太空站的那个品种，就是她发现的。她认为那是她个人的胜利。"

"古生菌有什么商业上的应用机会吗？"

丽贝卡犹豫了。"这我倒是不知道。"

"那么为什么要在太空研究这种生物？"

"你听过纯科学吗，麦卡勒姆医师？研究只是为了求知？古生菌是很神秘、很迷人的生物。海伦的那些古生菌，是在加拉巴哥海底裂谷找到的，靠近一个火山热泉喷口，深度一万九千尺。在六百个大气压力和沸点的温度之下，这种生物却蓬勃生长。这证明了生命多么能够适应环境。你很自然就会想知道，如果把这个生命形态带离原来极端的环境，放到一个比较友善的环境中，不晓得会发生什么事。没了几千磅的压力压垮它，甚至没有重力扭曲它的生长方向。"

"打岔一下，"戈登开口了，他们两个人都转过去望着他。他一直在实验室里面到处走，看看空抽屉和空垃圾桶。现在他站在墙上的海报旁，指着一张贴在相框角落的照片。上头是一架大飞机停在跑道上。机翼底下有两个飞行员对着镜头摆姿势。"这张照片是哪里来的？"

丽贝卡耸耸肩。"我怎么知道？这里是海伦的实验室啊。"

"这架是 KC-135。"戈登说。

现在杰克明白为什么戈登会注意到那张照片了。航天总署就是用 KC–35 这种飞机来模拟微重力的状况，以训练宇航员。当这种飞机飞出大抛物线时，就像空中的云霄飞车一般，每次可以制造出最多三十秒的失重状态。

“柯尼格博士的研究中，有用到 KC–135 吗？”杰克问。

“我知道她去过新墨西哥州的一个机场，待了四星期。但是不晓得那边是用什么飞机。”

杰克和戈登交换着意味深长的眼色。四个星期的 KC–135 研究，那可是一大笔花费。

“像这样的费用，会是谁授权的？”杰克问。

“一定是加布里埃尔博士亲自批准的。”

“我们可以跟他谈谈吗？”

丽贝卡摇摇头。“他可不是随时见得到的。就连在这里工作的科学家，都难得看到他。他在全国各地都有研究机构，所以说不定现在根本不在这边。”

“再问个问题，”戈登插话。他已经走到那个空的玻璃箱上方，这会儿正往下看着箱底排列的青苔和圆石。“这里头本来是养什么的？”

“几只青蛙。刚刚我说过了，记得吗？是海伦的宠物。陆军传染院也带走了。”

戈登忽然直起身子来看着她。“哪种青蛙？”

她诧笑起来。“你们航天总署的人，老是问这种奇怪的问题吗？”

“我只是很好奇，什么样的青蛙会被养来当宠物。”

“我想那是某种豹蛙。至于我，我建议养只贵宾狗，比较不会黏答答的。”她看了手表一眼。“那么，两位，还有其他问题吗？”

“我想应该是没有了，谢谢。”戈登说。然后他没再多说一个字，就走出了实验室。

他们坐在租来的那辆车上，海雾正旋转着经过车窗外，玻璃蒙上了一层湿气。豹蛙，杰克心想，北美豹蛙。喀迈拉基因组里的三个物种之一。

“它就是从这里来的，”他说，“这个实验室。”

戈登点点头。

“陆军传染院一个星期前就知道这个地方了，”杰克说，“他们是怎么发现的？他们怎么知道喀迈拉的来源是海洋科学公司？一定有个办法，可以逼他们跟我们分享信息。”

“如果牵涉到国家安全，那就没办法了。”

“航天总署不是他们的敌人啊。”

“说不定他们认为我们是。说不定他们相信威胁就来自航天总署内部。”戈登说。

杰克看着他。“我们内部的人？”

“国防部不让我们参与机密，有两个原因，这是其中之一。”

“那另外一个原因呢？”

“因为他们是混蛋。”

杰克笑了起来，往后靠在座位上。有好一会儿，两个人都没说话。这一天把他们累坏了，但他们还得飞回休斯敦。

“我觉得自己好像对着空气挥拳，”杰克说，一手抚着双眼。“我不晓得我在跟什么对打，但也不能不奋战下去。”

“换了我，也不会放弃她这样的女人。”戈登说。

他们两个都没提名字，但都晓得说的是爱玛。

“我还记得她到约翰逊太空中心的第一天，”戈登说。在雾湿车窗外透进来的黯淡光线中，戈登那张平凡的脸在灰暗的背景中也一片灰暗。他一动也不动，双眼看着正前方，忧郁又没有色彩。“他们的第一堂宇航员课程是我上的。我看着整个教室的新面孔。她就坐在那儿，第一排中间的位子。不怕被点名，不怕被羞辱。什么都不怕。”他暂停下来，轻轻摇了一下头。“我不想派她上去。每回她被选中出任务，我都想把她的名字划掉。不是因为她不够优秀，老天，绝对不是。我只是不想看着她登上发射台，因为我知道我所晓得的一切都可能出错。”他忽然停住。杰克从来没听过他一口气说这么多话，也没见过他表露那么多情感。但他说的一切，杰克都不觉得意外。他想着爱玛种种让自己喜爱之处。谁会不爱她呢？他心想。连戈登·欧比都不例外。

他发动车子，雨刷刮掉湿雾，挡风玻璃一片清晰。现在已经五点了，他们得在黑夜里飞回休斯顿。他开出停车格，驶向出口。

才开了一半，戈登说：“搞什么鬼啊？”

在雾中，一辆黑色房车高速冲向他们，杰克猛踩下刹车。接下来第二辆车也发出尖响驶入停车场，然后滑行着停下，前保险杠正好贴着他们的。四名男子下了车。

杰克旁边的车门被拉开，他全身僵住。一个声音命令道：“两位，请下车。两个都是。”

“为什么？”

“马上下车。”

戈登轻声说：“依我看，这是没得商量的。”

他们两个不情不愿地下了车，对方很快把他们全身拍搜一遍，拿走了他们的皮夹。

“他想跟两位谈谈。进去后座吧。”开口的那名男子指着一辆黑车。

杰克回头看了那四名男子一眼。抗拒无效大概可以总结他们的状况。他和戈登走到那辆黑车旁，进了后座。

一名男子坐在前座。他们只能看到他的后脑勺和肩膀。他一头浓密的银发往后梳，身穿灰色西装。他旁边的车窗玻璃迅速往下降，两个被没收的皮夹递进来交给他。他又把车窗关上，不让外头看见车里的动静。有两三分钟，他只是审视着皮夹里装的东西。然后他转过头来面向后座。他的眼珠是深色的，简直像黑曜石，而且好像不会反光，只是两个吞没光线的黑洞。他把皮夹扔到杰克的膝上。

"原来两位是大老远从休斯敦来的。"

"一定是在艾尔帕索转错弯了。"杰克说。

"航天总署的人跑来这里做什么？"

"我们想知道，你们送上去的那份细胞培养到底是什么。"

"陆军传染院的人已经来过了。他们把那地方清得一干二净，什么都拿走了。柯尼格博士的研究档案，她的计算机。如果你们有任何问题，我建议该去问他们才对。"

"陆军传染院不肯跟我们谈。"

"那是你们的问题，不是我的。"

"海伦·柯尼格是你的员工，加布里埃尔博士。你难道不晓得你的实验室里面在进行什么吗？"

从对方的表情里，杰克知道自己猜对了。这位就是海洋科学公司的老板，帕尔默·加布里埃尔。尽管他的姓跟圣经里的天使加百列（Gabriel）一样，但他的双眼却毫无亮光。

"我手下有几百个科学家员工。"加布里埃尔说，"我在麻州和佛罗里达都有研究机构，不可能知道那些实验室里面发生的所有事情，也不能为这些员工所犯的任何罪负责。"

“这可不是随便什么罪。这是生物工程制造出来的喀迈拉——这种生物已经害死一整组太空梭人员了。当初就是出自你的实验室。”

“我的研究员主持自己的计划。我不会插手。我自己也是个科学家，麦卡勒姆博士，我知道科学家完全独立自主时，工作才能做得最好。这种自由可以满足他们的好奇心。无论海伦做什么，都是她自己的事。”

“为什么要研究古生菌？她希望能发现什么？”

加布里埃尔的脸转回去往前看，他们又只看到他的后脑勺，还有那些往后梳的银发。“知识总是有用的。一开始我们可能看不出其中价值。比方说，知道海参的繁殖习性能有什么用处？但我们研究得知，可以从那些平凡无奇的海参中，萃取出很多珍贵的荷尔蒙。然后忽然间，海参的繁殖就变得很重要了。”

“那么古生菌有什么重要性呢？”

“问题就在这里，不是吗？我们在这里就是做这个。研究一种生物，直到我们晓得它的用处。”他指着他的研究机构，现在笼罩在迷雾中。“你们会发现它就在海边。我的所有建筑物都位于海边。这是我的油田。我就在这样的地方寻找下一种癌症新药，下一个神奇疗法。面对大海是完全合理的，因为我们人类就是源自大海。那是我们的出生地。所有的生命都源自大海。”

“你还没回答我的问题。古生菌有任何商业价值吗？”

“目前还在研究。”

“那为什么要送上太空？她在那些 KC-135 的飞行中，在无重力的状态下，发现了什么吗？”

加布里埃尔摇下车窗，朝外头的男子示意。后门被拉开。“请下车。”

“等一下，”杰克说，“海伦·柯尼格人在哪里？”

“她辞职以后，我就没有她的消息了。”

“她为什么要下令焚毁她那些细胞培养？”

杰克和戈登被拖出后座，推向他们自己的车子。

“她在怕什么？”杰克大喊。

加布里埃尔没回答。车窗摇上了，他的脸消失在暗色玻璃后方。

23

卢瑟打开人员室通往太空的舱门，让最后一丝空气泄入太空。“我先出去，”他说，“你慢慢来。第一次出去总是会觉得很可怕的。”

看到空荡门外的第一眼，让爱玛恐慌地抓住舱口边缘。她知道这种感觉很正常，而且会过去的。几乎每一个首次进行太空漫步的人，都会有这种恐惧所造成的短暂麻痹。他们的脑袋会难以接受广阔的太空，以及缺乏上与下的方向感。几百万年来的演化，让人类的脑部深深烙印着坠落的恐惧，现在爱玛竭力要克服的就是这点。种种直觉都告诉她，如果她放开手，如果她冒险踏出舱口，她就会尖叫着掉进无止境的坠落。但理性上，她知道这种事不会发生。她有安全绳连接着人员室。如果安全绳断了，她还可以利用喷射背包的推动力，让自己回到太空站。除非发生一连串独立的不幸事故，才可能导致大灾难。

但现在这个太空站正是如此，她心想。一连串不幸事故接踵而来。他们在太空里演出自己的铁达尼号。她甩不掉那种预感，老觉得还会有另一桩大灾难要发生。

他们已经被迫违反既定程序了。平常太空漫步前得先在气密舱的减压环境下过一夜，但他们这回只花了四小时。理论上，四个小时应该足以防止减压症的发生，但改变任何正常程序，都会增加额外的风险。

她深呼吸了几口气，觉得那种麻痹逐渐退去。

“你觉得怎么样？”她听到耳麦里传来卢瑟的问话。

“我只是……花点时间享受这片视野。”她说。

“没问题吧？”

“没问题。一切都很顺利。”她放开双手，飘出舱外。

黛安娜快死了。

格里格斯看着闭路电视上播放卢瑟和爱玛在太空站外工作的画面，心中愈来愈悲愤。工蜂，他心想。顺从的机器人，乖乖听休斯敦的命令行事。这么多年来，他也是一只工蜂。但现在他明白自己在更大格局下的位置。他和其他人一样，都是可以丢弃的。他只不过是个太空站的零件组，真正的功用就是维修航天总署这具伟大的硬件。我们可能全都要死在这儿了，但是没问题，长官，我们会把这个地方维持得井井有条！

他们别指望他了。航天总署背叛了他，背叛了他们所有人。让沃森和埃姆斯去扮演好士兵吧，他再也不陪他们玩了。

他唯一在乎的，就是黛安娜。

他离开居住舱，前往太空站俄罗斯那一端。他从舱口挂的塑料布底下穿过，进入了俄国服务舱。他没费事去戴上口罩和护目镜，有什么差别呢？他们反正都会死了。

黛安娜被绑在诊疗板上。她的双眼浮肿，眼皮膨胀。她一度平坦而结实的腹部现在鼓起来了。充满了卵，他心想。他想象那些卵在她体内长大，在那层苍白的皮肤之下扩大。

他轻触她的脸颊。她睁开充满血丝的双眼，努力想看清他的脸。

“是我，”他耳语道，看到她努力想挣脱绑住手腕的束缚带，于是抓住她的手。“你的手臂得固定才行，黛安娜。因为有静脉注射。”

“我看不到你。”她啜泣起来。“我什么都看不到。”

“我在这里。有我陪着你。”

“我不想这样死掉。”

他眨掉泪水，想骗她说她不会死，自己不会允许的，但张开嘴巴，却说不出话来。他们一向对彼此诚实，眼前他也不会对她撒谎。于是他什么也没说。

她说：“我从来没想到……”

“什么？”他柔声问。

“没想到……会发生这样的事。没机会当英雄。只是生病，一点用都没有。”她笑了一声，然后痛得皱起脸。“我本来以为，自己会死得轰轰烈烈……化为一道灿烂的火焰。”

灿烂的火焰。每个宇航员想象中，死在太空都会是这样。只要经历短暂的惊骇，就会死得很快。忽然减压或着火。他们从没想过眼前这样的死法，随着身体被另一种生物蚕食、分解，他们也缓慢而痛苦地衰弱下去。被地面人员遗弃，为了全人类更大的福祉而沉默地牺牲。

牺牲品。他自己可以接受，却无法接受黛安娜被遗弃。他无法接受自己即将失去她的事实。

难以相信的是，他们刚认识时，在约翰逊太空中心一起受训，他还以为她很冷漠又讨人厌，只是个自信过头的冰冷金发妞。她的英国腔也令他敬而远之，因为听起来优越感十足。比起他一口得州拖腔，要显得清脆而有教养。第一个星期时，他们彼此就看不顺眼，几乎没交谈过。

到了第三个星期，在戈登的坚持下，他们不情愿地讲和了。

到了第八个星期，格里格斯到她家。一开始只是喝杯酒，两个专业人士讨论他们即将来临的任务。然后专业谈话逐渐变成比较私人性质的谈话。谈到格里格斯不幸福的婚姻，还有他和黛安娜各式各样的共同兴趣。到最后，当然，不可避免的事情就发生了。

他们的恋情瞒着约翰逊太空中心的所有人。只有在这里，在太空站，其他同事才发现他们在交往。如果上太空之前有一丝怀疑，布兰肯希普绝对会把他们从任务中除名。即使是在这个时代，宇航员离婚依然是个污点。而如果离婚是因为跟另一个宇航员闹婚外情，那么以后就别想再出飞行任务了。格里格斯就会成为宇航员小组里的鬼魂，再也出不了头。

过去两年，他都爱着她。过去两年，每回躺在他熟睡的妻子身边，他都渴望着黛安娜，规划着以后两个人在一起的种种美景。有一天，他们会在一起的，即使他们得离开航天总署。就是这个梦，支撑着他熬过那些不快乐的夜晚。即使跟她在太空站的封闭空间里过了两个月，即使两人偶尔会发脾气，他还是爱着她。他还是没放弃那个梦，直到此刻。

“今天星期几？”她喃喃道。

“星期五。”他又开始抚着她的头发。“在休斯敦，现在是下午五点半了。快乐时光。”

她微笑。“感谢上帝，今天是星期五了。”

“他们现在正坐在酒吧里，吃洋芋片、喝玛格利特调酒。老天，我真希望来一杯烈一点的调酒，还有漂亮的夕阳。你和我，坐在湖边……”

她睫毛上晶亮的泪水几乎令他心碎。他再也不管生物污染了，再也不管自己也有感染的危险。他手上没戴手套，就去擦掉那些泪水。

“痛吗？”他说，“还需要更多吗啡吗？”

“不。省下来吧。”她没说的是，不久就会有其他人需要了。

“告诉我你想要什么。我能帮你做什么。”

“好渴，”她说，“听你讲那些玛格利特调酒的事情。”

他笑了一声。“我去调两杯吧。不含酒精的版本。”

“麻烦你了。”

他飘到小厨房旁，打开食物柜。里头装满了俄罗斯的补给品，跟美国居住舱那边的东西不太一样。他看到真空包装的腌鱼、香肠、各式各样俄罗斯主食，还有一小瓶伏特加——是俄罗斯人带上来的，表面理由是有医学用途。

这可能是我们共饮的最后一杯酒了。

他摇了些伏特加到两个饮料袋内，又把酒瓶放回柜子里。然后他在袋内加了水，把她那袋冲得比较淡，这样就几乎是非酒精饮料了。只是有点味道，他心想，带回一些欢乐的回忆。让她想起他们共度的那些夜晚，在她家露台上看着日落。他用力摇了摇两个饮料袋，好让水和酒混合。然后他转身过来面对她。

她嘴边冒出一个鲜红色的血球。

她在抽搐，双眼往后翻，牙齿往下咬住舌头。舌头一角几乎被咬掉了，只剩一小丝组织还没断。

“黛安娜！”他嘶喊道。

那个血球断了，光滑的小球飘走了。破掉的伤口还在往外冒血，另一个血球立刻开始成形。

他抓下一个已经粘在约束板上的塑料口咬器，想塞进她的上下牙之间，好防止她的软组织进一步受伤。他没法撬开她的牙齿。人类下颌的肌肉是全身最有力量的肌肉之一，这会儿她的牙关咬得很紧。他抓起一根装满烦宁镇静剂的注射管，预先估计着准备注射，然后把针头插入静脉注射活塞里。正当他推着柱塞时，她的癫痫开始减弱了。他把整剂都打了进去。

她的脸放松了，下颌软绵绵地垂下。

“黛安娜？”他说。但她没有反应。

新的血球开始从她嘴里冒出来。他得施加压力帮她止血。

他打开医药箱，找到无菌纱布，拆开包装，里头有几片飞走了也不管。他站在她头部后方，轻轻打开她的嘴，露出咬开的舌头。

她咳嗽，想别开脸。她被自己的血呛到了。把血吸进了肺里。

“别动，黛安娜。”他右手腕压下她的下排牙齿，想让她的下颌打开，然后左手拿着一团纱布，开始把血擦掉。她的脖子忽然绷紧，又开始抽搐了，下巴也啪地阖上。

他大叫，手掌被她咬住，痛得他眼前都开始发黑。他感觉温暖的血溅到脸上，看到一颗鲜红的血球冒出来。他的血，混合了她的。他想抽回手，但她的牙齿咬得好紧。血不断冒出来，血球膨胀到像篮球那么大。咬到动脉了！他没法撬开她的下颌；癫痫让她的肌肉绷得很紧，力量超乎常人。

他眼前愈来愈黑了。

绝望之余，他用空着的那只手去捶她的牙齿。但她的下颌没放松。

他又捶。篮球大小的血球飘开，碎成十来个比较小的血球，溅在他脸上、眼睛上。他还是没法弄开她的下颌。四周现在有好多血，感觉上他像是在一片血池里浮沉，吸不到干净的空气。

他盲目地朝她的脸挥出拳头，感觉到骨头碎了，但被咬住的那只手还是抽不出来。那疼痛太可怕了，难以负荷。他恐慌起来，完全无法思考，只求那疼痛停止。他几乎没意识到自己在做什么，就又挥拳打她，一次又一次。

随着一声尖叫，他终于抽出手来，往后飞去。他抓着手腕，伤口飘出一股股鲜红色的血带，围绕着他。他在舱壁间弹撞了好一会儿才停下来，视线也终于恢复清晰。他看着黛安娜受伤的脸，还有她嘴里血淋淋的断齿，都是他的拳头造成的。

他绝望的号叫在舱壁间回荡，耳边充满了自己愤怒的声音。我做了什么？我做了什么啊？

他飘到她身边，双手捧住她破碎的脸。他再也感觉不到自己伤口的疼痛；那根本没什么，比不上自己对她所造成的更大的伤害。

他又号叫了一声，这回是愤怒。他一拳捶着舱壁。把遮着舱口的塑料布扯下来。反正我们都会死！然后他把注意力转到医药箱上头。

他伸手，抓起了一把解剖刀。

飞航医师托德·卡特勒瞪着自己的控制台，忽然觉得一阵恐慌。屏幕上是黛安娜的遥测显示资料。她的心电图轨迹忽然出现一连串迅速上下震荡的锯齿图形。然后令他放松的是，并没有持续。但同样突然地，轨迹线又回复到急遽的窦性心律。

“飞航主任，”他说，“病人的心律目前出现问题。她的心电图出现了一波五秒钟的心室心搏过速。”

“意思是什么？”伍迪·埃利斯简洁地问。

“这样的心律如果持续下去的话，可能会致命。眼前她又恢复室性心律了。速率大约是一三〇。这比她跑步时还要快。不危险，但是我很担心。”

“那你的建议是什么，医师？”

“我会给她抗心律不整的药物。她需要静脉注射利多卡因或脏乐得。他们的高等急救包里这两样药物都有。”

“埃姆斯和沃森都还在外头进行舱外活动。得由格里格斯施药。”

“我会教他怎么做的。”

“好吧。通讯官，叫格里格斯加入通话。”

等待格里格斯回应时，托德仍留意看着监视器。他所看到的令他很担心。黛安娜的脉搏上升到一三五，一四〇。还短暂冲到了一六〇，颤动着几乎没有上下震荡，可能是病人移动或有电子干扰。上头发生了什么事？

通讯官说：“格里格斯指挥官没回应。”

“她需要利多卡因。”托德说。

“我们没法联络上他。”

他要不是听不到我们呼叫，就是拒绝回答，托德心想。他们一直担心格里格斯的情绪不稳。他会完全退缩到不理会紧急通讯吗？

托德的视线忽然盯着眼前控制面板的屏幕。黛安娜·埃斯蒂斯出现了阵发性的心室心搏过速。她的心室收缩太快了，无法有效率地把血液打出去，也无法维持她的血压。

“她需要那些药物，马上就要！”他厉声说。

“格里格斯没有回应。”通讯官说。

“那就叫舱外活动的人员进去！”

“不行，”飞航主任插进来，“他们正修理到关键点，不能打断他们。”

“她的状况很危急。”

“要是把舱外活动人员叫回来，接下来二十四小时都不能进行修理了。”舱外人员不能就这样忽然进来一下，又直接出去。他们需要时间调整，要额外的时间重复减压流程。尽管伍迪·埃利斯没说出口，但他大概跟控制室里每个人都有同样的想法：就算他们把舱外的两个人叫进去帮忙，对黛安娜·埃斯蒂斯来说也没有太大差别。她的死亡已经是无可避免的了。

令托德惊骇的是，心电图现在持续处于心室心搏过速。没有恢复。

“她在恶化了！”他说，“马上找他们其中一个进去！叫沃森进去吧！”

飞航主任犹豫了一秒钟，然后说：“好吧。”

为什么格里格斯不回应？

爱玛手忙脚乱，抓住一个接一个扶手，沿着主桁架尽快把自己往前拉。穿着那件俄国制的海鹰太空衣，她觉得缓慢又笨拙，双手因为在笨重的手套里面努力弯曲而发痛。刚刚的修理工作已经让她很累了，现在新的一波汗水湿透了太空衣的衬里，她的肌肉因为疲劳而颤抖。

“格里格斯，回答啊。该死，回答啊！”她厉声朝着自己的耳麦讲话。

太空站那边还是一片沉默。

“黛安娜的状况怎么样？”她喘着气问。

托德的声音回答：“还是处于心室心搏过速。”

“狗屎。”

“别急，沃森。不要掉以轻心！”

“她撑不住了。妈的格里格斯跑哪儿去了？”

现在她喘得好厉害，简直没法讲话了。她逼自己专心抓住下一个扶手杠，专心别让安全绳缠在一起。爬下了主桁架后，她扑向梯子，但忽然被猛地扯住。她的袖子钩到工作平台边缘了。

放慢速度。你会害死自己的。

她小心翼翼地拉开袖子，看到上头没刺穿。她心脏怦怦跳，继续爬下梯子，把自己拉进气密舱。接着她赶紧把舱门关上，打开均压阀。

“告诉我吧，托德，”趁着气密舱开始加压，她朝耳麦大声说。“心律怎么样了？”

“她现在处于大振幅的心室纤维颤动。还是联络不到格里格斯。”

“她快要不行了。”

“我知道，我知道！”

“好吧，我现在增压到 5psi——”

“气密舱完整性检查。不要跳过去。”

“我没时间了。”

“沃森，他妈的不要抄快捷方式。”

她暂停下来，深吸了口气。托德说得没错。在太空这个险恶的环境中，绝对不能抄快捷方式。她做了气密舱完整性检查，完成增压，然后打开下一个舱门，进入设备室。她在里头迅速脱掉手套，俄国制的海鹰太空衣比美国的舱外活动太空衣容易穿脱，但要解开后方的生命维持系统、设法脱掉，还是得花时间。我绝对来不及了，她心想，一边拼命蹬着双脚，好摆脱下半身太空衣。

“病人状况，飞航医师！”她朝自己的耳麦吼道。

“她现在处于小振幅的心室纤维颤动。”

这是终末心律了，爱玛心想。这是他们救黛安娜的最后机会了。

这会儿身上只穿着水冷式内衣，她打开了通往太空站的舱门。因为急着要赶到病人身边，她往舱壁一推，头朝前穿过舱口。

一片潮湿泼到她脸上，模糊了她的视线。她没抓到扶手，撞到另一头的舱壁上。有好几秒钟，她困惑地飘浮着，眨眨刺痛的眼睛。我眼睛沾到什么了？她心想。不要是卵。拜托，不要是卵……她的视力渐渐恢复，但仍然搞不懂眼前是怎么回事。

在阴暗的节点舱里，她周围飘满了巨大的水球。她感觉又有一片潮湿拂过她的手，低头看着渗入袖子的那块黑色污渍，还有沾在她水冷式内衣上到处都是的暗色斑点。她抬起袖子，凑近节点舱的灯光下。

那污渍是血。

她惊骇地瞪着飘浮在阴影中的那些巨大水球。好多啊……

她赶紧关上舱门，免得污染扩散到气密舱。现在已经来不及保护太空站其他地方了，那些水球已经扩散得到处都是。她进入居住舱，打开人员污染防护包，戴上口罩和护目镜。或许那些血没有传染性。或许她还可以保护自己。

“沃森？”托德·卡特勒说。

“血……到处都是血！”

“黛安娜已经处于临终心律——救她的机会不多了！”

“我马上过去！”她冲出节点舱，进入隧道般的曙光号。比起一片阴暗的美国那一端，这个俄罗斯舱似乎亮得炫目，一颗颗血球就像欢乐的气球般飘浮在空中。有些撞上舱壁，把曙光号溅得一片鲜红。爱玛冲出曙光号另一端的舱口，躲不开前头一颗大血球。她直觉地闭上眼睛，水球溅在她护目镜上，模糊了她的视野。她茫然飘浮着，袖子擦拭过护目镜，把血清掉。

这才发现眼前是迈克尔·格里格斯灰白的脸。

她尖叫。惊骇中她四肢拼命滑动，徒劳地想避开。

“沃森？”

她看着还挂在他脖子伤口上的那颗血球。这就是所有鲜血的来源——划开的颈动脉。她逼自己去碰触他脖子完好的那一侧，探探看有没有脉搏。结果没有。

“黛安娜的心电图变成一直线了！”托德说。

爱玛的目光转向另一头舱口，那里通往俄罗斯服务舱，黛安娜应该被隔离在里头。但舱口的塑料布不见了，现在门户洞开。

在恐惧中，她进入了俄罗斯服务舱。

黛安娜还绑在病人的约束板上。她的脸已经被打得认不出来了，牙齿都被打得碎裂了。嘴里还冒出一个血球。

心脏监视器的尖啸终于吸引到爱玛的注意。一条水平的直线横过屏幕。她伸手想关掉机器，手却僵在半空中。电源开关上有个蓝绿色凝胶状的发亮小团块。

卵。黛安娜身上已经流出卵了，她已经把喀迈拉释放到空中了。

监视器的警示音吵得令人受不了，但爱玛还是动也不动，瞪着那一团卵。它们似乎发着微光，变得模糊起来。她眨眨眼，视线再度恢复清晰，想起了刚刚她冲出气密舱的舱口时，击中她的脸、令她眼睛刺痛的那片潮湿。当时她没戴护目镜。她还可以感觉到脸颊上的那片潮湿，冰冷而发黏。

她伸手碰自己的脸，然后看看指尖，上头沾着那些卵，像是颤抖的珍珠。

监视器的尖啸已经变得令人无法忍受。她关掉开关，警示音没了。随之而来的寂静却同样令人惊心。她听不见排气风扇的嘶嘶声。那些风扇应该要吸走空气，经过高效能微粒空气滤净器加以净化。空气里有太多血了，血把所有滤净器都堵塞住了。由于经过滤净器的空气压力增加，触动了里头的传感器，于是过热的风扇便自动关闭了。

“沃森，请回答！”托德说。

“他们死了。”她的声音哽咽了。“两个人都死了！”

这时卢瑟也加入通话。“我要进来了。”

“不，”她说，“不要——”

“撑着点，爱玛。我马上进来。”

“卢瑟，你不能进来！里头到处都是血和卵。这个太空站不适合居住了。你得待在气密舱。”

“这不是长期的解决办法。”

“现在根本没有什么长期的解决办法！”

“听我说。我现在进了人员室，正要关上外舱门。开始加压——”

“抽风机全都停摆了，我们没办法把空气清干净了。”

“我已经加压到 5psi 了。暂停等着做气密舱完整性检查。”

“如果你进来，你也会受到污染的！”

“加压快完成了。”

“卢瑟，我已经受到污染了！我眼睛沾到了。”她深吸一口气，吐出来时变成了呜咽。“只剩你一个人了，你是唯一还有活命机会的。”

接下来好长一段沉默。“天啊，爱玛。”他喃喃道。

“好，听我说。”她暂停一下好让自己冷静，能理性思考。“卢瑟，我要你移到设备室。那里应该是比较干净的，你也可以拿掉头盔。然后取下你的通讯设备。”

“什么？”

“你就照做吧。我正要去一号节点舱。等一下就会在舱口的另外一边，到时候再跟你通话。”

这会儿托德插嘴了：“爱玛？爱玛，别切断地对空的通讯频道——”

“抱歉了，飞航医师。”她喃喃道，然后关掉了通讯。

过了一会儿，她听到卢瑟透过太空站的对讲机系统说：“我在设备室了。”

现在他们可以私下讨论了，地面的任务控制中心无法再监听他们的谈话内容。

“你现在还剩一个选择，”爱玛说，“也是你一直争取的。我没办法做这个选择，但你可以。你还没被污染，你不会把这个疾病带回去。”

“我们已经讲好了，不会丢下任何人的。”

“你穿着舱外活动太空衣，里头还剩三个小时干净的空气。如果你戴上头盔，搭上人员返航载具，直接脱离轨道，就可以及时回到地球。”

“那你就被困在这边了。”

“我无论如何都被困在这里了！”她又深呼吸一口气，更冷静地开了口。“听我说，我们都知道这是违抗命令。这个主意可能很糟糕，我们也不晓得他们会有什么反应——这是赌博。但是，卢瑟，你自己要做出选择。”

“这样你就没办法撤出了。”

“不必考虑我。连想都不要想。”然后她轻声说。“我已经死定了。”

“爱玛，不——”

“你自己想怎么做？回答这个问题就好。只要考虑你自己。”

她听到卢瑟深吸了一口气。“我想回家。”

我也想，爱玛心想，眨掉泪水。啊，老天，我也想。

“戴上头盔吧，”她说，“我会打开舱门。”

24

杰克奔上通往三十号大楼的楼梯，跟警卫亮出他的识别证，然后直接赶到特殊载具控制室。

戈登·欧比在控制室外头拦下他。“杰克，等一下。如果你跑进去闹，他们只会把你直接轰出来。花点时间冷静一下，否则你根本帮不了她。”

“我要我太太马上回家。”

“每个人都希望他们回家！我们正在尽力，但现在情况不一样了。整个太空站都被污染了。空气过滤系统关闭了。舱外活动人员始终没机会修复太阳能板的转轴头，所以电力还是不足。加上现在他们又不肯跟我们联络了。”

“什么？”

“爱玛和卢瑟已经关掉对地面的通讯了。我们不晓得上头发生了什么事。这就是为什么他们催你赶回来——好帮我们联络上他们。”

杰克隔着打开的门看进去，特殊载具控制室里的那些人坐在各自的控制台前，一如往常执行勤务。这些飞航控制人员依然能保持这么冷静有效率，忽然激怒了他。又有两名宇航员死了，好像也不能改变他们冷静的职业特性。控制室里每个人冷静的举止，只是更增强了他的悲伤和恐惧。

他走进门，两个穿军服的空军军官站在飞航主任伍迪·埃利斯旁边，监控着通讯频道。他们的出现令人心烦，却也提醒大家，这个控制室并非由航天总署控制。当杰克沿着最后一排走向飞航医师的控制台时，几个控制人员同情地看着他。他什么话都没说，只是坐在托德·卡特勒旁边的椅子。他很清楚就在他后方的观察楼座里，其他来自美国太空司令部的空军军官都正在监视着这个房间。

“你听到最新的消息了吗？”托德轻声问。

杰克点点头。屏幕上没有心电图轨迹了。黛安娜死了。格里格斯也死了。

“半个太空站还处于电力不足的状态。现在里头到处飘浮着卵。”

还有血。杰克可以想象太空站上的情景。灯光昏暗。散发着死亡的恶臭。鲜血溅在舱壁上，堵塞了空气滤净器。像个地球轨道上的恐怖之屋。

“我们得跟她联络上，杰克。让她告诉我们上头发生了什么事。”

“他们为什么不肯联络？”

“不晓得。也许他们在生我们的气。他们有这个权利。或许他们受到的创伤太深了。”

“不，他们一定有个理由。”杰克看着前头的大屏幕，上头显示着太空站在地球上方的轨迹。你在想什么，爱玛？他戴上耳麦说，“通讯官，我是杰克·麦卡勒姆。我准备好了。”

“收到，飞航医师。请稍待，我们会再试着联络他们。”

他们等着。国际太空站没有回应。

在第三排的控制台，忽然有两个控制人员回头看着飞航主任埃利斯。杰克从耳麦里没听到他们开口，但他看到负责太空站上信息网络的那名控制员站起来，身子前倾，去跟第二排的控制人员咬耳朵。

然后第三排的行动控制员拿掉他的耳麦，站起来伸了个懒腰。他走到侧边走廊，轻松走着，好像要去上厕所。经过飞航医师控制台时，丢了一张纸条在托德的膝上，然后一步不停地继续走出去。

托德打开纸条，震惊地看了杰克一眼。“太空站把他们的计算机重设到人员返航安全模式了，”他低声道。“他们已经启动了人员返航载具的分离程序。”

杰克不敢置信地看着他。把计算机重设为人员返航安全模式，表示太空站人员要撤离了。他迅速看了控制室内一圈，没有人在通讯频道中提一个字。杰克只看到一排排挺直的肩膀，每个人都专心盯着自己的控制台。他往旁边看了伍迪·埃利斯一眼，埃利斯站在那边一动也不动。但他的肢体语言已经表露无遗。他知道发生了什么事。他也一声不吭。

杰克冒出汗来。这就是太空站人员不回应的原因。他们已经下了决定，而且已经开始行动了。这件事情瞒不了空军太久的。透过他们太空监视网络的雷达和视觉传感器，可以监控到地球低轨道上小得像棒球那么大的物体。只要人员返航载具一脱离太空站，只要它成为轨道上独立的物体，太空司令部位于夏延山脉空军基地里的控制中心，立刻就会注意到了。最重要的问题是：他们会有什么反应?

爱玛，我向上帝祈祷，希望你知道自己在做什么。

脱离太空站后，人员返航载具得花二十五分钟找出导航和降落目标，接着花十五分钟准备喷射点火以脱离轨道。然后再花一小时才能降落。在人员返航载具着地之前，太空司令部早就会发现他们了。

在飞航控制室里，第二排的机械维修控制员抬起一手，看似不经意地竖起大拇指。借着这个手势，他无言地宣布了新消息：人员返航载具已经脱离太空站了。无论是好是坏，太空站人员都要回家了。

现在好戏上场了。

控制室里的气氛更紧绷了。杰克冒险看了那两个空军军官一眼，但那两人似乎对眼前状况浑然未觉。其中一个人老是去看时钟，好像急着想离开似的。

一分一秒过去，整个控制室里异常安静。杰克身体往前倾，心脏怦怦跳，汗水浸湿了衬衫。现在人员返航载具应该还在太空站外围飘浮。他们应该会确认降落目标，同时导航系统也锁定好几个全球定位系统卫星了。

快点，加油，杰克心想。赶紧脱离轨道吧！

电话铃声打破了沉默。杰克往旁边看，看到一名空军军官接了电话。他忽然全身僵硬，转向伍迪·埃利斯。

“妈的这里在搞什么鬼！”

埃利斯没说话。

那个军官赶紧在埃利斯的控制面板键盘上敲了几个键，然后不敢置信地瞪着屏幕。他抓住电话。“是的，长官。恐怕是没有错。人员返航载具已经脱离太空站了。不，长官。我不知道是怎么——

是的，长官，我们一直在监控通讯频道，但是——”那名军官面红耳赤、满脸大汗听着话筒里传来的一连串斥责。等到他挂上电话，气得浑身发抖。

“叫他们掉头！”他命令道。

伍迪·埃利斯回答时，简直懒得掩饰他的轻蔑。“那不是联合号宇宙飞船。你不可能命令它像一辆汽车似的掉头开回去。”

“那就阻止它降落！”

“办不到。它一脱离就没法回头的。”

又有三名空军军官匆匆走进控制室。杰克认出了美国太空司令部的桂格瑞恩将军——现在航太总署的运作都归他管。

“现在是什么状况？”桂格瑞恩厉声问。

“人员返航载具已经脱离太空站了，但还在轨道上。”那个一脸涨红的军官回答。

“它抵达大气层要多久？”

“呃——我没有这方面的信息，长官。”

桂格瑞恩转向飞航主任。“要多久，埃利斯先生？”

“看状况。有好几个选项。”

“别跟我啰唆那些工程学的狗屁玩意儿。我要一个答案。我要一个数字。”

“好吧。”埃利斯直起身子，狠狠瞪着对方。“一到八个小时。要看他们。他们可以待在轨道上最多绕行四圈。他们也可以马上脱离轨道，一个小时内就降落了。”

桂格瑞恩拿起电话。“总统先生，恐怕我们没有太多时间决定了。他们现在随时可以脱离轨道。是的，总统先生，我知道这个决定很困难。但我的建议还是跟普拉菲先生一样。”

什么建议？杰克心想，忽然恐慌起来。

一名空军军官站在飞航控制台前喊道：“他们启动喷射点火，要脱离轨道了！”

“我们时间不多了，总统先生，”桂格瑞恩说，“我们现在就需要您的答案。”接下来停顿许久，然后他放松地点点头。“您做了正确的决定，谢谢。”他挂上电话，转向那些空军军官。“准许了，我们动手吧。”

“准许什么？”埃利斯问，“你们打算做什么？”

没人理会他的问题。那个空军军官拿起电话，冷静地发出命令。“准备 EKV 发射。”

EKV 是什么鬼玩意儿？杰克心想。他看着托德，从他一脸茫然的表情看来，显然他也不晓得是什么。

然后轨道控制员走到他们的控制台旁，轻声回答了这个问题。“外大气层击杀载具（Exoatmospheric Kill Vehicle），”他耳语道，“他们要进行拦截了。”

“我们必须在目标到达大气层之前把它摧毁。”桂格瑞恩说。

杰克恐慌地站起来。“不！”

几乎同时，其他控制人员也抗议地站起来。他们的叫声几乎压过通讯官的声音，他不得不尽力大吼，才能让大家听见。

“我联络上太空站了！太空站在通讯频道上了！”

太空站？所以上头还是有人？有个人被留在那里。

杰克一手按在耳机上，听着下传的声音。

是爱玛。“休斯敦，我是太空站的沃森。任务专家埃姆斯没有感染。我重复，他没有感染。他是唯一登上人员返航载具的人。我强烈请求你们允许载具安全降落。”

“收到，太空站。”通讯官说。

“听到了吗？你们没有理由把它打下来，”埃利斯对桂格瑞恩说，“停止你们的 EKV 发射吧！”

“你怎么知道沃森说的是实话？”桂格瑞恩问道。

“她一定是说了实话。不然她怎么会留在上头？她刚刚才把自己困在那儿。人员返航载具是她唯一的救生艇！”

这些话的冲击让杰克当场呆掉。埃利斯和桂格瑞恩激烈的交谈声忽然逐渐消失。他再也没法去关心人员返航载具的命运了。他只想得到爱玛，如今孤单一个人，困在太空站上，没有办法撤回地球。她知道自己感染了。她留在那边等死了。

“人员返航载具已经完成脱离轨道的喷射点火。它现在在往下降了。轨迹就在前面的大屏幕上。”

在控制室前方大屏幕的世界地图上，出现了一个小亮点，代表人员返航载具和上头唯一的乘客。这会儿通讯频道里传来他的声音。

“我是任务专家卢瑟·埃姆斯。我靠近大气层的进入高度了。一切系统正常。”

那位空军军官看着桂格瑞恩。“EKV 发射还在待命中。”

“你们不必这么做，”伍迪·埃利斯说，“他没生病。我们可以带他回家！”

“载具本身大概已经污染了。”桂格瑞恩说。

“你又不确定！”

“我们不能冒险。我不能拿地球上这么多人的性命冒险。”

“该死，这是谋杀啊。”

“他没遵守命令。他明知道我们的反应会是什么。”桂格瑞恩朝那名军官点了个头。

“EKV 已经发射了，长官。”

整个房间霎时安静下来。伍迪·埃利斯一脸苍白，全身颤抖瞪着前方的大屏幕，看着几条轨道痕迹同时朝向同一个交会点。

在死寂中，时间一秒秒过去。控制室第一排有个女控制员开始轻声哭了起来。

“休斯敦，我快要进入大气层了。”听到通讯频道里忽然传来卢瑟开心的声音，大家都吓了一跳。“拜托你们派个人在地面上等我，因为我需要人帮忙，才能脱掉这件太空衣。”

没有人回答。没有人想回答。

“休斯敦？”卢瑟沉默了一会儿说。“嘿，你们还在吗？”

最后通讯官终于开口，声音很不稳。“啊，收到。我们会准备好一桶啤酒等你的，卢瑟老哥。还有跳舞的辣妹。整套的……”

“老天，你们还真放松啊。好吧，看起来我快要失去讯号了。你们把啤酒冰好，我会——”

一阵响亮的静电杂音。然后没有声音了。

前方屏幕的那个小亮点爆成一片惊人的细碎亮光，四散成小小的相素。

伍迪·埃利斯跌坐在他的椅子上，头埋进双手里。

八月十九日

“地对空保密频道，”通讯官说，“请稍等，太空站。”

跟我说话，杰克。拜托跟我说话。爱玛无声恳求着，飘浮在居住舱的昏暗中。随着换气风扇停摆，整个舱房安静得她都听得见自己的心跳声，听得到空气进出自己的肺脏。

通讯官声音突然传来，吓了她一跳。“地对空保密通话。你们可以进行私人家庭谈话了。”

“杰克？”她说。

“我在这里。我就在这里，甜心。”

“他没感染！我告诉过他们的——”

“我们设法阻止过！但这是白宫直接下令的。他们不想冒任何险。”

“都是我的错。”她忽然精疲力尽地哭了起来。她孤单又害怕。而且因为自己错误的决定铸成大错而自责不已。“我以为他们会让他回去。我以为这是他活下去的机会。”

“你为什么要留下，爱玛？”

“我没办法。”她深吸一口气。“我感染了。”

“你暴露在污染原中，并不表示你感染了。”

“我刚刚做过血液测试了，杰克。我的淀粉酶指数正在上升。”

他没吭声。

“从我暴露后到现在，已经八个小时了。我应该还有二十四到四十八小时，就会……再也没法行动了。”她的声音平稳，听起来出奇地冷静，好像她谈的是别人，而不是自己。“这些时间够我整理一些事情了。丢掉尸体。更换几个滤净器，让风扇恢复正常。这样应该可以让下一批人员的清理工作更顺利。如果有下一批人员的话……”

杰克还是没说话。

“至于我的遗体……”她的声音平稳到一种麻木的状态，压抑下所有的情绪。“等时候到了，我想，为了太空站着想，我所能做的，最好就是去进行舱外活动。这样我死了之后，就不会污染到任何东西了。等到我的身体……”她暂停一下。“海鹰太空衣还算容易穿上，可以不必别人辅助。我手上有烦宁和麻醉剂。

足以让我失去意识。所以等到我的空气不够时，我已经陷入沉睡状态了。你知道，杰克，仔细想想的话，这样走也不坏。飘浮在外头。看着地球，看着星星。就这样逐渐睡去……”

此时她听到他的声音了。他在哭。

“杰克，”她柔声说，“我爱你。我不明白为什么我们之间会走不下去。我知道有些事一定是我的错。”

他颤抖着吸气。“爱玛，别说了。”

“我等了这么久才告诉你，真是太蠢了。你大概以为我现在说这些，只是因为我快死了。但是，杰克，老天在上，我真的——”

“你不会死的。”然后他又说了一遍，带着怒气。“你不会死的。”

“你也听到罗蒙博士讲的结果了。什么办法都没用。”

“高压舱有用的。”

“他们没法及时把高压舱运上来。何况没了救生艇，我也回不了地球了。就算他们肯让我回地球的话。”

“一定有个办法，可以让你复制高压舱的效果。这个办法在感染的老鼠身上有效，让它们可以活着，所以一定是发挥了某些效果。它们是唯一还活着的。”

不，她忽然明白。它们不是唯一的。

她缓缓转身，望着通往一号节点舱的舱口。

那只白老鼠，她心想。那只老鼠还活着吗？

“爱玛？”

“等我一下，我要去检查实验舱的东西。”

她飘过一号节点舱，进入美国研究舱。血干掉的臭味在这里也一样重，即使在昏暗中，她还是看得到舱壁上的暗色血渍。她飘到动物区，拉开老鼠箱，拿着手电筒朝里头照。

灯光照出了一片凄惨的景象。那只腹部鼓胀的老鼠正处于临死的剧痛中，四肢不断挥动，嘴巴张开，猛吸着气。

你不能死，她心想。你是幸存者，是规则中的例外。是我还有希望的证据。

那老鼠痛苦地扭着身子。一道血从它后腿间流出来，断成一颗颗旋转的小球。爱玛知道接下来会是怎样：当脑部被分解成一堆消化掉的蛋白质浓汤之时，身体会有最后几波的癫痫发作。她看到老鼠后腿间又冒出一阵血，染脏了白色毛皮。然后她看到别的东西从后腿间冒出来，是粉红色的。

而且在动。

老鼠又开始扭动起来。

那粉红色的东西一路滑出来，蠕动而没有毛发。腹部连着一条发亮的带子。是脐带。

“杰克，”她轻声道，“杰克！”

“我在这里。”

“那只老鼠，那只母的——”

“它怎么了？”

“过去三个星期，它不断暴露在喀迈拉的污染下，但它都没发病。它是唯一存活下来的。”

“它还活着？”

“对。而且我想我知道为什么。因为之前它怀孕了。”

那只老鼠又开始扭动。另一只幼鼠又裹在发亮的血丝和黏液里滑出来。

“一定是发生在那天夜里，健一把它错放到公鼠区里。”她说，“我一直没处理过它，所以都不晓得……”

“为什么怀孕就会不同？为什么怀孕就能形成保护？”

爱玛飘浮在昏暗中，努力想找出一个答案。最近的一次舱外活动和卢瑟死亡的震惊，让她的身体精疲力竭。她知道杰克也一样累。两个疲倦的脑子，要在有限的时间内对抗她即将爆发的感染。

“好吧。我们来想想怀孕这件事，”她说，“这是个复杂的生理状况。不光只是怀着一个胎儿而已。怀孕会改变整个新陈代谢的状态。”

“荷尔蒙。怀孕动物的荷尔蒙浓度都很高。如果我们可以模仿这个状态，或许就可以复制那只老鼠身上的情况。”

荷尔蒙治疗。她想着怀孕女人体内各种不同的化学物质。雌激素，黄体素，泌乳激素，人类绒毛膜性腺激素。

“避孕药。”杰克说，“你可以用避孕荷尔蒙，复制怀孕的状态。”

“太空站上没有这类东西。医药箱里头不会有的。”

“你检查过黛安娜的私人置物柜吗？”

“她不会背着我吃避孕药的。我是医疗官，她如果吃的话，我会知道的。”

“还是去检查吧。快去，爱玛。”

她冲出实验舱。来到俄罗斯服务舱，她很快拉开黛安娜置物柜里的抽屉。这样翻找另一个女人的私人物品，感觉上很不应该。即使这个女人已经死了。在那些折叠得整整齐齐的衣服间，她发现一堆私藏的糖果。她都不晓得黛安娜喜欢糖果；有好多黛安娜的事情，她永远都不会知道了。在另一个抽屉里，她看到了洗发精、牙膏和卫生棉条。没有避孕药。

她用力关上抽屉。“这个太空站里没有我用得上的东西！”

“如果我们明天发射太空梭——如果我们把荷尔蒙送上去给

你——”

“他们不会发射的！而且就算你能把整间药房搬上来，也得花三天才能送到！”

三天后，她很可能已经死了。

她紧抓着那个溅了血的置物柜，呼吸沉重而迅速，每根肌肉都紧绷着，因为挫败，因为绝望。

“那我们就得从另一个角度去设法处理这个问题，”杰克说，“爱玛，陪着我！我需要你帮我想！”

她猛地呼出一口气。“我哪里也去不了。”

“为什么荷尔蒙有用？其中机制是什么？我们知道荷尔蒙是化学讯号——是细胞层次的内部传讯系统。它们产生作用，是透过激发或压抑基因表现，改变细胞的编组状况……”他漫无方向说着，让思绪引导着自己走向结论。“荷尔蒙为了要发挥作用，就得链接在目标细胞的一个特定受体上。这个荷尔蒙就像一把钥匙，要搜寻出一个正确的锁才能打开。如果我们去研究海洋科学公司的资料，或许就能找出柯尼格博士当初在这种生物的基因组里，还放进了什么 DNA。那么我们或许就能知道，该如何停止喀迈拉的繁殖。”

“你对柯尼格博士知道些什么？她还进行了其他什么研究？从这个或许能找出线索。”

“我们找到她的详尽履历了。我们也一直在看她发表过的古生菌论文。除此之外，她对我们像是个谜。海洋科学公司也是个谜。我们还在设法挖出更多信息。”

那得花时间，她心想。我没那么多时间了。

她的双手因为抓着黛安娜的置物柜而发痛。她松手飘走，好像任凭一波绝望的浪潮把她带走。黛安娜置物柜里面的零碎东西围绕着她飘在空中，黛安娜爱吃糖的证据——巧克力棒、M&M's巧克力、一包玻璃纸装的结晶姜糖。最后一样东西忽然吸引了爱玛的视线。结晶姜糖。

结晶。

“杰克，”她说，“我想到一个点子了。”

她游出俄国服务舱，回头朝向美国实验舱前进时，心脏跳得好快。到了实验舱，她打开酬载计算机。屏幕亮出一片诡异的琥珀色。她叫出操作信息档案，点了代表欧洲太空总署的ESA。这是所有操作欧洲太空总署酬载实验的所需程序和参考数据。

“你在想什么，爱玛？”耳麦里传来杰克的声音。

“黛安娜原先在进行蛋白质结晶生长的实验，还记得吗？制药研究。”

“哪种蛋白质？”他立刻问，她于是明白，他完全了解自己的想法。

“我正在看清单，有好几打……”

蛋白质的名称迅速掠过屏幕。游标停在她寻找的那一笔：“人类绒毛膜性腺激素。”

“杰克，”她轻声说，“我想我刚刚替自己争取到一点时间了。”

“你找到了什么？”

“人类绒毛膜性腺激素。黛安娜之前在培养这种晶体，放在欧洲实验舱，那里头是真空。我得进行舱内减压活动，才能拿到。但如果我现在就开始减压，四五个小时内就能拿到那些晶体了。”

“太空站里有多少人类绒毛膜性腺激素？”

“我正在查。”她打开实验档案，很快地浏览了一下质量测定数据。

“爱玛？”

“等一下，等一下！我看到最近的资料了。我正在找怀孕时的正常人类绒毛膜性腺激素浓度。”

“我可以帮你查到。”

“不用，我查到了。好，好，如果我把这个晶体稀释在普通的生理食盐水里注射……我的体重是四十五公斤……”她键入数字，这是很大胆的猜测。她不晓得人类绒毛膜性腺激素的代谢速度，也不晓得半衰期是多久。最后答案终于显示在屏幕上。

“有多少剂量？”杰克问。

她闭上眼睛。这个数量撑得不够久，没办法救我。

“爱玛？”

她吐出一口长气，化为一声呜咽。“三天。”

THE ORIGIN

起 源

25

现在是凌晨一点四十五分，杰克累得视线都模糊了，计算机屏幕上的那些字不时失焦。“一定有更多，”他说，“继续找。”

格雷琴·刘坐在键盘前，懊恼地看了杰克和戈登一眼。之前她在熟睡中被他们一通电话吵醒，她过来的时候，没有平常准备上镜头的化妆和隐形眼镜。他们从没见过这个平常打扮称头的公关主任这么不光鲜，也没见过她戴镜片眼镜——厚厚的角框眼镜，让她的眯眯眼显得更小了。“跟你们说，我在 LexisNexis 数据库里面就只能找到这个了。海伦·柯尼格几乎什么都没有。另外海洋科学公司，只有平常的企业新闻稿而已。至于帕尔默·加布里埃尔这个名字，唔，你们自己也看得出来，他并不想出名。过去五年来，他的名字唯一出现在媒体的地方，就是《华尔街日报》的金融版，是一些有关海洋科学公司和他们产品的商业报导。没有传记资料，连一张他的照片都找不到。”

杰克往后垮坐在椅子上，揉着双眼。他们三个人已经在公关室耗了两个小时，仔细搜寻 LexisNexis 数据库内有关海伦·柯尼格和海洋科学公司的每一篇文章。他们找到了很多笔海洋科学公司的资料，几打提到该公司产品的文章，从洗发精到药品到肥料。但几乎找不到有关柯尼格或加布里埃尔的资料。

“再试着找柯尼格一次。”杰克说。

“这个名字，我们已经试过所有可能的拼字组合了，”格雷琴说，“什么都没有。”

“那就试试看古生菌。”

格雷琴叹了口气，打了古生菌，然后点了“搜寻”。

屏幕上立即出现了一长串摘录文章。

“陌生的地球物种。科学家同贺新生物分支的发现。”《华盛顿邮报》

“古生菌成为国际学术会议主题。”《迈阿密前锋报》

“深海生物提供生命起源的线索。”《费城询问报》

“两位，这样是没希望的，”格雷琴说，“要读完这个名单上的每篇文章，会花掉我们一整夜。我们干脆到此为止，回家好好睡一觉吧。”

“慢着！”戈登说，“往下到这一笔。”他指着屏幕最底下一行的摘文。“科学家死于加拉巴哥潜水意外。”《纽约时报》

“加拉巴哥，”杰克说，“柯尼格博士就是在这个地方发现那种古生菌的。在加拉巴哥海底裂谷。”

格雷琴点了那篇文章，文字出现了。报道是两年前的。

版权：《纽约时报》

版区：国际新闻

标题："科学家死于加拉巴哥潜水意外"

撰稿人：胡立欧·裴瑞兹。《纽约时报》特派员

正文：一名研究古生菌海洋生物体的美国科学家史蒂芬·埃亨博士，昨天驾驶单人潜水艇潜入加拉巴哥裂谷，不幸因潜艇卡在海底峡谷而意外身亡。他的尸体直到今天早上才找到，并由研究母船盖布里雅拉号的缆线，将迷你潜艇拖到海面上。

"当时我们知道他在底下还活着，但是却束手无策。"一名盖布里雅拉号的科学家同事说。"他被困在一万九千尺深的海底。我们花了好几个小时才拉出他的潜艇，拖回海面上。"

埃亨博士是加州大学圣迭戈分校的地质学教授，现居加州拉荷亚。

杰克说："那艘船的名字是盖布里雅拉。"

他和戈登彼此对望，两个人都惊讶地想着：盖布里雅拉，帕尔默·加布里埃尔。

"我敢说这艘母船是海洋科学公司的。"杰克说，"而且海伦·柯尼格当时就在船上。"

戈登的目光又回到屏幕上。"这下子就有趣了。埃亨是地质学家，这事情你怎么看？"

"怎么了？"格雷琴说着打了个呵欠。

"一个地质学家在一艘海洋研究船上做什么？"

"研究海底的岩石？"

"搜寻一下他的名字吧。"

格雷琴叹了口气。"你们两个欠我一夜美容觉。"她打了史蒂芬·埃亨的名字，然后点了"搜寻"。

屏幕上出现一个列表，总共七篇文章。其中六篇是有关他死

在加拉巴哥海底的新闻。

另外一篇是在他死亡的前一年：

“加州大学圣迭戈分校教授将发表玻璃陨石研究方面的最新发现，并成为马德里国际地质学术会议的主讲人。”《圣迭戈联合报》

杰克和戈登瞪着屏幕，好半天都震惊得没法说话。

然后戈登轻声说：“就是这个，杰克。这就是他们想隐瞒我们的事情。”

杰克双手麻痹，喉咙发干。他的目光集中在一个词汇，这个词汇告诉了他们一切。

玻璃陨石。

很多约翰逊太空中心的官员都住在休斯敦东南郊的清水湖，包括约翰逊太空中心主任肯恩·布兰肯希普，他的房子是一栋不起眼的家宅。对于单身汉来说，这栋房子嫌太大了，在保全灯光的照耀下，杰克看到前院打扫得非常整洁，每道树篱都修剪得很完美。这个在凌晨三点还灯光明亮的院子，完全符合一般人对布兰肯希普的印象，他是出了名的完美主义，而且对保全几乎是讲究到偏执狂的地步。这会儿大概就有一部监视摄影机对着我们，杰克心想，他和戈登站在前门外，等着布兰肯希普来应门。他们按了好几下电铃，才看到屋内亮起灯光。然后布兰肯希普出现了，身材矮胖的他穿着浴袍。

“现在是凌晨三点，”布兰肯希普说，“你们两个跑来这里做什么？”

“我们得找你谈。”戈登说。

“我的电话有什么问题吗？你们就不能先打个电话过来吗？”

“这件事情不能在电话里谈。”

他们都走进屋里，等到前门关上了，杰克才说：“我们知道白宫在隐瞒什么事。我们知道喀迈拉是哪里来的了。”

布兰肯希普瞪着他，当场忘记睡到一半被吵醒的不耐。然后他看看戈登，希望他能确认杰克的说法。

“这解释了一切，”戈登说，“陆军传染院的保密、白宫的偏执狂，还有这个生物的习性，是我们那些医师从没见过的。”

“你们发现了什么？”

杰克回答了这个问题。“我们知道喀迈拉有人类、老鼠、两栖类的 DNA。但陆军传染院不肯告诉我们，基因组里面还有什么其他 DNA。他们不肯告诉我们这个喀迈拉到底是什么，或者是哪里来的。”

“你昨天晚上告诉我，那玩意儿是跟着海洋科学公司的酬载运上去的。是一批古生菌的培养。”

“我们原先是这么以为。但古生菌并不危险。它们不会害人类生病——所以航天总署才会接受这个实验。但这种古生菌有点不太一样。海洋科学公司没告诉我们。”

“不一样？你是指什么？”

“它的来源，是加拉巴哥的海底裂谷。”

布兰肯希普摇摇头。“我不懂有什么意义。”

“发现这个培养的，是一艘‘盖布里雅拉号’的研究船上头的科学家，这艘船属于海洋科学公司。其中一个研究员是史蒂芬·埃亨博士，他也登上了‘盖布里雅拉号’，显然是最新加入的顾问。才一个星期，他就死了。他的迷你潜水艇卡在裂谷的底部，他因为窒息而死。”

布兰肯希普什么话都没说，双眼仍看着杰克。

“埃亨博士以研究玻璃陨石闻名，”杰克说，“这种玻璃物体是陨石撞击地球而形成的。埃亨博士的专业领域就是这个，陨石和小行星的地质学。”

布兰肯希普还是没说话。他为什么没反应？杰克很纳闷。他还不懂这代表什么吗？

“海洋科学公司让埃亨搭飞机飞到加拉巴哥群岛，因为他们需要地质学家的意见。”杰克说，“他们必须确认他们在海底发现的东西，一颗小行星。”

布兰肯希普的脸变得僵硬。他转身走向厨房。

杰克和戈登跟过去。“这就是为什么白宫这么怕喀迈拉！”杰克说，“他们知道它是哪儿来的。他们知道它是什么。”

布兰肯希普拿起电话拨号。过了一会儿，他说：“我是约翰逊太空中心主任肯恩·布兰肯希普。我要找贾里德·普拉菲。对，我知道现在几点。这是紧急状况，麻烦你帮我接到他家……”他沉默了一会儿，然后对着话筒说：“他们知道了。不，我没告诉他们。他们自己发现的。”停顿一下。“杰克·麦卡勒姆和戈登·欧比。是的，长官，他们现在就站在我家厨房里。”他把话筒交给杰克。“他想跟你讲话。”

杰克接了过去。“我是麦卡勒姆。”

“有多少人知道？”贾里德·普拉菲劈头就问。

于是杰克立刻明白这个信息有多么机密。他说：“我们的医疗人员知道了。还有生命科学处的几个人。”他知道最好不要讲名字。

“你们所有人能不能保密？”普拉菲问。

“要看状况。”

“什么状况？”

“看你们是不是愿意跟我们合作，把信息跟我们分享。”

“你想知道什么，麦卡勒姆医师？”

“全部。你们对喀迈拉所知道的一切。解剖结果。你们临床实验的资料。”

“那如果我们不分享呢？会发生什么事？”

“我在航天总署的同事，就会开始传真到全国各个新闻通讯社。”

“传真过去要讲什么？”

“真相。说这个生物不是源自地球。”

普拉菲沉默了好一会儿。杰克听得到自己的心脏怦怦直跳。我们猜对了吗？我们真的发现真相了吗？

普拉菲说：“我会授权给罗蒙医师，请他告诉你一切。他会在白沙基地等你。”然后挂断电话。

杰克也挂上电话，看着布兰肯希普。“你知道多久了？”

布兰肯希普的沉默只让杰克更火大。他往前威胁地逼近一步，布兰肯希普后退靠着厨房的墙壁。“你知道多久了？”

“只有——只有几天而已。我发誓要保密的！”

“在上头死掉的那些，是我们的人啊！”

“我没有办法！这件事把所有人都吓坏了！白宫。国防部。”布兰肯希普深吸了一口气，直直看着杰克的双眼。“等你到了白沙基地，就会明白我的意思了。”

八月二十日

爱玛牙齿咬着止血带一头，在手臂上绑紧了，她左手臂的血管隆起，像躲在苍白皮肤底下的蓝色蠕虫。她用酒精棉迅速擦了一下肘前静脉上的皮肤，针尖刺入时，她的脸皱了一下。就像有毒瘾的人渴望注射毒品，她把针筒里面的液体全部注射到体内，中途松开止血带。等到打完了，她闭上眼睛飘浮一下，想象着人类绒毛膜性腺激素的分子，就像小小的希望之星，沿着她的血管往上，旋转着进入她的心脏和肺脏。流入动脉和微血管。她想象自己已经可以感觉到那个效果，头痛退去，发烧的热焰被闷熄到只剩一点最后的余光。还剩三剂，她心想。再让我多活三天。

她想象自己飘浮着，离开自己的身体，然后她仿佛从远处看着自己，在棺材里蜷曲成一团，像个有斑点的胚胎。她嘴里流出一个黏液形成的泡泡，破掉了，形成一片发亮而蠕动的细线，像蛆。

她忽然睁开眼睛，这才明白自己刚刚睡着了。在做梦。她的衬衫已经被汗湿透了。这是好迹象，表示她的烧退了。

她揉揉太阳穴，努力想摆脱梦里的那些影像，但是没办法；现实与梦魇已经合而为一了。

她脱掉汗湿的衬衫，从黛安娜的置物柜里找出一件干净的穿上。虽然做了噩梦，但刚刚短暂的睡眠消除了她的疲劳，她又恢复精神，准备要寻找新的解答了。她飘进美国实验舱，在计算机上叫出所有喀迈拉的相关档案。托德·卡特勒已经告诉过她，那是一种地球外的生物，而且航天总署所知道有关这种生命形态的一切，也都已经上传到太空站的计算机里。她重新阅读那些档案，希望能有新的启发，找出其他人还没想到的办法。但她所阅读到的一切，都熟悉得令人沮丧。

她打开基因组的档案。一个核苷酸序列出现在屏幕上，连续不断的A、C、T、G。这就是那个喀迈拉的基因码——总之是一部分。是陆军传染院挑出来跟航天总署分享的部分。她瞪着荧幕，像被催眠一般，看着一行行序列码往下跑。此刻在她体内生长的那个外星生命形态，本质上就是眼前的这些基因码。这就是敌人的关键，真希望自己晓得如何运用这些信息。

关键（key）。

她忽然想到杰克稍早说过的一件事，有关荷尔蒙的。荷尔蒙为了要发挥作用，就得连结在目标细胞的一个特定受体上。这个荷尔蒙就像一把钥匙（key），要找到一个正确的锁才能打开。

为什么像人类绒毛膜性腺激素这样的哺乳类荷尔蒙，会抑制一种外星生命形态的繁殖？她很纳闷。为什么一种外星生物，跟地球上的生物这么不相干，却会拥有吻合的锁，可以让我们的钥匙打开？

在计算机上，分子序列已经跑完了。她瞪着闪烁的游标，想着那些地球物种的DNA被喀迈拉劫掠。借由取得这些新的基因，这种外星的生命形态就变成一部分人类、一部分老鼠、一部分两栖类。

她打开跟休斯敦的通讯频道。“我要跟生命科学处的人讲话。”她说。

“要找哪个特定的人吗？”通讯官问。

“找个两栖动物专家。”

“请稍等，沃森。”

十分钟后，一位航天总署生命科学处的王博士来了。“你有关于两栖类的问题吗？”他问。

“是的，有关北美豹蛙的。”

“你想知道些什么？”

“如果豹蛙接触到人类荷尔蒙，结果会怎样？”

“什么样的荷尔蒙？”

“比方雌激素，或人类绒毛膜性腺激素。”

王博士毫不犹豫就回答：“大体来说，环境荷尔蒙对两栖类会有不利影响。事实上，已经有很多相关的研究。有些专家认为，全世界蛙类数量之所以减少，就是因为类荷尔蒙物质污染了河流和池塘。”

“什么类荷尔蒙物质？”

“比方某些杀虫剂，会模仿荷尔蒙。这些杀虫剂会破坏蛙类的内分泌系统，让蛙类无法繁殖或健康长大。”

“所以类荷尔蒙不会真正杀死蛙类。”

“对，只会破坏繁殖。”

“蛙类对这种物质特别敏感吗？”

“啊，是的。比哺乳类敏感得多。此外，蛙类的皮肤有渗透性，所以大体上，它们对有毒物质比较敏感。那是它们的致命弱点。”

致命弱点。她沉默了一会儿，想着这个词。

“沃森医师？”王博士说，“你还有其他问题吗？”

“还有。有任何疾病或毒素会杀死青蛙，但对哺乳动物无害吗？”

“这个问题很有趣。讲到毒素的话，就是要看剂量。如果给一只青蛙一点点砷，就会杀了它。而砷也会杀死人，但是要给比较大的剂量。同样的道理，有一些微生物疾病，由某些细菌和病毒引起的，只会杀死蛙类。我不是医师，所以我不完全确定这些疾病对人类无害，但是——”

“病毒？”爱玛打断他，“什么病毒？”

“唔，比方说，蛙病毒属。”

“我从没听过这种病毒。”

“只有两栖类专家才熟悉。这个属是DNA病毒，虹彩病毒科的。我们认为这一属的病毒会造成蝌蚪水肿并发症。蝌蚪会肿胀、出血。”

“会致命吗？”

“会，非常会。”

“那这种病毒也会杀死人类吗？”

“我不知道，这点恐怕没人知道。我只知道蛙病毒属杀死了世界各地的大批蛙类。”

致命弱点，爱玛心想。我找到了。

喀迈拉把豹蛙的DNA加入了自己的基因组，变成了一部分的两栖类，也就取得了两栖类的弱点。

她说，“这种蛙病毒属，有办法取得活体样本吗？用来测试对抗喀迈拉？”

对方沉默了好久。“我懂了，”王博士说，“还没有人试过。连想都没想到过——”

“你有办法取得那种病毒吗？”她打断他。

“可以。我知道加州有两个蛙类研究室，正在用活的蛙病毒做研究。”

“那就赶快动手吧。另外去联络杰克·麦卡勒姆，把这件事告诉他。”

“他和戈登·欧比刚出发去白沙基地。我会联系他们的。”

一片刺人的沙尘扫过地面，风滚草飞掠过马路。几名男子开着车经过警卫室，经过通电的围篱，进入荒芜的陆军营区。杰克和戈登下了车，眯起眼睛抬头望向天空。太阳被满天风沙遮蔽成暗橘色了，不像中午，倒像是黄昏。他们在艾林顿起飞前，只设法睡了短短几小时，现在光是看到白昼的天色，都让杰克的眼睛发痛。

“两位，这边请。”那个司机说。

他们跟着那个军人走进建筑内。

这回的接待方式跟上次杰克来访时不一样。这回陆军的护送人员礼貌而恭敬。这回艾札克·罗蒙博士在前面柜台等着，不过看到他们时，并没有露出特别开心的表情。

“只有你可以跟我进去，麦卡勒姆医师，”他说，“欧比先生得在这里等。这是讲好的。”

“我可没讲好。”杰克说。

“普拉菲先生代表你讲好的。你能进入这栋建筑，完全是因为他开口。我时间不多，所以就别在这上头浪费时间了吧。”他转身走向电梯。

“看吧，这就是你们标准的陆军混蛋。”戈登说，“去吧，我在这里等就是了。”

杰克跟着罗蒙进入电梯。

“第一站是地下二楼，”罗蒙说，“我们在那里进行动物实验。”电梯门打开，眼前是一面玻璃墙。那是观察窗。

杰克走近窗边，看着另一头的实验室。里面有一打穿着生物污染防护服的工作人员。几个笼子关着蜘蛛猴和狗。离观察窗最接近的则是关在玻璃罩内的老鼠笼。罗蒙指着那些老鼠。“你会发现，每个笼子上都标示了它们感染的日期和时间。要说明喀迈拉的致命性质，我想不出更好的方式了。”

在“第一天”的笼子里，四只老鼠看起来很健康，精力旺盛地爬着它们的旋转轮。

在标示着“第二天”的笼子里，疾病的第一丝迹象出现了。六只老鼠中的两只在颤抖，双眼一片鲜艳的血红。其他四只则无精打采地挤在一堆。

“前两天，”罗蒙博士说，“是喀迈拉的繁殖阶段。你要知道，这跟我们地球的状况完全相反。通常一个生命体要先达到成熟阶段，才会开始繁殖。但喀迈拉却是先繁殖，才开始成熟。它分裂的速度很快，在四十八小时内可以复制出高达一百个自己。一开始小得要显微镜才能看得见，肉眼看不到。小得你可能会在呼吸中吸入，或者透过你的黏膜组织吸收到体内，而你却不晓得自己已经暴露了。”

“所以在它们生命周期这么早的阶段，就有传染性了？”

“它们在生命周期的任何阶段，都有传染性。只要被释放到空气中就够了。通常释放的时间，大约是在被害者死亡时，或是尸体死后几天胀破的时候。一旦你感染了喀迈拉，一旦它在你体内分裂，这些个体就开始成长。开始发展为……”他暂停了一下。“我们其实不太知道该怎么称呼它们。我想，就叫卵囊吧。因为它们每一个里头都装着一个幼体的生命形态。”

杰克继续往下，看着第三天那一区。所有的老鼠都在抽搐，四肢拼命挥动，好像被连续电击似的。

“到了第三天，”罗蒙说，“幼体急速生长。纯粹的肿块效应让受害者的脑部物质移位。摧毁宿主的种种神经功能。等到第四天……”

他们看着第四天的区域。只剩一只还活着。尸体还没移走，双腿僵直躺着，嘴巴大张。前面还有三个笼子，尸体分解的过程还会继续。

到了第五天，尸体开始膨胀。

到了第六天，尸体的腹部胀得更大了，皮肤像鼓面似的紧绷着。黏稠的晶亮液体渗出眼睛和鼻孔。

然后到了第七天……

杰克在窗子旁边站住了，瞪着第七天的那个围区。破裂的尸体像泄了气的气球般弃置在底部，皮肤胀破了，露出一摊发黑分解的内脏。一只老鼠的脸上粘着一团由不透明的凝胶状小球所形成的团块。那个团块在颤抖。

“那就是卵囊，”罗蒙说，“到了这个阶段，尸体的体腔内都装满了这些卵囊。它们以宿主的组织为食物，生长的速度很惊人。它们会消化掉肌肉和器官。”他看着杰克。“你熟悉寄生蜂的一生吗？”

杰克摇摇头。

“成蜂会将卵产在活的毛虫体内，幼虫成长期间，会摄取宿主的血淋巴液。在这整个过程中，那只毛虫都还活着。这种昆虫在另一种生命形态体内孵化，从里面蚕食这种生物，最后幼虫会从垂死的宿主内部破体而出。”罗蒙看着那些死鼠。“这些幼体也一样，在活的宿主体内繁殖、成长，最后还杀死了宿主。这些幼体挤在颅腔内，一点接一点吃掉脑部神经灰质的表皮，破坏微血管，引发颅内出血。使得颅内压力愈来愈大，眼部血管充血。宿主会感觉头痛得视线模糊，很混乱。他会脚步不稳像是喝醉一般。三天或四天之内，他就会死掉。但那些生命体还继续蚕食宿主的尸体，劫掠宿主的DNA。利用这个DNA来加速自己的演化。”

“演化成什么？”

罗蒙看着杰克。“我们不晓得最后演化成什么。每一代喀迈拉都会从宿主身上得到新的DNA。现在我们看到的喀迈拉，跟当初我们取得的喀迈拉已经不一样了。它的基因组已经变得更复杂，生命形态已经变得更高等了。”

愈来愈像人类了，杰克心想。

“这就是我们要完全保密的原因，”罗蒙说，“任何恐怖分子，任何有敌意的国家，都可以潜入加拉巴哥海底裂谷，去找这个玩意儿。这种生物要是落在不当的人手里……”他的声音愈来愈小。

“所以这种生物，完全没有人工的成分。”

罗蒙说：“没错。它是意外在那个裂谷中发现的。由盖布里雅拉号带到水面上。一开始柯尼格博士以为自己发现了一个新品种的古生菌。没想到，她发现的是这个。”他看着那个蠕动的卵块。“一千年来，它们被困在那个小行星的残骸里，埋在一万九千尺的深海中。一直被那个环境抑制住。它在深海中才会安分，上了陆地就不会了。”

“现在我明白，为什么你们会测试高压舱了。”

“一千年来，喀迈拉一直活在那个深海裂谷中，没有危害。我们认为，如果我们能复制那样的压力，就可以让它回复到无害的状况。”

“结果呢？”

罗蒙摇摇头。“只是暂时的。这种生命形态因为暴露在微重力环境下，已经永远改变了。总之，它被运上国际太空站后，繁殖的开关就打开了。好像它天生就是致命的生物。但是必须在缺乏重力的环境下，才能再度启动它的机制。”

“高压治疗法有多暂时？”

“感染的老鼠只要待在高压舱里，就能保持健康。现在已经待了十天了，都还活着。但只要把任何一只取出来，那种疾病就又复发了。”

“那蛙病毒呢？”才一个小时前，航天总署生命科学处的王博士在电话里跟杰克简报过。就在那一刻，一批两栖类病毒已经上了空军喷射机，正在运往罗蒙博士实验室的途中。“我们的科学家相信蛙病毒会有用。”

“理论上是这样。但现在发射援救太空梭还嫌太早。首先我们必须证明蛙病毒有用，否则太空梭上头的所有人员都会有性命危险。我们需要时间测试这种病毒。至少要几个星期。”

爱玛没有几个星期，杰克心想。她只有三天分量的人类绒毛膜性腺激素。他沉默地往下看着笼内的鼠尸，看着那些卵在一堆黏液中发亮。要是我能争取更多时间就好了。

时间。他忽然想到一件事。跟刚刚罗蒙说过的一些话有关。

“你刚才说，到目前为止，高压舱让老鼠活了十天。”

“没错。”

“可是发现号坠毁，不过是十天前的事情。”

罗蒙避开他的目光。

“你从一开始就计划好高压舱实验。这表示你早就知道自己要处理的是什么，甚至早在解剖尸体之前，就已经知道了。”

罗蒙转身想走回电梯，被杰克一把抓住领子转过来，罗蒙惊讶得倒抽了一口气。

“那不是商业酬载，”杰克说，“对不对？”

罗蒙推开他，踉跄后退，往后靠着墙。

“国防部利用海洋科学公司当幌子，”杰克说，“你们付钱给那家公司，让他们帮你把实验送上太空。只为了要掩盖军方对这种生命形态有兴趣。”

罗蒙侧身走向电梯，想溜掉。

杰克抓住罗蒙的实验袍领口。“这不是生物恐怖活动。这是他妈的你们犯的错！”

罗蒙的脸涨成紫色。“我没办法——没办法呼吸了！”

杰克放开他，罗蒙沿墙往下滑，双脚瘫软。有好一会儿，他都没说话，只是垮坐在地上，努力要恢复正常呼吸。最后他终于开口时，只能发出气音。

“我们当初根本不晓得它会怎么样。没有了重力，谁晓得它会怎么改变……”

“但你们知道它是外星生物。”

“没错。”

“而且你们知道它是喀迈拉。它已经有两栖类的DNA了。”

“不，不，这点我们原先不知道的。”

“别跟我鬼扯。”

“我们不晓得青蛙的DNA是怎么进入它的基因组的！这事情一定是发生在柯尼格博士的实验室里。是某种错误。在海底裂谷发现这种生物的是她，终于明白这种生物是喀迈拉的人也是她。海洋科学公司知道我们会有兴趣。一种外星生物——我们当然会有兴趣。他们的KC-135实验由国防部埋单。酬载登上太空的经费则由我们出资。这个实验不能当成军事酬载送上去。因为有太多审核的委员会，会引起太多疑问。航天总署会很好奇，为什么军方会在乎无害的海洋微生物。但如果是私人公司送上去，就不会有人提问了。所以它就以商业酬载的身份送上去，由海洋科学公司出资。柯尼格博士是研究主持人。”

“柯尼格博士人在哪里？”

罗蒙缓缓站起身。“她死了。”

这个消息让杰克很意外。“怎么死的？”他轻声问。

“那是个意外。”

“你以为我会相信？”

“我说的是实话。”

杰克审视着罗蒙一会儿，然后判定罗蒙没撒谎。

“车祸发生在两个多星期前，是在墨西哥，”罗蒙说，“就在她辞掉海洋科学公司的工作之后。她搭的那辆出租车全毁了。”

“然后陆军传染院就劫掠她的实验室？你们不是去调查的，对吧？你们是打算把她的档案全部销毁。”

“我们在谈的是一种外星生命形态。这种生物的危险程度，超过我们所了解。没错，那个实验是个错误，造成了大灾难。但是你想象一下，如果这个信息泄漏，让世界各地的恐怖分子知道了，结果会怎么样？”

这就是为什么航天总署一直被蒙在鼓里，为什么真相从未揭露。

“而且最糟糕的你还没看到呢，麦卡勒姆医师。”罗蒙说。

“这话是什么意思？”

“还有一个东西我想让你看。”

他们搭电梯到下一层，也就是地下三楼。深入冥府了，杰克心想。他们出了电梯，迎面还是一面玻璃墙，墙里也是实验室，里面还是有很多穿着太空衣的工作人员。

罗蒙按下对讲机说：“可以把标本拿出来吗？”

里头一个工作人员点点头。她走到实验室里一个庞大的落地式钢制保险库前，转动上头一个巨大的暗码转盘锁，然后走进去。再出来时，她推着一辆推车，车上的托盘放着一个钢制容器。她把车子推到观察窗前。

罗蒙点点头。

她打开容器盖子，拿出一个亚克力玻璃的圆柱形瓶子，放在托盘上。里头的东西泡在福尔马林里面，正在上下轻晃浮沉。

“我们是在平井健一的脊柱内部发现这个的。”罗蒙说，“因为有他的脊椎当保护，所以发现号坠毁时，冲击的力量得到缓冲。我们把它取出来的时候，它还是活的——不过已经奄奄一息了。”

杰克想说话，但一个字也说不出来。他骇然瞪着那圆柱瓶内的物体，只听到排风扇的嘶嘶声和自己轰响的脉搏声。

“那些幼体就是会长成这个样子，”罗蒙说，“这就是下一个阶段。”

现在他明白了。为什么要保密。他所看见保存在福尔马林里面的，蜷缩在那个亚克力玻璃圆柱瓶里面的，解释了一切。尽管它在取出时受到严重损伤，但基本特征还是很明显。光滑的两栖类皮肤、幼虫的尾巴，还有那蜷曲胎儿的脊椎——不是两栖类，而是更恐怖得多，因为它的基因起源可以清楚辨识。哺乳类，他心想。或许甚至是人类。它看起来已经开始像宿主了。

只要让它感染一个不同的物种，它就会改变自己的外形。它会劫掠地球上任何物种的 DNA，呈现出任何样貌。最后它会演化到再也不需要宿主，就可以生长并繁殖。它会独立存在，自给自足。或许甚至会有智力。

而爱玛现在就是这种生物的温床，她的身体是一个滋养的大茧，让那些生物在里头生长。

杰克站在柏油跑道上，看着跑道外的一片荒芜，不禁打了个寒噤。刚刚载着他们回到白沙空军基地的那辆陆军吉普车开远了，此刻只剩一个发亮的小点，后面拖着一道扇形的尘土尾巴。太阳白热的亮光刺得他双眼泛泪，一时之间，整片沙漠闪烁模糊起来，好像在水面下。

他转过头来看着戈登。“没有其他办法了，我们得这么做。”

“有一千个细节都可能出错。”

“总是有的。每次发射、每趟任务都是这样。这一趟凭什么要有不同呢？”

“到时候不会有应变计划，没有安全的备用方案。我很清楚状况，这是个将就凑合的办法。”

“所以才有可能成功。他们的口号是什么？更小，更快，更便宜。”

“好吧，”戈登说，“姑且假设你不会在发射台上爆炸，也假设空军不会在天上把你轰烂。一旦你上去了，还是得面对最大的赌博：蛙病毒能不能见效。”

“戈登，从一开始，有件事我就一直想不透：那个基因组里为什么会有两栖类的 DNA？喀迈拉是怎么取得蛙类基因的？罗蒙认为那是个意外，是在柯尼格的实验室里面出了错。”杰克摇摇头。“我认为那根本不是意外。我认为是柯尼格把那些基因放进去的。当成防止故障的装置。”

“我不懂你的意思。”

“或许她有先见之明，想到要提防可能的危险。她担心这种新的生命形态在微重力之下的改变，可能会产生不良后果。万一喀迈拉失控了，她希望能有个办法消灭它。所以她留了一扇穿透它防御的后门，就是这个。”

“蛙病毒。”

“它会见效的，戈登。一定可以。我愿意用我的命来赌。”

一道旋风吹过他们两人之间，卷起沙尘和碎纸片。戈登转身，望着跑道对面他们从休斯敦开来的那架T-38飞机，然后叹了口气。“我就怕你会这么说。”

26

卡斯珀·穆赫兰吞下第三包制酸锭，但还是觉得胃里像是一锅冒泡的酸汤。在远处，发亮的“远地点二号”像是一颗插在沙地、尖端向上的子弹壳。它看起来并不特别起眼，尤其对眼前这批观众来说。在场的大部分人都亲临过航天总署发射的现场，听过那摇撼大地的轰隆声响，见过太空梭巨大火柱冲向天空的壮丽景象。“远地点二号”看起来一点也不像太空梭，还比较像个儿童的玩具火箭。当十来个访客爬上临时搭起的观景台，看着荒凉的沙漠地形，望向发射台时，卡斯珀看到了他们眼中的失望。每个人都想要大的。每个人都爱上大尺寸和大马力。小尺寸、优雅简单的风格，就是吸引不了他们的兴趣。

又一辆面包车停在基地前，另一群访客依序下车，立刻抬起手遮在眼睛上方，抵挡上午的阳光。卡斯珀认出了三个多星期前拜访过远地点公司的那两名商人：马克·卢卡斯和哈薛米·拉沙德。他们眯着眼睛望向发射台时，脸上也露出了同样的失望表情。

“没法离发射台更近了吗？”卢卡斯问。

“恐怕是这样，”卡斯珀说，“这是为了各位的安全。那些爆炸性的推进燃料，可不是开玩笑的。”

“可是我原来以为，我们可以仔细看看你们的发射操作状况。”

“晚一点会到我们的地面控制处——等于是休斯敦的任务控制中心。等到发射之后，我们就会开车到控制处那边，向各位展示我们会怎么引导它进入低地球轨道。这是对我们系统的真正试验，卢卡斯先生。任何工程学研究生都可以发射火箭。但要让火箭安全进入轨道，然后引导它接近飞行中的太空站，那可就复杂太多了。这就是为什么这次示范提前了四天——为了配合国际太空站的发射时限。为了向各位展示我们的系统已经有会合能力。‘远地点二号’正是航天总署想买的那种大鸟。”

“你们不会真的对接吧？”拉沙德说，“我听说太空站现在已经处于隔离状态了。”

“没错，我们不打算对接。‘远地点二号’只是个原型，没办法实际衔接国际太空站，因为它没有轨道对接系统。不过我们会让它够靠近太空站，好证明我们做得到。你知道，光是我们能在这么短的时间内更改发射时间，就是一大卖点了。在太空飞行这方面，弹性是一大关键。常常会有预期之外的状况发生。我的合伙人最近出了车祸，就是个例子。虽然欧比先生躺在病床上，骨盆断裂，但我们并没有取消发射。我们会在地面控制整个任务。各位，这就是弹性。”

“如果你们延后发射，我可以理解，”卢卡斯说，“比方说，因为天气不好。但为什么要提前四天发射呢？我们有些合伙人就来不及赶过来。”

卡斯珀的胃里又冒出新的一股胃酸，他可以感觉到最后一片制酸锭随之冒泡溶解掉了。“其实很简单，”他暂停一下，掏出手帕擦擦前额的汗。“因为要赶上我刚刚提到的发射时限。太空站绕行地球轨道是倾斜 51.6° 。如果你看着地图上画出来的运行轨迹，就会发现这个轨迹是一道正弦波，在北纬 51.6° 和南纬 51.6° 度之间波动。由于地球会自转，所以太空站每次绕行地球时，经过地图上的轨迹都不同。同时，因为地球不是正圆形，也增加了复杂性。当太空站的运行轨迹经过发射站上方时，是最适合发射的时候。所有因素加起来，我们就得出几个发射的选择时间。另外还要考虑到白昼发射或夜间发射。可以容许的发射角度。最近的气象预报……”

他们的目光开始变得呆滞，没在专心听了。

“总之，”卡斯珀大感解脱地总结，“今天早上七点十分，正好是最佳发射时机。这一切你们也觉得完全合理，对吧？”

卢卡斯似乎抖动了一下，就像一只刚被惊醒的狗那般。“是的，那当然。”

“我还是希望能再凑近一点，”拉沙德先生说，一副向往的口气。他望着火箭，在远处地平线只是一个朝上的小亮点。“隔得这么远，实在不太起眼，对吧？这么小。”

卡斯珀微笑，但觉得自己的胃紧张得就要被融化在胃酸里了。“唔，拉沙德先生，有句俗话说得好。大小不重要，重要的是你怎么用。”

这是最后的办法了，杰克心想，一颗豆大的汗珠滑下太阳穴，被他飞行头盔里的衬垫吸掉了。他试图减缓自己急速的脉搏，但他的心脏却像一只慌张的动物不断捶打着，想逃出他的胸膛。眼前这一刻是他梦想过好多年的：绑在飞行座位上，关上头盔，氧气开始输送。倒数计时逐渐接近零。在那些梦中，从来不会有害怕，只有兴奋，期待。他从来没想到会恐惧。

“现在是倒数五分钟。你想退出的话，就是现在了。”耳麦通讯设备里传来的是戈登·欧比的声音。之前的每一步，戈登都给了杰克改变心意的机会。从白沙基地飞到内华达州的航程中；凌晨时杰克在远地点公司的机棚里着装时；最后，在开车穿越漆黑沙漠到驾驶台的途中。眼前，是杰克的最后一次机会。

“我们现在可以停止倒数，”戈登说，“取消整个任务。”

“我还是要发射。”

“那么这就是我们最后一次通话了。你那边不能发出任何通讯。不能下传给地面，不能跟太空站联络，不然一切就会穿帮。一旦我们听到你的声音，就会中断整个任务，带你回来。”只要我们有办法，这句话他没说。

“听到了。”

沉默了一会儿。“你不必这么做的。没有人期望你这么做。”

“我们就进行吧。帮我祈祷就是了，好吗？”

戈登的叹息从耳麦中传来，响亮又清晰。“好吧，要发射了。现在还剩三分钟，继续倒数。”

“谢谢，戈登。谢谢你所做的一切。”

“祝你好运，一路平安，杰克·麦卡勒姆。”

通讯切断了。

那说不定是我这辈子最后听到的人声了，杰克心想。从现在开始，唯一从远地点地面控制处上传的，就是汇入机上导航计算机的指令信息。这架飞行器将会由地面遥控飞行，杰克跟一只坐在驾驶座上的猴子没有两样。

他闭上双眼，专注在自己的心跳。现在速度慢下来了。他感觉到奇异地冷静，准备好迎向无可避免的一切，无论会是什么。他听到机上设备准备起飞的呼呼声和喀啦声。他想象着无云的天空，大气浓厚如水，像一片空气构成的大海，而他必须冒出水面，到达那片冰冷、清澈、真空状态的太空。

垂死的爱玛就在那里。

观景台上的群众陷入不祥的沉默。闭路电视上显示的倒数计时只剩六十秒，还在继续倒数。他们要配合发射时限，卡斯珀心想，前额又冒出新的汗珠。他心里其实从没相信真能来到这一刻。他原先期待会延期、中断，甚至取消。在这只该死的大鸟身上，他已经碰到过太多失望、太多厄运，因而此刻恐惧像胆汁般涌上喉头。他看了一眼观景台上那一张张脸，看到很多人嘴巴念着倒数计时的秒数。一开始只是气音，空气中一阵阵有节奏的干扰而已。

"二十九，二十八，二十七……"

那些气音变成一阵齐声的低微朗诵，随着每过去一秒，就变得更大声。

"十二，十一，十……"

卡斯珀的双手抖得好厉害，他不得不抓住栏杆。指尖都能感觉到脉搏的悸动。

"七，六，五……"

他闭上眼睛。啊，老天，他做了什么啊？

"三，二，一……"

观景台上的群众同时惊奇地猛吸一口气。然后火箭的轰响声淹没他，他赶紧睁开眼睛，凝视天空，看着一道火光升上天。接下来随时会发生了。首先是令人目眩的强光，然后，因为音速较慢的关系，爆炸声随即响彻耳边。"远地点一号"当初就是这样。

但那道强烈的火光持续往上升，直到最后只剩下蓝天深处的一个小白点。

他的背被用力拍了一下。他吓了一跳，转身看到马克·卢卡斯满脸笑容看着他。

“继续加油，穆赫兰！这回的发射太精彩了！”

卡斯珀鼓起勇气又看了一眼天空。还是没爆炸。

“不过我想你从来没有任何怀疑，对吧？”卢卡斯说。

卡斯珀吞咽了一口。“一点也没错。”

最后一剂。

爱玛压下柱塞，缓缓将针筒里面的东西注入血管。她抽出针头，拿一块纱布压住注射处，然后弯起手肘以固定，同时把针头丢掉。这回感觉上就像个祭祀仪式，每个动作都带着虔敬和严肃，心知种种感官知觉都将会是她最后一次体验了，从针头的刺入，到那团纱布压在肘弯处。最后这一剂人类绒毛膜性腺激素，能让她继续活多久？

她转头看着自己搬进俄国服务舱的老鼠笼，因为这里灯光比较亮。唯一剩下的那只母鼠现在蜷缩成一团颤抖着，快死了。荷尔蒙的效果不是永久的。它生的那几只幼鼠早上死掉了。到了明天，爱玛心想，这个太空站就只剩我还活着了。

不，不是只有我。还有她体内的那个生命形态。大量的幼体很快就会从蛰伏状态中醒来，开始摄食并成长。

她一手按着腹部，像个怀孕的女人在感受肚里的胎儿。而且她体内怀的这个生命形态就像真正的胎儿一般，也有她零碎片段的 DNA。从这个观点来看，它是她生物上的后代，而且它拥有它所碰到过每个宿主的基因记忆。平井健一、尼可莱·鲁坚科夫、黛安娜·埃斯蒂斯。而现在，是爱玛。

她会是最后一个。再也不会有新宿主，不会有新的受害者了，因为不会有人来援救她。整个太空站现在是个传染病的墓穴，就像古代的麻风村那般禁止进入、不可接触。

她飘出俄国服务舱，游向太空站电力不足的那一端。光线暗得她简直无法穿过节点舱。除了她自己有节奏的呼吸之外，这一端寂然无声。她所经过的那些空气分子，一度也曾吸入其他人的肺脏里，但那些人现在都死了。即使现在，她仍能感觉到那五名死者的存在，可以想象他们的声音回荡着，最后几下微弱的脉搏终于化为沉寂。这是他们生活过的空气，至今他们死亡的情景仍萦绕不去。

很快地，她心想，也会萦绕着我的死亡情景了。

刚过午夜十二点，贾里德·普拉菲醒了。电话才响两声，他就从沉睡转到完全警觉的状态。他伸手去拿话筒。

电话另一头的声音很不客气。“我是桂格瑞恩将军。我刚刚才跟夏延山脉的控制中心通过话。那个在内华达州所谓的示范发射，结果还在继续，按照这个路线的话，就要跟国际太空站会合了。”

“什么发射？”

“远地点工程公司的。”

普拉菲皱起眉头，努力回想这个名字。每个星期全世界各地的基地都有很多发射。二十家商业宇宙飞船公司老是在测试火箭系统，或是把卫星送上轨道，甚至是去太空撒人类骨灰。太空司令部在轨道上追踪的人造物体，总数已经多达九千个。“提醒我一下这个内华达发射吧。”

“远地点正在测试一种新型的可重复使用发射载具。他们昨天早上七点十分发射，依照规定通知了联邦航空署，可是直到发射后才通知。他们宣布这次飞行是他们新载具的轨道试飞，会发射到低地球轨道上，近距离经过国际太空站，然后重返大气层。现在我们已经追踪这架新载具一天半了，根据它最近进入轨道的引擎点火数据，它可能会更靠近太空站，比他们告诉我们的近很多。”

“多靠近？”

“要看他们下一次的点火操作。”

“近得足以真正会合吗？会对接？”

“这架载具不可能。我们有它所有的规格明细。这只是一架原型机，没有轨道对接系统。它顶多只能飞近太空站，挥个手而已。”

“挥手？”普拉菲在床上坐起来。“你的意思是，这艘载具上头有人操控？”

“不。这只是一个形容而已。远地点公司说，这架载具上头没有人操控。机上是有动物，包括一只蜘蛛猴，但是没有驾驶员。而且我们也没检测到地面和载具之间有任何声音通讯。”

蜘蛛猴，普拉菲心想。太空飞行器上头有只蜘蛛猴，就表示也不能排除上头有人类驾驶员的可能。飞行器上头的环境监测系统、二氧化碳浓度，都无法分别动物和人类的差异。现在信息这么少，令他很不安。想到发射的时间，更让他觉得不安。

“我不确定有任何发出警讯的理由，”桂格瑞恩说，“但你要求过，有任何靠近太空站的状况，都要通报你。”

“再多介绍一下远地点公司吧。”普拉菲打断他。

桂格瑞恩轻蔑地冷哼一声。“小角色罢了。这家内华达的工程公司有十二个员工。运气一直不太好。一年半前，他们第一架原型机发射二十秒之后就炸掉了，早期的投资者也全都没了。我有点惊讶他们居然还没倒闭。他们的火箭是根据俄国技术制造的。轨道飞行器是简单的、很基本的系统，加上重返大气层的飞行伞。酬载容量只有三百公斤，外加一个驾驶员。”

“我会立刻飞到内华达。我们得更深入了解才行。”

“长官，我们可以监控这架载具的每一个举动。眼前，我们没有理由采取行动。他们只是一家小公司，想在一些新投资者面前炫耀罢了。如果那架飞行器有任何真正令人担心的举动，我们地面待命的拦截飞弹可以把那只大鸟打下来。”

桂格瑞恩将军说的大概没错。有个爱卖弄的地面操纵员决定把一只猴子发射到太空里，并不是什么国家紧急大事。这件事他得小心处理。卢瑟·埃姆斯的死亡，已经引起全国性的抗议声浪。现在不是射下另一架太空飞行器的时候——就算只是美国私人公司制造的飞行器。

但这个远地点公司的发射有太多令他不安的地方。时机，会合的路线，而且他们无法确定或排除机上有人类的可能。

除了去进行救援任务之外，还会是什么？

他说：“我马上赶去内华达。”

四十五分钟后，普拉菲上了他的汽车，开出车道。夜晚天色清朗，星星像是蓝色天鹅绒上发亮的针孔。全宇宙或许有一千亿个银河系，每个银河系有一千亿颗星星。这些星星中有多少有行星，又有多少行星上有生命？泛神论主张，全宇宙各处都有生命存在，这个理论已经不再是臆测而已了。以前我们相信，只有在这个不起眼的太阳系，在这个淡蓝色的小小星球上，才有生命存在，如今看来，这种想法似乎好荒谬，就像古人天真地相信太阳和星星都绕着地球旋转一样。生命唯一绝对需要的，就是碳基化合物和某种形式的水。这两样在整个宇宙中都大量存在。这表示在宇宙各处都可能存在着丰沛的生命，无论形式有多么原始；同时也表示，星际尘埃有可能包含着细菌或孢子。从如此原始的物种中，发展出其他的生命。

如果这样的生命形态成为宇宙尘埃，来到一个已经有生命存在的行星呢？

这是贾里德·普拉菲的噩梦。

以前，他曾觉得星星很美。以前，他会带着敬畏和惊奇仰望天际。但现在，当他看着夜空，只看到无尽的威胁，看到生物的世界末日。

看到他们的征服者从天而降。

死亡的时刻到了。

爱玛的双手颤抖，头部的抽动好剧烈，她不得不咬紧牙关，才不会叫出来。最后一剂吗啡几乎无法减轻疼痛，而且她被麻醉剂搞得迷迷糊糊，简直没法看清计算机屏幕，或是她手指底下的键盘了。她暂停一下，设法稳住颤抖的双手。然后开始打字。

私人电子邮件收件人：杰克·麦卡勒姆

如果能许我一个愿望，那就是再听到你的声音。我不知道你在哪里，也不晓得为什么不能跟你通话。我只知道我体内的这个东西就要宣布胜利了。就连我在写这封信的时候，都可以感觉到它步步逼近。我可以感觉到自己的力量逐渐消退。我已经尽力抵抗过它，但现在我累了，准备要睡觉了。

趁着我还能打字的时候，我最想说的是，我爱你。我从没停止爱你。据说将死的人如果不说实话，就无法获得永生。据说死前的告解都是可信的。这就是我的告解。

她的手抖得好厉害，再也没法打字了。于是她结束这封信，按了“寄出”键。

她在医药包里面找到了镇静剂，还剩两片。她喝了口水，把两片都吞下。她的视线边缘开始变黑。她觉得双腿麻木，好像那两条腿再也不属于自己的身体了，而是属于陌生人的。

剩下的时间不多了。

她没力气穿上舱外活动太空衣了。现在她死在哪里，有什么差别呢？整个太空站已经被疾病污染了。她的尸体只是另一个必须清除的对象而已。

她走过最后一段路，进入太空站黑暗的那一侧。

她最后这段清醒的时间，希望待在穹顶下。飘浮在黑暗中，往下看着美丽的地球。从观景窗，她可以看到蓝灰色弧形的里海。云雾盘旋在哈萨克斯坦上空，白雪覆盖着喜马拉雅山。底下有几十亿人类过着自己的生活，她心想。而我在这里，只是天空中一颗即将死去的尘埃。

“爱玛？”是托德·卡特勒，柔声在她耳麦中说话。“你觉得怎么样？”

“感觉……不太好，”她喃喃道。“很痛。视线开始模糊。我吃掉最后两片烦宁了。”

“你要撑下去，爱玛。听我说。不要放弃。还不要。”

“我已经打输这场战役了，托德。”

“不，还没有！你得相信——”

“相信奇迹？”她轻笑一声。“真正的奇迹，就是我居然能在这里。从一个很少人来过的地方，看着地球……”她碰触穹顶的窗子，感觉到太阳穿透玻璃的热度。“我只希望能跟杰克说话。”

“我们正在想办法。”

“他人在哪里？为什么你们联络不到他？”

“他正在拼命努力要接你回来。你一定要相信这点。”

她眨眨眼睛，泪水滑下。我相信。

“有什么是我们可以帮你做的？”托德问，“你还想跟其他谁说话吗？”

“没有了。”她叹气。“只有杰克。”

托德沉默了。

“我想——我想我现在最想做的——”

“是什么？”托德问。

“我想睡觉。就这样。去睡觉。”

他清了清喉咙。“当然。休息一下吧。如果需要我的话，我就在这里。”他结束通话前柔声说，“晚安，国际太空站。”

晚安，休斯敦。她心想。然后她拔下耳麦，任它飘进黑暗中。

27

一队黑色轿车刹停在远地点工程公司前面，车轮胎搅起一大片沙尘。贾里德·普拉菲下了领头的那辆车，抬头看着这栋建筑物。外形像个飞机的机棚，没有窗户，乏味又工业化，屋顶上点缀着卫星设备。

他朝桂格瑞恩将军点点头。“封锁所有进出口。”

才一分钟，桂格瑞恩的手下就比出了全部封锁的手势，于是普拉菲走进去。

在里头，他发现一群男男女女愤怒地围成了一个紧密的圆圈。他立刻认出其中两张脸：飞航人员事务处主任戈登·欧比，还有太空梭飞航主任兰迪·卡本特。所以一如他所怀疑的，航天总署的人在这里，而内华达州沙漠里这栋平凡无奇的建筑物，则是造反的任务控制中心。

不同于航天中心的飞航控制室，这里显然是个克难控制中心。光秃秃的水泥地面。到处都是缠结的电线和电缆。一只怪诞的胖猫在一堆丢弃的电子设备之间翻找游走。

普拉菲走到那些飞航控制面板前，看着屏幕上跑的数据。“现在飞行器的状况怎么样？”他问。

桂格瑞恩带来的一名太空司令部飞航控制员回答了，“已经完成了末段喷射点火，长官，现在要沿着轨道半径向量线接近太空站。再过四十五分钟，就可以跟太空站会合了。”

“停止靠近。”

“不！”戈登·欧比说。他离开那群人往前站。“别这么做。你不明白——”

“不准撤出太空站人员。”普拉菲说。

“这不是撤离行动！”

“那它在上头干什么？显然是要跟太空站会合。”

“不，不是的，它没办法。它没有对接系统，没有办法和太空站连接。根本没有交叉污染的机会。”

“你还没回答我的问题，欧比先生。‘远地点二号’在上头做什么？”

戈登犹豫了。“它正在进行一连串类似靠近太空站的程序，如此而已。是要测试‘远地点二号’的会合能力。”

“长官，”太空司令部的那名飞航控制员说。“我在这里看到了一个重大的异常状况。”

普拉菲赶紧看向控制台。“什么异常状况？”

“机舱内的大气压力很低。只有8psi。正常的应该是14.7psi。要不是飞行器有严重的漏气，就是他们刻意降压。”

“这么低有多久了？”

那名飞航控制员迅速敲了几个键，出现了一个图形，是舱压随时间变化的图表。“根据他们的计算机，发射后的头十二个小时，舱压是14.7psi。然后大约三十六个小时前，降低到10.2psi，然后一直保持下去，直到一个小时前才又下降。”他忽然抬起下巴，“长官，我知道他们在搞什么鬼了！这显然是例行程序中的预备呼吸。”

“什么的例行程序？”

“舱外活动。就是太空漫步。”他看着普拉菲。“我想那架飞行器上头有人。”

普拉菲转过来面向戈登·欧比。“谁在上头？你们把谁送上去了？”

戈登看得出来，继续隐瞒真相也没有意义了。于是就平静地认输说：“是杰克·麦卡勒姆。”

爱玛·沃森的丈夫。

“所以这是援救任务了，”普拉菲说，“要怎么进行？他进行舱外活动，然后呢？”

“他的喷射背包。他穿的海鹰太空衣上头有。他利用背包推动自己离开‘远地点二号’到太空站，再从太空站的气密舱进入。”

“然后接了他太太，带她回地球。”

“不。计划不是这样的。他明白——我们全都明白——为什么她不能回地球。杰克上去，是为了要送蛙病毒过去。”

“那如果蛙病毒没用呢？”

“他也只能赌赌看了。”

“他已经暴露在国际太空站的环境中。我们绝对不会让他回地球的。”

“他根本就没打算要回地球！那架飞行器是要空着回来的。”戈登暂停一下，双眼盯着普拉菲。“杰克知道，这一趟对他是有去无回。他接受这个状况。他太太在上头快死了！他不会、也不能让她一个人孤单死去。”

普拉菲震惊得一时说不出话来。他看着飞航控制面板，那些屏幕上跑着数据。随着时间一秒秒过去，他想到自己的妻子艾美，死前在毕士大医院。想到自己狂奔过丹佛机场想搭上下一班飞机回家看她；想到自己上气不接下气赶到登机口，看到飞机缓缓离开，心中的那种绝望。他想到麦卡勒姆一定是不顾一切豁出去了，要是离目标这么近，却只能眼睁睁看着自己达不到，心中一定痛苦不堪。然后他心想，这样不会伤害到地球上任何人，只会伤害到麦卡勒姆自己而已。他做了选择，也完全知道后果。我有什么权利阻止他呢？

他对着太空司令部的飞航控制员说："把控制台交还给远地点公司。让他们继续他们的任务吧。"

"长官？"

"我说，让那架飞行器继续接近太空站吧。"大家震惊地沉默了片刻。然后远地点公司的控制员慌忙回到各自的座位。

"欧比先生，"普拉菲说，转过身去望着戈登。"你很清楚，我们会监控麦卡勒姆先生的一举一动。我不是你们的敌人，但我负责要保护更大的利益，所以我会采取必要的行动。如果我看到任何迹象，显示你们要把他们任何一个接回地球，我就会下令摧毁'远地点二号'。"

戈登·欧比点点头。"我本来就料到你会这么做的。"

"那么我们都了解彼此立场了。"普拉菲深吸了一口气，转身面对着那排控制台。"现在，继续进行，把那家伙送到他太太身边吧。"

杰克停在永恒的边缘。

当他凝视着一片空无的太空，发现之前在无重力环境训练池训练再多，也无法让他准备好面对这种发自内心深处的恐惧力量，面对眼前攫住他的麻痹无力。他打开通往空的酬载隔间的舱口，透过隔间旁敞开的掀盖式舱门，他看到的第一眼是地球，在远得令人晕眩的下方。他看不到太空站；因为太空站飘浮在他上方，暂时还看不见。为了要到太空站，他得游出那道酬载间的舱门，绕到“远地点二号”的另一边。但首先，他得逼自己忽略那种要往后退进舱内的强烈直觉。

“爱玛。”他念着她的名字，那声音就像喃喃在祈祷。他吸了口气，准备好要松开抓着舱口的双手，投入天空。

“远地点二号，我是休斯敦通讯官。远地点——杰克——请回答。”

通讯耳麦传来的声音让杰克很惊讶。他没想到地面人员会跟他联络。休斯敦公开呼叫他的名字，表示所有的保密状态全都破坏了。

“远地点，我们强烈要求你回答。”

他还是没吭声，不确定是不是该确认自己在轨道上了。

“杰克，我们已经接到通知，白宫不会干涉你的任务。只是要请你了解一个基本事实：这是一趟单程之旅。”通讯官暂停，然后轻声说：“如果你上了国际太空站，就再也不能离开了。你不能回地球。”

“这里是远地点二号，”杰克终于回答，“消息收到，我了解了。”

“那你还是计划要继续前进吗？考虑一下吧。”

“不然你以为我上来这里是要做什么？妈的来看风景吗？”

“啊，收到了。但在你继续下去之前，要先晓得一件事。我们六个小时前跟国际太空站失去联络了。”

“‘失去联络’？这什么意思？”

“爱玛没有回应了。”

六个小时，他心想。过去六个小时发生了什么事？远地点二号是两天前发射的，接下来的时间都花在追上国际太空站，完成会合操作。在这两天内，他切断了所有通讯，完全不晓得太空站上发生了什么事。

“说不定你已经去得太迟了。或许你想再考虑——”

“遥测显示资料呢？”他打断对方。“她的心律怎么样？”

“她没连接。她决定拔掉那些电极片了。”

“所以你也不晓得。你没办法告诉我现在的状况。”

“结束通讯之前，她寄给你最后一封电子邮件。”通讯官轻声补充，“杰克，信里是跟你道别。”

不。他抓住舱口的手立刻松开，冲了出去，头往前潜入敞开的酬载间。不！他抓住一个扶手，从掀盖式舱门的上方爬过去，来到“远地点二号”的另一侧。忽然间，太空站出现了，就在他的上方，巨大而延伸广阔，他一时之间被这幅奇观震慑住了。然后他惊慌起来，气密舱在哪里？我没看到气密舱！有好多舱，好多太阳能板，整个面积足足有两个美式足球场那么大。他搞不清方向。他迷失了，被那片广阔得令人目眩的景象弄得不知所措。

然后他看到墨绿色的联合号太空舱突出来，知道自己正在太空站俄国端的下方。所有位置立刻对上了。他的目光立刻转向美国端，找到了美国居住舱。居住舱的上端是一号节点舱，通向气密舱。

他知道要去哪里了。

接下来就是信念的跳跃。身上只有喷射背包当推动力，他得穿越太空，身上没有安全绳，没有任何赖以支撑的东西。他启动喷射背包，从远地点一蹬，冲向国际太空站。

这是他的第一次舱外活动，他笨拙又没有经验，无法判断多快能到达目标。他重重撞在居住舱的舱壳上，差点又反弹出去，幸好勉强抓住了一根扶手。

快点。她就要死了。

他担心得想吐，努力爬向居住舱，呼吸沉重而急速。

“休斯敦，”他喘着气说。“我需要飞航医师——请找他来。”

“收到。”

“我快要——我快要到一号节点舱了——”

“杰克，我是飞航医师。”是托德·卡特勒的声音，平静但迫切。“你失联两天了。有几件事要让你知道。爱玛注射最后一剂人类绒毛膜性腺激素，是在五十五个小时前。之后，她的检验结果就一直恶化。淀粉酶和肌酸激酶都非常高。上次联络的时候，她抱怨头痛和视线模糊。那是六个小时前。我们不晓得她现在的状况。”

“我到气密舱的舱口了！”

“太空站的控制软件已经转到舱外活动模式。你可以进行加压了。”

杰克打开舱门，把自己拉进人员室。他转身关上外舱门时，瞥见了逐渐离去的“远地点二号”一眼。他唯一的救生艇已经弃他而去。他再也无法回头了。

他关上舱门并拴好。“压力调整阀打开了，”他说，“开始加压。”

“我是想让你有心理准备，面对最坏的状况，”托德说，“以防万一她——”

“讲点有用的吧！”

“好，好吧。有个陆军刚传来的消息。蛙病毒对他们实验室的动物好像有用。不过只有早期的病例。必须在感染三十六小时内投药。”

“那如果在之后呢？”

托德·卡特勒没回答。他的沉默确定了坏消息。

人员室的气压上升到14psi。杰克打开中舱门，进入设备室。他慌忙拿掉手套，然后脱掉身上的海鹰太空衣，又扭动着剥去身上的水冷式内衣。从海鹰太空衣装了拉链的口袋里，他拿出好几袋东西，里面装着急救药物和预先装在针筒里的蛙病毒。此时他害怕得发抖，担心在太空站内会发现的事情。他打开内舱门。

然后，面对他最可怕的梦魇。

她飘浮在一号节点舱的昏暗中，像个泳者漂流在夜间的大海。只不过这个泳者溺水了。她的四肢在有节奏的痉挛中扭动。她脊椎严重弯曲，头部不断前后猛晃，头发像鞭子般挥动。临死前痛苦的挣扎。

不，他心想。我不会让你死。该死，爱玛，不准你离开我。

他抓住她的腰，开始把她拉向太空站的俄罗斯那端。因为那边还有电力，光线比较充足。她的身体抽搐着在他怀里翻跳，像是通电的电线遭到电击。她好小，好虚弱，但现在那股流动在她垂死身躯内的力气，却几乎要挣脱他的双臂。无重力状态对他来说很陌生，他像喝醉般在舱壁和舱口间碰撞，努力带着爱玛进入俄国服务舱。

“杰克，说点话吧，”托德说，“怎么样了？”

“我把她搬进俄国服务舱了——把她放在约束板上——”

“你帮她注射病毒了吗？”

“要先把她绑住。她在发作——”他把魔术毡束带在她胸前和臀部束好，让她的躯体固定在医疗约束板上。她的头往后猛撞，双眼往后翻。眼白是骇人的鲜红色。帮她注射病毒，快点。

约束板的框架上缠着一条止血带。杰克把止血带抽出来，绑在她扭动的手臂上。他用尽力气才把她的手肘按直，露出肘前静脉。他用牙齿咬开蛙病毒的注射器盖子，把针刺入她手臂，按下柱塞。

“注射进去了！”他说，“一整筒都打光了！”

“她怎么样？”

“还在癫痫！”

“医药包里面有静脉注射的癫能停！”止血带飘走了，杰克才猛然想起自己身在无重力状态下，没固定好的东西都会很快飘走。他把止血带从半空中抢救回来，再度去抓爱玛的手臂。

过了一会儿他报告，“癫能停打进去了！静脉注射全开。”

“有什么改变吗？”

杰克瞪着爱玛，无声恳求着，拜托，爱玛。别死在我面前。

缓缓地，她的脊椎放松了。她的脖子松垮下来，头部不再敲击着约束板。她的眼珠转回前面，现在杰克看得到她的虹膜了，血红的眼白圈着两个黑暗的池塘。看到她瞳孔的第一眼，他呜咽一声。

她的左瞳孔完全扩张了。黑黑的毫无生气。

他来得太迟了。她就要死了。

他双手捧着她的脸，仿佛可以纯凭意志逼她活下去。尽管他恳求她不要离开，却心知只靠触摸或祈祷是救不了她的。死亡是一种有机的过程。离子穿透细胞膜的活动而形成的生化功能缓缓停止。脑波变成一直线。心肌细胞的规律收缩逐渐退为颤抖。光是靠祈祷，并不能让她活下去。

但她没死，还没有。

“托德。”他说。

“我在。”

“临终事故是什么？那些实验室的动物发生了什么事？”

“我不懂你的——”

“你说蛙病毒有效，只要在感染初期及早使用。这表示蛙病毒一定可以杀死喀迈拉。所以为什么给得太晚，就会没效呢？”

“因为有太多组织受损了。有内出血——”

“哪里出血？解剖显示是什么？”

“在狗身上，百分之七十五的致命状况是颅内出血。喀迈拉的酶会破坏大脑皮质表面的血管。这些血管破裂，出血会引起颅内压力升高。就像头部严重受伤一样，杰克。会造成脑疝脱。”

“那如果能停止出血、停止脑部受损呢？要是让病患度过急性期，他们或许就可以撑到蛙病毒发挥作用了。”

“有可能。”

杰克低头凝视着爱玛扩张的左瞳孔。一个可怕的记忆闪过脑海：黛比·哈宁，在医院的轮床上昏迷。他没能救活黛比。他等太久才采取行动，而因为他的犹豫不决，他失去了她。

我不会失去你的。

他说：“托德，她的左瞳孔扩张了。她需要钻孔。”

“什么？你这是盲目操刀。没有X光机——”

“这是她唯一的机会！我需要一把钻孔器。告诉我这类工具放在哪里！”

“你稍等。”过了几秒钟，托德又回到在线。“我们不确定俄国人把他们的工具箱收在哪里。但航天总署是收在一号节点舱的储存架。看一下袋子上的标签，上面都标示了里头装的东西。”

杰克冲出俄罗斯服务舱，再度在舱壁和舱口间碰撞着前进，笨拙地赶到一号节点舱。他双手颤抖地拉开储存架。检查到第三个袋子时，发现上头标示着“电钻／钻头／接头”。他抓了一个装着螺丝起子和锤子的袋子，然后赶紧又冲出舱。他才离开一会儿，但好怕回去发现她死掉，那种恐惧促使他迅速飞扑过曙光号功能舱，回到了俄罗斯服务舱。

她还在呼吸。还活着。

他把那两个袋子固定在桌上，取出里面的电钻。那是适合用来在太空中修理或建造的工具，而不是用来进行神经外科手术的。现在他手上拿着电钻，想到自己即将要做的事情，忽然恐慌起来。他是在没有消毒的状况下开刀，手上的工具是应该用来对付钢螺栓，而非血肉和骨头的。他看着爱玛，虚弱地躺在桌上，想着她颅顶之下的东西，想着她的灰质，储藏着她一辈子的记忆、梦想和情感。造就她成为独特爱玛的这一切，现在都快死掉了。

他伸手到医药包里，拿出剪刀和剃刀片。他抓起她一把头发，开始剪掉，然后把发根刮干净，在她左颞骨上清出一块切口部位，你漂亮的头发。我一直好爱你的头发。我一直好爱你。

他把她其他的头发绑起来塞好，免得污染了切口部位。他用一条黏性胶带把她的头固定在约束板上，然后动作更快地准备工具。抽吸导管、解剖刀，纱布。他把钻头在消毒剂里面涮了一下，然后用酒精擦掉。

他戴上无菌手套，拿起解剖刀。

刀子切下去时，他觉得乳胶手套里面的皮肤湿湿黏黏的。头皮渗出血来，逐渐凝成一个愈来愈大的小球。他用纱布擦掉，又割得更深一点，直到解剖刀刮到头骨。

切开头骨，是为了要把受到微生物侵略的脑部暴露出来。而且人类身体的复元能力很强，可以熬过最无情的损害。他不断提醒自己这一点，同时在颞骨上轻轻凿出一个刻痕，把钻头的尖端放好位置。古埃及人和印加人都曾成功地执行头骨环钻手术，在头盖骨上凿出一圈小洞，当时只有最粗糙的工具，而且没有消毒技术的概念，照样可以做得到。

他的手很稳，全神贯注地钻入头骨。只要多钻深几毫米，就可能碰到大脑灰质。上千个珍贵的记忆就会在瞬间摧毁。或者只要中脑膜动脉破了个小洞，就会造成大量血流不止。他不断停下来喘口气，察看洞的深度。慢慢来。慢慢来。

忽然间，他感觉到最后一点头骨膜也松开，洞凿穿了。他心脏跳到喉咙口，轻轻抽出钻头。

洞口立刻涌出一球血，缓缓胀大。血是深红色的——静脉流出的。他舒了一口大气。不是动脉。现在爱玛脑部的压力已经缓解，颅内的血从这个新的开口流出来。他吸掉那球血，然后用纱布吸干持续渗出的血，又钻下一个洞，然后第三个，在头骨上成环形钻出了一个个直径一英寸的环形贯穿孔。等到最后一个洞都钻好了，形成一个圆圈，他双手都抽筋了，脸上渗出豆大的汗珠。但他不能停下来休息，每一秒钟都很珍贵。

他拿起一把起子和圆头槌。

希望这个办法有用。希望能救她。

他拿着起子充当凿子，尖端轻轻探入头骨内。然后他咬紧牙关，撬起头顶那块圆形的骨头。

血往上涌。现在有了更大的开口，终于让那些血可以流出来，逐渐溢出头盖骨。

溢出来的还有别的。卵。一团卵也涌出来，颤抖着飘进空气中。他用抽吸导管吸走，让它们封进真空罐中。综观历史，人类最危险的敌人一直就是最小的生命形态。病毒、细菌、寄生生物。而现在是你。杰克心想，瞪着那个罐子。但是我们可以击败你。

那个头盖骨上的洞几乎没再渗血了。随着初期那些涌出来的血和卵，脑部的压力也告解除。

他看着爱玛的左眼。瞳孔依然扩张。但当他拿着光往瞳孔照时，他觉得——或者是他想象出来的——瞳孔边缘微微颤抖了一下，像是一片黑水边缘的涟漪朝中间靠拢。

你会活下去的。他心想。

他用纱布包扎好伤口，开始帮爱玛做另一次静脉注射，注射液里面有类固醇和苯巴比妥，好暂时加深她的昏睡状态，免得她的脑部遭受到进一步损伤。他把几个心电图电极片贴到她胸部。直到这些工作全部完成后，他才终于用止血带绑住自己的手臂，给自己打了一剂蛙病毒。这将会害死他们两个，或是救了他们两个。他很快就会知道了。

在心电图监视器上，爱玛的心跳呈现出稳定的窦性节律。他握住她的手，等着她好转的迹象。

八月二十七日

戈登·欧比走进特殊载具作业中心，看着里头坐在各自控制台前的人。在最前方的大屏幕上，太空站在世界地图上划出波浪形的轨迹。正当这个时刻，在阿尔及利亚沙漠里，有些村民若刚好抬头看着夜空，会很惊讶地发现那颗奇怪的星星疾驰过天空，明亮得像金星。这颗星十分独特，因为创造它的不是哪个全能的神，也不是自然的力量，而是由人类脆弱的手所打造出来的。

而在这个房间里，离阿尔及利亚沙漠的半个世界外，则是那颗星的众多守护者。

飞航主任伍迪·埃利斯转过头来，跟戈登点了个头打招呼。“没有消息。上面一直很安静。”

“上回通讯到现在多久了？”

“杰克五个小时前结束通讯，好去睡一下。他已经快三天都没怎么休息了，所以我们就尽量不打扰他。”

三天了，爱玛的状况还是没有改变。戈登叹了口气，沿着房间后方走到飞航医师的控制台。没刮胡子、满脸憔悴的托德·卡特勒正盯着监视器上爱玛的遥测显示数据。托德上次睡觉是什么时候了？戈登很纳闷。每个人看起来都累坏了，但没有人准备要认输。

“她还撑着，”托德轻声说，“我们已经没用苯巴比妥了。”

“可是她还没脱离昏迷状态？”

“对。”托德叹了口气，身子往后一垮，捏捏鼻梁。“我不知道还能做什么。我从没碰到过这种状况。在太空上动神经外科手术。”

过去几个星期，他们很多人都说过类似的话。我从没碰到过这种状况。这可新鲜了。我们从没见过这种事情。但这不就是探索的本质吗？你无法预测到危机，每个新问题都有自己的解决方式。每次胜利都建立在牺牲上。

即使是在这个悲剧事件上，也的确还是有些胜利。远地点二号已经安全降落在亚利桑那州的沙漠，卡斯珀·穆赫兰现在正在跟美国空军洽谈他们公司的第一份合约。杰克上了国际太空站三天后，依然还很健康——这显示蛙病毒既可以治愈喀迈拉，也可以预防。另外爱玛还活着，这个事实也算是一种胜利了。

不过或许只是暂时的。

戈登看着她的心电图轨迹掠过画面，心里觉得好难过。脑死之后，那颗心脏还能继续跳动多久？他心想。昏迷之后，身体还能继续存活多久？看着一个曾经充满活力的女人缓缓失去生命，要比看着她在灾难中猝死更难受。

忽然间，他站直了身子，双眼盯着监视器。“托德，”他说，“她怎么了？”

“什么？”

“她的心脏有点不对劲。”

托德抬起头，盯着屏幕上颤抖的轨迹。“不，”他说，伸手去接通讯键。“那不是她的心脏。”

监视器高频率警示音切入杰克蒙眬的睡眠，他惊醒了。多年的医学训练，曾经在待命休息室度过无数个夜晚，让他学会了从最深的睡眠中立刻完全醒觉，而且睁开眼睛的那一刻，他就完全知道自己身在何处，知道事情不对劲了。

他转向警示音的来源，一时之间被上下颠倒的景象弄得有点失去方向。爱玛看起来在天花板，脸朝下悬在那里。她的三枚心电图电极片有一枚松开来了，像一股海草在水底下漂浮。他旋转一百八十度，眼前一切又都扶正了。

他把那个电极片又贴回去。他看着心电图，自己的心跳好快，生怕接下来会看到的。结果他松了一口气，横过屏幕的节律很正常。

然后——还有别的。那条线抖了一下。有变化了。

他低头看着爱玛，看到她的眼睛睁开了。

“国际太空站没有回应。”通讯官说。

“继续试。我们马上要跟他通话！”托德厉声说。

戈登瞪着遥测显示数据，一点也不明白。心电图持续上下波动，然后忽然又变成一直线。不，他心想。她快要不行了！

“只是断讯而已，”托德说，“电极片松开了。她可能癫痫发作了。”

“太空站还是没有回应。”通讯官说。

“上头到底是怎么回事？”

“你看！”戈登说。

屏幕上的光点忽然跳了一下，两个人都僵住了。随之跳了一下，又一下。

“飞航医师，我联络到太空站了。”通讯官宣布，“他们要求立刻进行医疗咨商。”

托德在椅子上立刻身体往前凑。“地面控制官，关掉回路。请说，杰克。”

这是私人谈话，只有托德听得到杰克说什么。大家忽然安静下来，房间里的每个人都转过来看着飞航医师的控制台。就连坐在旁边的戈登都看不到托德的表情。托德身子前弓，双手扶着耳麦，好像要挡掉任何令他分心的事情。

然后他说：“等一下，杰克。我们这里有很多人等着想听这件事。我们把消息告诉他们吧。”托德转向飞航主任埃利斯，开心地竖起两根大拇指。“沃森醒了！她说话了！”

接下来发生的事情，将永远刻在戈登·欧比的记忆中。他听到讲话的声音逐渐高涨，最后汇成一片嘈杂的欢呼。他感觉托德用力一拍他的背。丽兹·吉昂尼反叛地高呼一声。伍迪·埃利斯则坐回自己的椅子上，一脸不敢置信又欣喜。

但戈登最记得的是他自己的反应。他四下看了一圈，忽然发现自己的喉头发痛，双眼模糊。在航天总署这么多年，没人见过戈登·欧比哭。他们现在也绝对不会看到的。

他从椅子上站起来，悄悄走出控制室时，大家都还在欢呼。

五个月后

佛罗里达州，巴拿马市

通往高压舱的门终于打开时，铰链的尖鸣和金属的叮当声回荡在广阔的海军飞机棚里。杰瑞德·普拉菲看着两名海军医师先走出来，各自深深吸了口气。他们已经关在那个会导致幽闭恐惧症的空间里一个多月了，忽然重获自由好像令他们有点茫然。他们转身，帮着另外两个人走出舱房。

爱玛·沃森和杰克·麦卡勒姆走出来。他们两个人都看着迎上来的贾里德·普拉菲。

“欢迎重返人间，沃森医师。”他说，然后朝她伸出一只手。

她犹豫着，然后握了。她看起来比照片瘦很多，脆弱很多。隔离在太空四个月，接着又在高压舱待了五星期，让她付出了代价。她的肌肉缩小了，苍白脸上的黑色眼珠又大又亮。剃掉的那块头皮上长出来的头发是银色的，跟她其他的褐色长发形成强烈的对比。

普拉菲看着那两名海军医师。“能不能请两位先离开一下？”

等到他们的脚步声逐渐远去，他才开口问爱玛，“你觉得很好吗？”

“够好了，”她说，“他们说我完全没有病了。”

“是完全侦测不出来了。”他纠正她。这个区别很重要。尽管他们已经做过动物实验，证明蛙病毒的确能消灭喀迈拉，但他们无法确定爱玛的长期治疗效果。他们顶多只能说，她的体内已经没有喀迈拉的迹象。从她搭着奋进号降落的那一刻起，她就不断被抽血检验、照X光、做切片。尽管所有的检验结果都是阴性，但陆军传染院坚持她在检验期间持续待在高压舱内。两个星期前，高压舱的压力逐渐降到正常的一个大气压力，而她还是很健康。

即使现在，她也还不是完全自由。她的余生都将成为被研究的对象。

普拉菲目光转向杰克，看到他的眼中有敌意。杰克什么话都没说，但一手揽着爱玛的腰，那个保护的姿势清楚表明：别想从我手里夺走她。

“麦卡勒姆医师，希望你明白，我下的每个决定都有好理由。”

“我明白你的理由，但不表示我同意你的决定。”

“那么至少我们有共识，也明白彼此的立场了。”他没伸出手，因为他感觉到麦卡勒姆可能会拒绝握手。于是他只说：“有几个人在外头等着要见你们。我就不耽误你们时间了。”他转身要离开。

“等一下，”杰克说，“现在怎么样？”

“你们两个人都可以离开了。只要定期回来检查就行。”

“不，我的意思是，怎么处理那些该负责的人？就是把喀迈拉送上去的那些人？”

“他们再也不能做决策了。”

“就这样而已？”杰克愤怒地抬高嗓子。“没有处罚？没有后果？”

“我们会照惯例处理。任何政府单位都是这样，包括航天总署。先把那些人调到冷门单位，然后让他们悄悄退休。不能有任何调查、任何公开。喀迈拉太危险了，不能让其他人知道。”

“可是死了那么多人啊。”

“我们对外会说是马堡病毒引起的。因为一只感染的猴子，意外被送上了太空站。卢瑟·埃姆斯的死会归因于人员返航载具的机械故障。”

“有个人应该要负起责任。”

“为什么？做错了决定？”普拉菲摇摇头。他转头望着关上的机棚门，一线阳光透进来。“这件事没有人犯罪而该处罚。他们只不过是犯了错，不了解他们所处理的东西。我知道你们觉得很失望，我知道你们想归咎给某个人。但这件事情其实没有真正的坏人，麦卡勒姆医师。只有……英雄。”他转过头来，望着杰克。

这两个男人彼此打量了一会儿。普拉菲在杰克的眼中没有看到温暖，但看到了尊重。

“你们的朋友在等着呢。”普拉菲说。

杰克点点头。他和爱玛走向机棚的门。他们踏出去时，一片炫目的阳光照进来，贾里德·普拉菲眯起眼睛看过去，只看到杰克和爱玛的剪影，他的手臂揽着她的肩膀，她的侧面转向他。在一片欢呼声中，他们走出去，消失在中午的炫目阳光下。

THE SEA

大海

28

一颗流星划过天际，碎成一片闪烁的光点。爱玛敬畏地猛吸了一口气，吸入了加尔维斯敦湾上海风的气味。再度回到地球，一切对她似乎新奇又陌生。一览无遗的天空，躺着的身子底下这片摇晃的帆船甲板，海水轻拍“桑娜姬号”船壳所发出的声音。她已经好久没能体会地球上的种种，因而只是微风拂过脸上的感觉，都让她好珍惜。隔离在太空站的过去这几个月，她常常遥望地球，思念着青草的气味、海风的咸味，以及赤脚底下土壤的温暖。她曾想，等我回到地球，只要能回去，我就再也不要离开了。

现在她回到家了，品味着地球的景观和气味。却还是忍不住把渴求的目光转向天上的群星。

“你有没有期望过能再回去？”杰克低声问，声音小得几乎淹没在风中。他躺在她旁边的甲板上，一手紧扣着她的手，双眼也凝视着夜空。“你有没有想过，‘只要他们再给我一次机会上去，我就要把握住’？”

“每天都在想，”她喃喃道，“这不是很奇怪吗？我们在上头的时候，成天谈的都是回地球。现在我们回到地球了，却又不断想着要再上去。”她一手梳过头皮，重新长出来的那些短发是醒目的银色。当初杰克用解剖刀所划过的头皮和帽状键膜部位，她还能摸得到粗糙而隆起的疤痕组织。这个疤痕将是个永远的提醒，让她想起那段在太空站幸存的记忆；同时也是个恐怖的纪念物，刻画在她的身上。然而，当她看着天空，还是感觉到自己对天空那种旧日的渴慕。

“我想我永远会希望能再有机会，”她说，“就像水手总是想重回海上。无论上一次航程有多么可怕，也无论他们回到陆地有多么热情亲吻土地。最终，他们还是会想念大海，总是会想要再回去。”

但她再也不会回到太空了。她就像一个困在陆地上的水手，周围环绕着大海，充满诱惑，却又禁止她进入。因为喀迈拉，她永远也不能上太空了。

约翰逊太空中心和陆军传染院的那些医师们，尽管都再也侦测不到她体内有任何感染的迹象，但也无法确定喀迈拉已经根除。它有可能只是蛰伏，成为她身体良性的房客而已。万一她回到太空，航天总署里没人敢预测会发生什么事。

所以她永远不会再去了。如今她是宇航员小组里的鬼魂，依然是组里的一分子，但再也不可能被指派飞行任务了。现在只能靠其他人继续追逐梦想。已经有一组新的人员登上了太空站，继续完成她和杰克做到一半的修理和生物清理工作。太空站受损的太阳能板和主桁架所需的最后一批零件，下个月将会随着哥伦比亚号太空梭发射。国际太空站不会废弃不用。为了让这个绕行地球的太空站成真，已经牺牲掉太多人命；现在放弃它，就会让那些人的牺牲变得没有意义了。

另一颗流星划过天空，像一颗发亮的炭渣般坠落，闪烁着熄灭了。他们两个人都等着，期望下一颗出现。其他人看到流星可能会视为一种预兆，或者以为是天使在飞行，或当成是许愿的机会。但爱玛眼中的流星就是它们的实质：一小块行踪不定的太空垃圾，来自冰冷、黑暗的广阔太空。尽管这些流星只不过是石头和冰，令人惊异的程度却丝毫不减。

她再度仰望着天空时，“桑娜姬号”随着一阵浪潮而上升，她忽然失去方向，觉得星星朝她涌来，觉得自己飞驰过太空和时空。她闭上双眼，毫无预警地，她忽然有一种无法解释的恐惧，心脏开始狂跳。她感觉到脸上渗出冰冷的汗。

杰克碰触她颤抖的手。“怎么了？你冷吗？”

“不。不，不是冷……”她艰难地吞咽。“我忽然想到一件可怕的事情。”

“什么事？”

“如果陆军传染院是对的——如果喀迈拉当初是随着一颗陨石来到地球——那就是其他星球有生命的证据。”

“没错，那就证明了是这样。”

“那如果它是有智慧的生物呢？”

“喀迈拉太小、太原始了。它没有智慧的。”

“但把它送来地球的生物，或许有智慧。”

杰克在她身边动也不动。“殖民开拓者。”他轻声说。

“就像撒播在风中的种子。无论喀迈拉降落在哪里，任何行星，任何太阳系，都会污染当地的物种。把那些物种的DNA加入自己的基因组。它不需要演化几百万年，就能适应新家。为了要活下去，它会从当地的物种身上，取得所有的基因工具。”

而一旦站稳脚步，一旦在新行星上成为称霸的物种，接下来呢？她不晓得。她心想，答案一定就在喀迈拉的基因组里，就在他们还无法鉴别出来的那些部分。那些 DNA 序列的功能依然是个谜。

又一颗陨石划过天空，提醒她天空是永远变化不断、永远充满骚动的。也让她想起地球只不过是广大太空中一个孤单的旅者。

“在下一个喀迈拉到来之前，”她说，“我们得做好准备。”

杰克坐起来，看看手表。“愈来愈冷了，”他说，“回家吧。如果明天的记者会我们没到，戈登会气疯的。”

“我从来没见过他发脾气。”

“你不像我这么了解他。”他开始拉着吊帆索，主帆升起，在风中翻拍。“他有点爱上你了，你知道的。”

“戈登？”她大笑。“我无法想象。”

“你知道我无法想象的是什么吗？”他轻声说，站在船尾驾驶的位置，把她拉近了。“有哪个男人不会爱上你。”

忽然来了一阵强风，吹在帆上，“桑娜姬号”破浪前进，滑过加尔维斯敦湾的水面。

“准备迎风换舷了。”杰克说。然后两人迎着风，把船头转向西边。指引他们的不是星星，而是岸上的灯火。

家的灯火。

致谢

若非航天总署诸多人士慷慨协助，我就不可能完成这本书。在此献上我最真挚的谢意：

航天总署公关处的 Ed Campion，谢谢他带领我参观约翰逊太空中心内部的那趟精彩之旅。

飞航主任 Mark Kirasich(国际太空站)与 Wayne Hale(太空梭)，谢谢他们对于自己吃重角色的深刻看法。

Ned Penly，谢谢他解释酬载选择的流程。

John Hooper，谢谢他介绍我新型的人员返航载具。

Jim Reuter（马歇尔太空飞行中心），谢谢他解释太空站的环境控制与维生系统。

飞航医师 Tom Marshburn 医师和 Smith Johnston 医师，谢谢他们详尽解释无重力状态下的急救医疗细节。

Jim Ruhnke，谢谢他解答我有时很怪异的工程学问题。

Ted Sasseen（已从航天总署退休），谢谢他分享他身为太空飞行工程师漫长生涯中的种种回忆。

另外也要感激其他领域的专家给予我的协助：

Truax 工程公司的 Bob Truax 和 Bud Meyer，他们是现实生活中的火箭小子，谢谢他们在可重复发射载具方面所提供的内幕信息。

Steve Waterman，谢谢他对减压舱的解说。

Charles D. Sullivan 与 Jim Burkhart，谢谢他们所提供两栖类病毒的信息。

Ross Davis 医师，谢谢他解说神经外科手术方面的细节。

Bo Barber，有关飞行器与跑道的信息泉源。（Bo，我随时愿意与你同飞！）

最后，我要再度感谢：

Emily Bestler，谢谢她让我展开双翅飞行。

Jane Rotrosen 经纪公司的 Don Cleary 与 Jane Berkey，谢谢他们深知绝妙故事的要素。

Meg Ruley，谢谢她帮我实现梦想。

最重要的是，我的丈夫 Jacob。

亲爱的，这是我们携手完成的。